·YUXIN·
CB008612

ANA MIRANDA

·YUXIN·

ALMA

Para Marlui Miranda, minha betsa,
e em homenagem a Capistrano de Abreu

Uma menina impúbere, nem mesmo ainda akapeab,
vai passear na beira do rio, onde os perigos são tantos...
Mulher sozinha na beira d'água: os goanei a desejam, tomam.
Esta parecia ter escapado dos pretendentes espíritos.
Betty Mindlin

en uinyadan, en betxia, en bis iyamaki.
eu olhei, a alma avistei, eu gritei.
Tuxinin, 1909

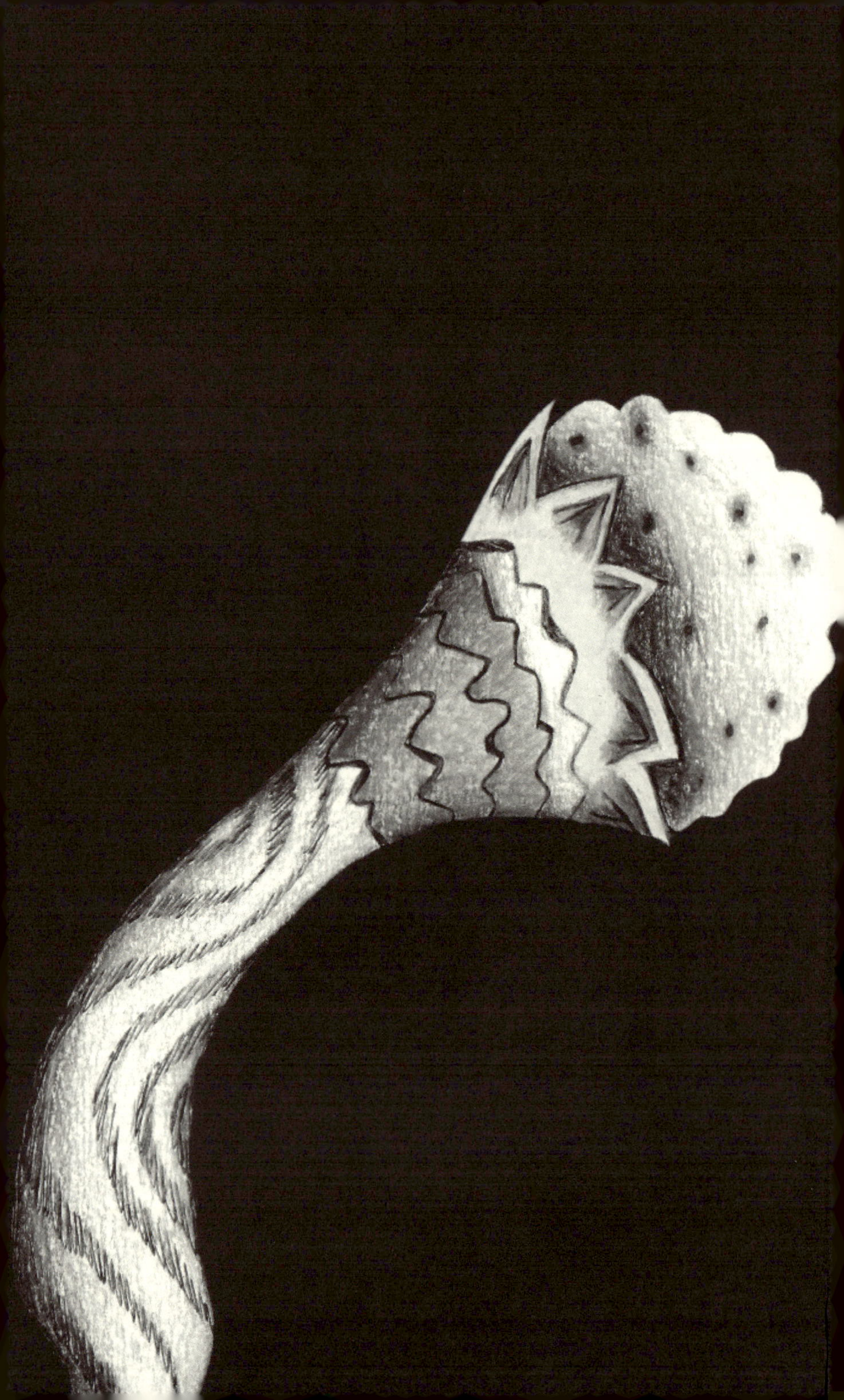

titiri titiri titiri titiri wẽ... hutu, hutu, hutu, hutu... titiri titiri titiri titiri wẽ... hutu, hutu, hutu, hutu... idiki, idiki, idiki... eh, eh, eh, eh... idiki, idiki, idiki... brẽ brẽ brẽ brẽ... titiri titiri titiri titiri wẽ... hutu, hutu, hutu, hutu... titiri titiri titiri titiri wẽ... hutu, hutu, hutu, hutu... eh, eh, eh, eh... titiri titiri titiri titiri wẽ... brẽ brẽ brẽ brẽ... hutu, hutu, hutu, hutu... eh, eh, eh, eh, idiki, idiki, idiki... eh, eh, eh, eh, idiki, idiki, idiki... kwéék! titiri titiri titiri titiri wẽ... hutu, hutu, hutu, hutu... brẽ brẽ brẽ brẽ... kreõ kreõ kreõ kreõ... titiri titiri titiri titiri wẽ...

1919

·UANINU·

LONGE

kene, bordado

A pata da onça e aqui olho de periquito... bordar, bordar... Xumani está demorando tanto, quando ele voltar, amanhã, não vou contar nada, se eu contar, Xumani ciumento vai querer flechar as almas, matar as almas, quem pode as almas matar? bordar bordar... hutu, hutu, hutu, hutu... aprendi o bordado kene em dia de lua nova... bordar... bordar... achei aquele couro de cobra atrás do tear, minha avó me levou mata dentro para eu saudar Yube e aprender o bordado kene, minha avó ensinou as cantigas, *aregrate mariasonte, mariasonte bonitito*... ela sabia essas cantigas, a avó da avó sabia, a avó da avó da avó, minha mãe sabe... *bonitito bonitito yare*... titiri titiri titiri titiri wẽ... hutu, hutu, hutu, hutu... vi uma luz, minha avó pingou bawe nos meus olhos para eu enxergar mais claro... tecendo e cantando em dia de lua nova, assim aprendi kene, chamando a força do bawe, a primeira mulher que aprendeu a bordar foi Siriane, no tempo da mãe da mãe da mãe da mãe, foi Siriane quem nos ensinou primeiro o bordado, mas o marido de Siriane a matou titiri titiri titiri titiri wẽ... hutu, hutu, hutu, hutu... será se ele matou Siriane de ciúmes? ela viu as almas? ela saía sozinha? titiri titiri titiri titiri wẽ... brẽ brẽ brẽ brẽ... foi no tempo da mãe da mãe da mãe da mãe... Xumani vai me matar? por ciúme dos pretendentes espíritos, para que fui ao brejo? mas eu estava com tanta fome... bordar bordar... tem espinho de planta, tem algodoeiro, tem flor de algodoeiro, um para ali, um para acolá, cada um de um lado, assim, puxa, acocha o ponto, todo tipo de bordado kreõ kreõ kreõ kreõ... o que mais? tem as borboletas deitadas de asas abertas, assim, aqui asa de borboleta, aquele bordado ali é borboleta deitada... titiri titiri titiri titiri wẽ... hutu, hutu, hutu, hutu... Xumani há de voltar, ele sempre voltou, sempre foi e sempre voltou, mas desta vez está demorando tanto, e se as almas o mataram? kreõ kreõ kreõ kreõ... brẽ brẽ brẽ brẽ... tudo são as almas, elas mandam em tudo, fazem tudo o que acontece, as almas mandam em nós, mandam em tudo as almas.

keu, cantar de passarinho

Tem passarim que pia, tem passarim que canta, tem passarim que chora, que ri, que grita, que vive avoando, a cantar, titiri titiri titiri titiri wẽ... hutu, hutu, hutu, hutu... idiki, idiki, idiki... eh, eh, eh, eh... brẽ brẽ brẽ brẽ... tucanos cantam com vozes roucas kreõ kreõ kreõ kreõ... idiki, idiki, idiki... eh, eh, eh, eh... titiri titiri titiri titiri wẽ... brẽ brẽ brẽ brẽ... hutu, hutu, hutu, hutu... e os tucanos, yaukwê kwê kwê... eh, eh, eh, idiki, idiki, idiki... kwéék! corujas piam, uã uã txu... acauã canta na quentura, juriti geme, tucano assobia, pica-pau bufa, canta a choca, canta azul-uirapuru, canta choquinha, canta cantador, canta amarelo, flautim flauteia, tinguaçu canta, maria-assobio assobia, maria-triste chora, bem-te-vi assobia, bem-te-vi faz zoada, voa um atrás do outro, casalzinho, suiriri briga, o dançador dança, o pulador pula, caneleirim canta, gralha gralhadora, sabiá canta, no castanhal assobiam, vite-vite uirapuru, pipira faz barulho, tico-tico faz cigarra, canário-da-terra canta, eles voam no céu dos capulhos do roçado de algodão, passarins cantam nos ninhos de palha, uns não cantam oh! ficam só ajuntando fruta no chão, uns cantam no longe-ervanço, na capoeira, sabiá-poca, sim, canta oh! seu canto é brincadeira oh! canta na palmeira patoá oh! lá na paxiubinha oh! canta na açaí oh! kreõ kreõ kreõ kreõ... yaukwê kwê kwê... titiri titiri titiri

titiri wẽ... hutu, hutu, hutu, hutu... tucanos cantam yaukwê kwê kwê... eh, eh, eh, eh... idiki, idiki, idiki... brẽ brẽ brẽ brẽ... tucanos dizem com voz rouca kreõ kreõ kreõ kreõ... hutu, hutu, hutu, hutu... hutu, hutu, hutu, hutu... idiki, idiki, idiki... kwéék! hutu, hutu, hutu, hutu... brẽ brẽ brẽ brẽ... kreõ kreõ kreõ kreõ... yaukwê kwê kwê... garça dorminhoca dorme, falcão faz quiriquiri quiriquiri quiriquiri... passarim passa ali, bordar, bordar... passarim passa acolá... olho de periquito... um para ali um para acolá, cada um de um lado, assim, puxa, acocha o ponto, puxa, acocha, pata da onça... bordar bordar bordar...

meken, mão

Mãos maneiras, dançador de coroa branca, rendeira branca, borboleta fina, mãos soltinhas, sozinhas, querem tocar tudo, pegam gravetos ou sementes e nem vejo, quebram galhos pequenos pelo caminho, nem percebo que minhas mãos estão quebrando os galhos pelo caminho, mas depois os galhos quebrados servem de marca para eu voltar, mostram o caminho da ida para eu seguir o mesmo, na volta, o sol agora no peito, depois nas costas, meu pai ensinou, sol no peito, sol nas costas... as mãos são uma amiga da outra, uma obedece à outra, as mãos têm uma alma, uma só alma, as mãos são uma brava e outra mansa, que nem tudo, que nem os bichos, as mãos, porém, maneiras, fazem amarras delicadas, finas, as mãos gostam de pegar no barro, minhas mãos amassam barro, minhas mãos fazem panelas, minhas mãos lindas panelas fazem, panelas perfeitinhas, alguidares, fazem animais de barro, fazem antinhas, fazem peixinhos, fazem caitituzinhos, fazem macaquinhos de barro, fazem porquinhos de barro, fazem menininhos de barro, fazem trançados, deste, daquele, daqueloutro, todo tipo de trançado, fazem cestos, minhas mãos trançam, riscam, pintam fios finos, pontas de espinhos, com toda a paciência, nunca se cansam, Vai buscar mais fio! Terminei uma fieira de bordado, Sai daí! Vem para perto! Traze água! Onde viste o gomo de jarina? Quem é que está gritando assim? Por que ela está chorando? Quem é que está cantando? eu gosto de passarim cantadorzim, eu gosto de assobio de surulinda... nossas mãos trançam cestos, nossas mãos, nossas mãos fazem mariquinho, nossas mãos fazem bracelete, nossas mãos fazem diadema de pena roxa, diadema de olho de cocão oh! guirlandas de contas oh! bicho de barro oh! pente de talo de cana-brava oh! esteira de talo de buriti oh! nossas mãos trançam, fiam, bordam, cantamos... *aregrate mariasonte...* riscam, triscam... *bonitito bonitito yare... are... grate... maria... sonte...* nossas mãos, de um lado a mão mansa e do outro lado a mão braba, ou as duas mãos brabas, ou as duas mãos mansas... terminou? Bota acolá! Bota na cestinha! Na minha kakan! Ali! Acolá! Bota acolá!

txuntxun, cambaxirra

Xumani vai brigar, vai ficar enciumado, vai dizer, Eu não quero! Eu te mato! Eu mato! Eu mato! desobediente, saio sozinha de dia, mas só de dia, tenho medo da noite, ando na beira dos brejos, mas saí sozinha, por isso aconteceu, ainda era dia mas a noite logo ia subir e eu sabia, para que fui? estava com fome, desobediente, ui, errei o ponto, vou desmanchar... eu gosto de ficar sozinha, gostava, né? saía sozinha, sozinha andava, sozinha saía na carreira, sozinha arremedava a mata, sol no peito, sol nas costas, nunca me perdi, sozinha arremedo o caminho, procurando, sei lá o que procuro, trepo nos paus sozinha, alto eu vou, alto, lá no alto vejo o dossel da mata, verde e mais verde a morrer de tanto verde, um verde sem começo nem fim e meu coração se apequena, aonde vai dar aquilo? o segredo está dentro da lonjura, o que existe lá longe? além de onde eu já fui, tão longe o que haverá? o que haveria de haver? do lado de lá, só do lado de lá, longe, longe, lonjura, eu demoro ali no alto do pau a matutar, matutar, matutar, matutar, shiri-shiri-shiri! hõy-hõy-hõy-hõy! shiri-shiri-shiri! hõy-hõy-hõy-hõy! mãe Awa fica zangada, Minha filha, tu andas trepada nos paus? Tu vais virar passarim! Vou? vou virar surulinda, vou virar cambaxirra, vou virar gavião-azul, vou voar, vou para longe, olhar a lonjura, Tu vais te perder, minha filha! pai ensinou, para não se perder na mata é sentir o sol nas costas ou sentir o sol no peito, se na ida o sol é nas costas, na volta é o sol no peito, na ida o sol no peito, na volta é o sol nas costas, se o sol sobe, se o sol desce, é na ida nas costas e na volta nas costas, que o sol desceu, se o sol desce, entonce é sol no peito na ida e na volta, pela amanhecença ou ao entardecer, sol nas costas, sol no peito, assim não nos perdemos, e avó ensinou, nunca passar a mão na malha do jabuti, feita de caminhos escondidos, se passar a mão na malha do jabuti feita de labirintos a pessoa se perde na mata, nos caminhos escondidos da mata, nos labirintos da mata, vai acabar dando na casa das almas Ui! Me espetei! oé oé oé oé...

pena, manhã

Titiri titiri titiri titiri wẽ... titiri titiri titiri titiri wẽ... mutuns chamando suas fêmeas, titiri titiri titiri titiri wẽ... Xumani teve um sonho ruim naquela noite, dormia na sua rede, e murmurava, não entendi, eram vozes das almas, de manhã Xumani ouviu o canto triste dos mutuns, titiri titiri titiri titiri wẽ... foi mata dentro, clareando o caminho com a tocha, parava às vezes para avivar o fogo e ouvir o canto, titiri titiri titiri titiri wẽ... as zoadas, cantavam as juruvas, hutu hutu hutu hutu... cantava o silêncio, Xumani subiu no pau onde estavam os pássaros empoleirados, esperou clarear o dia para os matar, quase na amanhecença o pássaro yõririmi veio de longe e trinou seus sons, yõriri yõriri... um canto lerdo e tímido no começo, que ia se apressando yõriri yõriri yõriri yõriri yõriri... até jorrar que nem uma cascata, o rio parado, um remoinho ali, outro acolá, neblina espalhada por todo lado, folhas de palmeiras farfalhavam, as folhas molhadas, o chão orvalhado, a água do orvalho pingava das folhas, parecia chuva, e a nambu, eh, eh, eh, eh, tucano ali, tucano acolá kreõ kreõ kreõ kreõ... um varão foi cantar para acordar os outros, acordou um varão ali, outro acolá, uma mulher ali, outra acolá, uma criança ali, outra acolá, atiçaram um fogo ali, outro acolá, subiram faíscas ali e acolá, o sol veio para encher a cuia de sol vazia, o sol entrou pelos galhos, veio até nós, uma criança chorava ali, outra acolá, as redes paradas agora balançavam ali, acolá, homens ainda sentados nas redes afiavam flechas ali, acolá, um ia urinar aqui, outro acolá, um alegre aqui, um triste acolá, todos sonharam, as almas foram embora com o escuro, mulher cozinhava ali, acolá, clareou o dia, meu pai o tuxaua falou, Já a noite encontrou seu dia! o tuxaua perguntou, Dizei o sonho que foi! Sempre me dizei os sonhos! quando clareava a noite, os varões clareavam as vistas, mal podiam sonhar, meu pai disse, se contassem os sonhos maus e se livrassem desses sonhos pela boca, não iriam se ferir, nem se perder na mata, e se meu esposo está perdido? Os varões contaram seus maus sonhos ao tuxaua, eu tinha dito a Xumani, Meu esposo, vai contar teu sonho ruim ao tuxaua! os varões podiam ir para a mata sem se ferir porque contaram os sonhos maus ao tuxaua, estavam livres dos sonhos, Xumani contou seu sonho ao tuxaua meu pai, contou, e se contou errado? e se esqueceu o sonho? nambu eh, eh, eh, eh... macaco-de-cheiro kwéék! kwéék! kwéék!

tuax, desabrochar de flor

Hutu, hutu, hutu, hutu... Xumani partiu num dia de frio, dormiu sozinho, chamei meu esposo para deitar em minha rede, ele não quis, na amanhecença Xumani se banhou no rio, desarmou a rede, jogou terçado, machado, faca, aljava, pôs às costas, abarcou as flechas e foi, sem falar nada, saiu na lebrina oh! sem levar sua mulher, sem levar seus irmãos, desapareceu naquele tisne frio, com nosso filhinho, viraram sonho, as pernas pequenas e finas de Huxu, as flechas de criança, as marcas dos pés de Huxu no chão, senti um aperto no peito, queria ir junto, parece que eu sabia, Xumani deixou comida para nada me faltar, uma ruma de plantações, uma ruma de milho embonecado, uma ruma de banana com filhote, uma ruma de macaxeira perto de dar, se deixou tanta comida, sabia que ia demorar, mas não falou nada, Xumani não gostava de falar, ele foi, demorou, nada de voltar, os frutos do buriti caíram e nada de Xumani voltar, as antas andaram pelos buritizais, chegou o tempo de caça, as folhas secas ficaram podres, misturadas ao barro não faziam barulho quando o caçador pisava, nada de Xumani voltar, demorava, demorava, ele era para ter voltado no tempo da caça, a pupunha amadureceu e nada de Xumani, os bacorins de arara se empenaram, as araras ficaram magrelas, com as penas feias, cuidando dos filhos, as flores da copaíba floresceram, Xumani demorava, amadureceu a fruta da embaúba e os macacos vinham comer, tempo dos macacos gordos com seus filhotes nas costas e nada de Xumani voltar, o quati depois também estava gordo, chovia de tardezinha, os curimatãs ficavam na flor-d'água para comer o lodo que escorregava até o lago, tempo de flechar curimatã, hutu, hutu, hutu, hutu... caía fruta de embaúba na água do lago, era fácil pegar jundiaí com anzol, mas Xumani nem chegava nem mandava notícia, depois a cajarana do mato amadureceu, nada de Xumani, depois o jabuti e a anta ficaram gordos, nada de Xumani, o sapo de enxurrada namorou, inflava o papo para cantar, cantava à noite, cantava de dia anunciando chuva, alagado, e nada, nadinha, chegou o tempo dos papagaios, jacamins, periquitos, curicas, mutuns gordos, a uimba carregada de flores, tantas as flores de uimba, uimba tantas... hutu, hutu, hutu, hutu... e as flores do mulateiro hutu, hutu, hutu, hutu... desabrocharam hutu, hutu, hutu, hutu...

bene, esposo

Os olhos pequenos de Xumani, coquinhos de tucumã macios, acochados no fim, descendo, eu sempre sabia para onde Xumani estava olhando e quando ele cravava os olhos em mim eu sentia de longe, Xumani era tão ligeiro, eu quase não via seus movimentos, não via as mãos, não via como a cabeça tinha se virado, não via os passos, Xumani estava sentado, quando eu olhava de novo não estava mais, estava aqui, acolá parecia que ao mesmo tempo, tão ligeiro, feito um beija-flor! feito uma alma, será se... ele arrumava seus trastes bonito, flecha depois de flecha, uma ruma de trastes, Xumani dadivoso, Xumani me dava caça, Xumani me dava legume, Xumani me dava semente, Xumani me dava pena encarnada, azul, Xumani me dava ovos, caçava com os outros varões nas grandes caçadas, também caçava sozinho, nada temia, Eê! sabia arrumar tudo para uma caçada, e agora demora tanto, tanto... abriu a rede, jogou o terçado, o machado, a faca, a faquinha de taquara, arco, botou tudo às costas, abarcou as flechas e saiu na caligem oh! desapareceu naquela fuligem escura, virou sonho, eu sentia um frio no peito, queria ir junto, mas caçada é trabalho de homem, né? atirar flechas é de homem, eu não posso nem encostar a mão nas flechas, se encostar, a flecha não presta mais, o caçador fica panema e não caça mais nada, e Xumani, Espera aqui! foi sozinho mais as flechas, mais nosso filho, Xumani, caçador marupiara, sempre feliz na caça, trazia comida para nós carregando às costas, caça ou embira, Xumani mariscava para nós, trazia peixe em tempo de rio cheio, eu me alegrava, pintava o corpo e penteava os cabelos, Meu esposo, como foi que apuraste tanto peixe neste tempo de rio cheio? Xumani fabricava mondé para pegar gato, jequi para pegar tatu, arapuca para pegar passarim, tocaiava, suas flechas estalavam quando lançadas, Xumani caçava anta, veado, porco, coatá, guariba, macaco-prego fiu, fiu... caititu, nada nos faltava, ele era inteligente, direito e valente, um desejo seu e não tinha conversa, honra e também não tinha conversa, valente e valoroso nas porfias, deixou uma ruma de cachos de banana-da-terra em fileiras, para amadurecerem perto de mim, preparou bebida de banana para as visitas, Xumani vizinhava a caça, ensinava nosso filhinho Huxu a ser marupiara, por isso ia com ele às caçadas, onde está Huxu? meu peito cheio de leite, leite derrama do peito, Huxu quer mamar, Huxu deve estar chorando na mata, longe longe longe longe...

txada, flecha tridente

Xumani fazia flechas e arcos para os varões, fazia para si, suas flechas eram tão boas que ele fazia também flechas para os caçadores, seu outro nome era Fazedor de Armas, Xumani fazia as flechas na frente da casa, sentado, flechas no tempo das flechas, vinha um vento forte e abria os pendões da chicosa, oh! para haste de flechas, taboca, ensolarou a vara, oh! verão das flechas, tempo de flechas, Xumani procurava penas de gavião para flechas, penas de mutum, derrubava pupunha madura, taquara, eu acendia o fogo para ele chamuscar as taquaras, Xumani talhava flechas retíssimas, empenava as flechas com pena de mutum, pupunha brava, flecha de taboca fazia, fazia, empenava, empenava, empenava, tantas pontas, Xumani enfeitava as flechas, pintava as flechas, afiava as flechas, afiadíssimas oh! Xumani olhava direto, não falava nada, sempre silencioso, ligeiro, reto, não olhava para lado nenhum, seu olhar zunia, flechas eram seus olhos, suas mãos também, flechas, Xumani fazia flechas para a caçada de cabeças, para a peleja, também, flechas para menino, meu filhinho Huxu ficava olhando, ajudava, aprendia, Xumani fazia todo tipo de flecha, antes da caçada de cabeças fazia uma ruma de flechas para si e para os outros varões, as flechas tinham uma ponta longa, eu escutava a vibração da flecha, Xumani atirava oh! ela zunia, ia longíssimo,

Xumani fazia um sinal e Huxu saía correndo para a mata, só voltava depois de encontrar a flecha do pai, Xumani fazia cacete de pupunha para espancar gente, carapuças enfeitadas, arrecadas com gomos de jarina, usava carapuça de pele do maracajá, mas matou uma onça-pintada e fez uma carapuça de pele, agora foi embora, levou a carapuça, levou as flechas, ainda ficaram umas dentro de casa, estão ali, adormecidas, dormem em pé, olho para elas, não posso nem encostar o dedo, vontade de pegar, afiar de novo, as flechas afiadas zunem mais, fazem zoada de abelha, são mais ligeiras que abelhas, nada existe de tão ligeiro, nem o vento, nem o raio que corre na terra, num instante longíssimo iam as flechas afiadas, avexadas, ligeiras, ligeiríssimas, Escutai! Escutai! A vibração! será se Xumani foi atrás do regatão? foi resgatar Pupila? esqueceu de mim? quando fazia flechas, Xumani só tinha olhos para as flechas, zuniam as flechas, zuniam seus olhos, flechas eram seus olhos.

uin, olhar

Xumani não adulava ninguém, nem homem bom, nem mulher atraente, só dizia o que gostava de dizer, outros varões gostavam de adular, mas não Xumani, ele não adulava nem o regatão Bonifácio para ter um rifle, Xumani era doido por um rifle, fazia tudo para meu pai mas não o adulava, nem a Pupila, gostava de Pupila, gostava de mim mas não me adulava, Xumani trazia tudo para mim mas não se curvava, aquele cujo arco faz muito barulho quando mata, aquele companheiro do arco muito duro, os olhos caíam em mim e ele afundava os olhos em mim, eu afundava os olhos nele, bordar... um para ali um para acolá, cada um de um lado, assim, puxa, acocha o ponto... a pata da onça e aqui olho de periquito... ali, acolá... leite escorrendo... um para ali um para acolá, cada um de um lado, acocha, puxa, acocha o ponto... eu era a lagoa grande dele, mas sem os diabos que moram na lagoa grande, afastei os diabos de mim, eu deitava na rede, Xumani deleitava seu corpo, amores vagem dentro, escuro dentro, bebia, deitava a testa na cuia dos meus braços, a água de meu corpo, a volta dos meus ombros seguia, Xumani gostava de me agradar, fez uma gaita para me agradar, tocava sentado no escabelo e eu ia olhar, ria, oé oé oé oé... oé oé oé oé... olhava, ria, Oé oé oé oé... Xumani não tinha amante, se tivesse não seria feliz em minha rede, eu era sua amante e namorada, mulher casada, esposa, mulher quando namora sai mais um homem só, mulher casada tem um homem só, não dois, né? nem se for trabalhadeira, só um homem, só um marido, tenho só ao Xumani, meu marido, será se eu vou ter de esposar outro? bordar, bordar... um para ali um para acolá, cada um de um lado, assim, puxa, acocha o ponto, Xumani passava a noite toda na rede oh! empurrava minhas pernas, eu deitava para ele, Xumani caía por cima de mim, derramava tudo oh! queria que eu tivesse mais filhos, mas só tive Matxiani e Huxu, a pequenina Matxiani, dizem que ela morreu, mas eu sei, a casa acanoada levou Matxiani, uma andorinha oh! as andorinhas, eu sei, andorinhas levam ao céu, Matxiani foi embora, a casa acanoada levou Matxiani, não as andorinhas oh! será se Xumani foi atrás de Matxiani? a casa acanoada, Matxiani se foi na casa acanoada!

nawai, cantar

Nunca eu tinha entrado na casa acanoada, né? que nem as almas ela passa de lua em lua, lua aprumada, lua firmada, lua cega, lua alta, hoje não passou, amanhã vai passar, sempre vou olhar quando ela passa, primeiro aquela zoada distante, vem a cantar cantiga oh! casa acanoada de cantiga estranha e bela, a casa faz a cantiga, as madeiras fazem a cantiga, o vento, o bater na água, variada e animada, oh! confusa, oh! cheia de cantigas umas dentro das outras, oh! cantiga de chora-chuva, cantiga de não-sabiá, cantiga de trincar, de arder, transbordante alagação das águas do rio, chuva fina, vento de um fim de tarde, pequenos trovões, que canta acauã, cantiga de muitas falas de papagaio, a cantiga geme que nem juriti, também assobia que nem tucano, também bufa que nem pica-pau, também canta que nem choca, e canta que nem uirapuru, o mais quebrante de boniteza, quebrante de tristeza, encante de ave, mais misturada, mais cheia, mais cheia que o canto de choquinha, mais cheia que o canto do cantador, mais cantada que o canto do tinguaçu-cantor, mais assobiada que assobio da maria-assobio, mais alegre que a mulher quando chega caça, mais triste que o canto da maria-triste, mais barulhenta que bem-te-vi, mais valente que suiriri, mais dançadora que dançador, mais puladora que dançarino-perereca, mais fina que o ruivo flautim, mais cantora que caneleirim, mais gralhenta que gralha, mais cantiga do que flautista-da-mata, mais flauteiro de que cantiga-da-mata, mais balança-rabo de que balança-rabo, mais vite-vite de que vite-vite, mais barulhenta que pipira alarmosa, mais temperada que tempera-viola, mais gongada de que gonga, mais roncadora que garça-dorminhoca, é cantiga, arriando cascata, descendo cachoeira, pau caindo, brisa assoprando, tudo dentro da cantiga, cantiga trombeteira, fazedora de dançarinos, mais mocha de que coruja, eu não cansava de escutar, eu não cansava de tanto separar as zoadas, esta, aquela, outra, esta, oh! não cansava de ver que pássaro era aquele na casa acanoada, que pássaro era o outro na casa acanoada, uma multidão de passarins eram o que cantiga é, oh! depois foi que eu vi, oh! brasileiros, cariús com roupas iguais, que nem pássaros encarnados, assopravam nos paus, batiam e acochavam e dali saíam as zoadas e não eram pássaros nem nada disso, eram instrumentos, aí eu vi, era corneta, sanfona, tambor, música, oh! oh! oh!

xaxu xubuya, barco a vapor

Vem com a música um rumor de água revirando, vai chegando perto, cresce a zoada, vem a casa acanoada, saímos na carreira para a beira do rio, ela aparece oh! visagem, mariasonte oh! não sei se tenho medo dela, olho a casa a passar, será se ela vai passar amanhã? será se ela levou Xumani? será se ela vai parar? será se ela vai trazer Xumani? será se ela vai trazer Huxu? será se ela vai trazer Matxiani? será se ela vai trazer Pupila? será se o padre vem? será se ele vem com as irmãs? ela vai, na flor do rio desce, pesada, grande, dentro dela moram brasileiros mais seus chapéus, trastes, trens, roupas esquisitinhas, chapéus de véus, véus de véus, uns brasileiros mostram a mão, abanam, outros abanam um pano pequenino, branco que nem inhame, polpa de araticum, sumo de pariri, vi oh! branco que nem alma, moram na casa acanoada mulheres também, umas têm as mãos brancas e as roupas bordadas que nem espuma de cachoeira, quando vi de perto era pano, não era kene, outro bordado era, de um fio fininho, será como se faz? assim assim... uns parecem outro povo, gente brasileira não, caucheiro não, mas um é seringueiro, outro é patrão cariú, outro é volante, militar, padre, missionário, moradores da aldeia dos brasileiros, a lonjura, a casa acanoada desce rio dentro, desaparece, leva goma, traz gente, leva gente, traz gente, traz açúcar gramixó e café, alfenim, garapa, rapadura, leva gente, traz gente, leva tabaco redoleiro, traz feijão, açúcar, traz café, carne-seca, paneiro de farinha, chumbo em grão, leva molho de tabaco entaniçado, mãos de milho, traz garrafa de querosene, leva borracha sernambi para mode alumiar, traz fósforo, tigela de seringar, tesoura, agulha de costura, bota, chapéu, cebola, coco, óleo de copaíba, óleo de andiroba, óleo de jarina, sabão de andiroba, leva corda de envira, cesto, vassoura, os nossos bordados kene, panos, trastes para encher o barracão do patrão, traz máquina de retrato, leva retrato, já vi um retrato, nem sei o que há de ser, feito um espelho parado, o espelho te olha e não te mexes mais, minha mãe disse para eu nunca deixar tirarem retrato de mim, mas este segredo eu tenho, uma vontade de tirar retrato, para saber... a lua... a casa acanoada sobe o rio e aparece de novo a cada lua, firmada, aprumada, cega, figura estar no céu, a casa acanoada sobe, desce, do meio das folhagens eu a olhava passar oh! passa de dia, de noite a lua derrama luz no seu chapéu.

txintun, curva do caminho

A casa acanoada nunca para em nossa aldeia, né? jamais, parou só uma vez, numa noite de tempestade ela bateu na tronqueira, ficou esburacada, passou a noite amarrada nos paus da nossa vargem, os brasileiros moraram ali uma ruma de dias, tentavam consertar, tapar os buracos, mas não podiam, o céu quebrado, chovia muito, eles não tinham força para levantar a casa acanoada que estava com um banda afundada, eles queriam ir embora para suas aldeias, nossa gente olhava os brasileiros e a casa acanoada, eu olhava, pelo meio das folhas vi bem de perto, cheguei mais perto, mais, eles olhavam com medo a nossa gente, temiam até as crianças, as mulheres oh! eles não tinham o de comer, nossos varões caçaram para eles, mariscaram para eles, tiraram legumes e frutas para eles, nossas mulheres cozinharam para eles, levaram alguidar de comida até a casa acanoada, eles olhavam desconfiados nossa comida, mas comeram, desconfiavam de nossa comida, de que era feita a nossa comida, eles nunca tinham comido de nossa comida, pensavam que era reimosa? que tinha veneno? e desconfiavam de nossas flechas, de nossa língua verdadeira, do que nossa gente falava e eles não entendiam, eles nos deram presentes, lenços, um chapéu-panamá, um sabonete, aquele perfume, aos poucos foram descendo da casa acanoada, entrando em nossa aldeia, olharam as casas, a gente, perderam o medo, falaram mais nosso povo, riram, pai ajudou a desencalhar a casa acanoada, os cariús não tinham força para levantar a casa acanoada, os nossos varões ajudaram, levantaram, taparam os buracos da casa acanoada, no dia de ir embora os tocadores da orquestra tiraram os instrumentos e fizeram uma festa de música, mostraram o que era sua cantiga, apresentaram uma cantiga de música na nossa aldeia, era concerto de música, nunca esqueci, mas nunca, coisa linda a cantiga deles, os trastes deles eram a coisa mais linda, minha avó ganhou de uma senhora um abano chamado leque, feito de umas mãe-de-pérolas riscadas e mais uma parte adornada em panos todos furados, tão finos, simulando mais flores, folhas, uma dor de boniteza oh! minha avó guarda o leque embrulhado numas folhas, mostra, mas ninguém pode botar a mão para não avermelhar... nossos varões empurraram a casa acanoada e ela foi embora rio abaixo deslizando na flor da água, nunca mais parou... eu lembro da orquestra... mas avó não entrou na casa acanoada, só viu de fora, eu não entrei, pai não deixou, iam me levar, que nem levaram Matxiani... bordar... bordar... um... para... ali... um... para acolá, cada um de um lado, assim, puxa, acocha o ponto... puxa... acocha... inu tae txede bedu, a pata da onça e aqui olho de periquito... a casa acanoada sobe o rio pela flor da água, desce o rio, tudo pela flor da água, desce e sobe pela flor d'água, a casa acanoada, pela flor da água, rio abaixo, pela flor da água, rio acima, pela flor da água, ela mora sempre no rio e nunca bota os pés na terra, a minha casa mora na terra, ela não gosta de rio.

hene, rio

O banho de rio, eu gosto, acabado de derramar o sol, não é só entrar na água, é ir pelo varadouro até o rio, no meio da neblina, pela trilha de caçada, seguir os rastros de caça na barranca, banho de rio, o igarapé de água mais branca, os grutiões de profundezas quebradas, olhar as águas toldadas do paranã em fundo de lama, as ressacas, a cacimba de água fria onde peixes gostam de morar, tudo isso é banho de rio, o remanso, campinas inundadas, margens, bojos de praia, areias-praias, praias de areia e águas limpas e brisa fresca, pular na água, arrepiar a pele, aguinha fria, brincar na água, pisar nas pedras, nas areias bem alvas, o tempo da seca, as cachoeiras, campinaranas, brenhas inundadas por águas pretas, leito de vazante, o rio no verão quando as águas paradas arremedam o céu e o dossel da mata, tudo isso, o rio nunca é o mesmo, sempre ele vira outro, de um dia para outro é diferente, agora um rio, depois outro, mais largo, mais fino, mais liso, mais crespo, mais fundo, mais raso, suas voltas se arrombam e fazem lagoas, os barrancos fazem praias, as praias fazem vargens, os barrancos derretem a lama nas chuvas, fazem o arraste dos paus, os barrancos e as areias e os paus arrancados fazem ilhas, ilhas fazem balseiros, os estirões do rio vão e vêm, vêm e vão, o rio saca a volta e faz um lago, o meandro faz estirão, o lago é aterrado, o sangrador fecha, abre, os lagos secam e viram campos de maliça, maliças chamam cipós, espinhos-de-gato, espera-aí chama ofé, ofé chama gitó, gitó chama embaúba-branca, embaúba-branca chama ata-braba, que chama mata limpa, que chama palmeira, sempre o rio mostra sua vontade de ser, o rio nunca é silêncio, tem voz, diz quando está zangado, quando está manso, triste, deito nas águas a olhar as ouranas tão amigas, marajás e joaris nas vargens, ucuuba e punã, jacis, na terra da alagação, apuro os ouvidos escutando a mocinha e a chorona dentro d'água ru ru ru... o rabeca-do-cão, reque reque reque... ru ru ru... reque reque reque... ru ru ru... reque reque reque... as pinoacas gemendo apanhadas na desova, zoadinhas de insetos, de frutas caindo, de ar dos peixes respirando, os rios formam cachoeiras que nascem e desaparecem depois, águas finas, não vejo quase águas, ali, se falo, minha voz cresce, aumenta e volta, parece voz das almas que nem uns lugares das matas, a minha voz e a zoada de passos aumentam que nem fossem as almas caminhando ou conversando, mas se eu me calo a zoada de vozes se cala, tenho medo não, sempre vou falar e gritar nesses barrancos para ouvir o barulho da brincadeira das almas arremedando as nossas vozes, eu não gosto de arremedar as almas, gosto de arremedar passarim.

keuin, cantar de pássaro

Passarim que pia, passarim que canta, tiro canto de passarim, arremedo passarim que chora, que ri, que grita, que vive avoando a bater as asas, na amanhecença o mutum macho para chamar sua mulher faz titiri titiri titiri titiri wẽ, titiri titiri titiri titiri wẽ... canta o katsinarite dizendo que vai chover, sei que vai chover quando o katsinarite canta, canta hehê! hehehê! hehehê! geme fingindo dor, não me engana, não, ã! ã! ã! ãi! ãi! o passarim katsinarite diz alegre depois da chuva tara-tará-tará! tara-tará-tará! assim, e na amanhecença a juruva sem parar, não termina de falar hutu, hutu, hutu, hutu... hutu, hutu, hutu, hutu... hutu, hutu, hutu, hutu... hutu, hutu, hutu, hutu... hutu, hutu, hutu, hutu... hutu, hutu, hutu, hutu... hutu, hutu, hutu, hutu... hutu, hutu, hutu, hutu... hutu, hutu, hutu, hutu... hutu, hutu, hutu, hutu... hutu, hutu, hutu, hutu... hutu, hutu, hutu, hutu... hutu, hutu, hutu, hutu... hutu, hutu, hutu, hutu... hutu, hutu, hutu, hutu... hutu, hutu, hutu, hutu... nem sei para que eles cantam, para que eles gritam, para falar? para alegrar? para chorar? para eu não chorar? para meu esposo voltar? para eu lembrar de meu filhinho? quem ensinou a cantiga ao passarim? sei não, hõrema canta were were were... were were were... bate-queixo voa tako-tako-tako, tako-tako-tako... araçari de galho em galho em galho brẽ brẽ

brẽ brẽ... pishi! pishi! pishi! quando vê gavião hin! hin! hin! hin! que nem macaco soim, e sabiá-poca oh! lá está, ali, não me engana, não, a dor é no peito? kreõ kreõ kreõ kreõ... kreõ kreõ kreõ kreõ... yaukwê kwê kwê... hutu hutu hutu hutu, titiri titiri titiri titiri wẽ... hutu, hutu, hutu, hutu... tucano yaukwê kwê kwê... eh, eh, eh, eh... idiki, idiki, idiki... idiki, idiki, idiki... brẽ brẽ brẽ brẽ... tucano kreõ kreõ kreõ kreõ... e aí vem, hutu, hutu, hutu, hutu... hutu, hutu, hutu, hutu... termina nunca, idiki, idiki, idiki... kwéék! hutu, hutu, hutu, hutu... e lá vem, brẽ brẽ brẽ brẽ... kreõ kreõ kreõ kreõ... titiri titiri titiri titiri wẽ... kreõ kreõ kreõ kreõ... kreõ kreõ kreõ kreõ... yaukwê kwê kwê... as zoadas da mata, falcão quiriquiri quiriquiri quiriquiri...

mae, aldeia

A minha casa, minha aldeia não à beira-rio, paranãs, igapós, aldeias pequenas na aldeia grande, uma aldeia grande feita de pequenas aldeias, a aldeia feita de casas, moquéns, ubás, tapiris, terreiro, assim a aldeia, nossas aldeias, todas, aldeias, Conta se Assentou Mane tsauni, Bananeira se Assentou, Cachoeira Assada Didixuya, Aldeia do Sol, Aldeia Gorda, mora tanta gente, a aldeia do meu pai e da minha mãe, a minha aldeia Conta se Assentou, na aldeia da cachoeira, no rio da Cachoeira, gosto de Conta se Assentou porque fica perto do pau da sumaumeira, amanhã ainda vou subir na sumaumeira, olhar o longe, galhos, galhos, galhos, a sumaumeira mora ali, mais para os lados da vargem, sumaumeiras gostam de morar em vargem, moram perto de aldeias, nossa aldeia é direita, limpa, não longe do morro, Mane tsauni, uma casa grande, alta, moramos no Curanja, eu agora moro no Curanja, será se o tuxaua meu pai vai querer mudar? quando der fé ele vai dizer, Oh meus filhos, a casa já ficou velha! Ficou ruim de rancho! Está cheia de almas! Eu já me aperreei! Ide procurar uma aldeia por todo o caminho! Quando aparecer um canto para fazermos uma aldeia nova, vinde me dizer! os varões vão procurar, vão descobrir um morro bom, vão derrubar os paus, vão cavar buracos, vão levar a terra, vão tirar paus fortes, madeiras linheiras, enfiar estacas, fazer mão de força, amarrar com enviras, erguer armadores de redes, vão buscar pau para a cumeeira, buscar caibros, buscar jarina, cobrir a casa, dois dão a jarina, dois dão o cipó, vão cobrir a cumeeira, as mulheres vão varrer casa dentro, fazer terreiro e a casa nova vai ficar pronta, nossa gente vai toda levando uma ruma de trastes, vai armar as redes, fazer fogo e vamos morar num novo canto, é sempre assim, a casa velha fica para trás, o mato sobe, toma, acaba, e sinto lágrimas, gosto das nossas casas, da casa velha e da casa nova, as mulheres moram mais dentro da casa, os homens moram mais na mata, né? aquelas pessoas vieram de longe para morar com o Curanja, uma aldeia boa, eu era feliz, nada me faltava, será se Xumani vai gostar desta aldeia? em volta da antiga aldeia os roçados, perto da casa Xumani fez capoeira para roçar, quando o morro ruim estava envelhecendo, meu esposo procurou um morro bom para botar roçado novo, quando encontrou, Xumani quebrou galhos no morro para marcar, se Xumani marca um morro, ninguém mais pode botar roçado ali, Xumani fica zangado, quando Xumani chegar, vamos nos mudar no verão para o morro bom ou para as praias, para um palmar do meio do mato, vamos fazer tapiri de folhas verdes de cana-brava, não gosto quando moramos mais outra gente, eu me aperreio e vou embora, quando tivemos outra aldeia de Quatipuru Trepou, era também direita, limpa, gente nossa habitava essa aldeia oh! a aldeia não era na vargem, era na terra firme.

mai, terra

Terra firme, gosto de terra firme para morar, o meu pai também, a minha mãe também gosta de terra firme para morar, avó gostava, avô gosta, Xumani gostava, e se uma onça matou meu esposo? inu tae txede bedu, a pata da onça e aqui olho de periquito pequenino, um para ali, um para acolá, cada um de um lado, assim, puxa, acocha o ponto, puxa, acocha, todo tipo de bordado... terra firme, bai kuin oh! a minha irmã, o meu irmão gostavam de terra firme, as crianças gostam de terra firme, os grandes também, todos moramos no alto, não vou morar nunca na praia, jamais em maxi bai, jamais, os rios sobem, alagam, e aqui tem tanto rio, uma ruma de rios, rios pequenos, rios caudalosos, o rio da Cachoeira, o rio do Sol, o rio Cujubim, o rio Tawaya, o rio do Capim, o rio da Capivara, o rio da Cana-Brava, o rio da Arara Encarnada, uma ruma de rios, os rios todos morando aqui, somos ciosos dos rios, somos sovinas dos rios, mas na água eu provoco, gosto de terra firme, não gosto de subir nem de descer o rio oh! gosto de tomar banho, gosto de me banhar no rio, gosto de brincar no rio, gosto de mariscar no rio, gosto de olhar o rio, nadar, gosto de nadar com os braços para fora que nem camarão, gosto de nadar que nem onça, com a cabeça de fora, gosto de arremedar peixe, gosto de nadar feito uma capivara, entrando e saindo, nado assim oh! tenho receio da água, prefiro terra firme, bai kuin, não quero nunca morar nas casas acanoadas, nem nas praias, só minha casa em terra firme me agrada, não sou gente do rio, sou gente de Cachoeira Assada, de Quatipuru Trepou, quatipuruzim... falam povo do morcego, a minha vontade é voar, meu pai contou que, quando nossa aldeia começou, nossos varões, no tempo da mãe da mãe da mãe da mãe, subiram o Cujubim, outros subiram o rio do Sol, outros subiram o rio do Capim, outros subiram o rio da Capivara, outros subiram o rio da Cana-Brava, outros subiram o rio da Cachoeira, outros subiram o rio da Arara Encarnada, varões subiram o rio Encachoeirado, aí o rio matou os varões, se não tivesse matado, nossa gente moraria na mesma aldeia, porém o rio matou os varões e todos nos dispersamos, disse meu pai, aldeias perto do rio, ou perto do rio não oh! minhas lágrimas, ah, sei as histórias antigas dos nossos antigos avós, aprendi com minha mãe que aprendeu com a mãe que aprendeu com a mãe que aprendeu com a mãe, sei dos rios, das aldeias, sei dos pássaros, sei das aranhas, das caças, das frutas, dos paus, eu quando vou conhecer um pau, primeiro olho para a sua haste, olho para as folhas, se conhecer pelas folhas não corto, se não conhecer, faço um corte, olho a casca, olho o reizo, se tem leite, se não tem, olho a cor, reparo se é duro, os paus são muito conhecidos de minha gente, ofé, seringa, demais, de longe, de longe temos conhecimento mais os paus, o pau sem conhecimento, temos de chegar perto para ver se não é pau doido.

hi, árvore

Os paus olham a distância, que nem eu, beira do rio, terra firme, jardim de sororoca, campina, grota, cocaia entranhada, em todo lugar mora uma ruma de paus, em terraço, em restinga, paus com âmago e sem âmago, paus altos e baixos, paus amarelos, verdes, azuis, encarnados, paus de flores pequenas ou flores grandes, paus de frutos que comemos ou não comemos, paus que fazem zoada e paus calados, moramos mais os paus que gostam da beira de rio, moramos mais o mulateiro axu, anauirá, coquita, pifaia, castanha-de-macaco, matamatá, moramos mais os paus de leite, moramos mais ucuuba, sucuuba, envireira, acapu, pau taniboca, anani, cedrorana, pau-louro, marupá embaúba sucupira, na mata baixa é pamá, sorva, mapati, araçá, ingá, bacaba, cupuí, mais, mais, uma ruma de paus, cada um diferente, não faltam paus, não faltam palmeiras, não falta mato, a mata tem caniço, tem vara, tem fio, tem cipó, tem jitirana, tem rama, tem palheira, tem capim, tem coco, tem conta, tem semente, tem erva, tem raiz, tem pau de comida, tem taboca, sororoca, tem tudo demais, tem tudo na mata, que é mata, né? uns paus gostam da terra firme feito nós, outros gostam da vargem, na terra firme moram pau abiurana, pau cumaru, jatobá também mora na terra firme, pau patoá mora na terra firme, pau jutaí mora na terra firme, pau tucumã mora na terra firme, pau aguano tem, pau gramixó que faz açúcar tem, aquele ali, copaíba, aquele, pau andiroba, pau muirapiranga aquele outro ali, pau araratucupi, atrás o pau guariúba, pau castanha-de-paca, moram na terra firme, moram comigo, não moro sozinha, não somos sozinhos, os paus que gostam da vargem, arapari, jacareúba, lá embaixo, açacu é venenoso, todo pau tem sua presteza, um presta para isso, outro presta para aquilo e cada qual tem um gosto, um gosta de esbanjar flores, outro gosta de derramar frutos, um gosta de deitar caligem, toldar a mata, outro gosta de alumiar, outro gosta de arremedar casa, uns gostam de matar os outros, uns gostam de morrer, uns são de vargem, pau apuí gosta da vargem, pau taxi gosta da vargem, urucurana gosta da vargem, pau maubarana, bacuri, pau-de-colher, esses gostam da vargem, uns gostam tanto da terra firme como da vargem, o pau açaí gosta tanto da terra firme como de vargem, uns paus gostam da beira do rio, das lagoas, dos igarapés, pau capinuri, pau jamarurana, pau tamara, pau dente-de-preguiça, pau paracuuba, pau camucamu, pau muruchi, pau piranheira, taperebá, e mais, e nós, no meio dos paus, tantos paus, titiri titiri titiri titiri wẽ... quem nos deu os paus fòram as almas, avó disse, as almas nos deram os paus, as almas semearam as matas, avó disse, semearam os paus, as almas plantaram e os passarins espalharam os paus, avó disse, as cutias plantaram umari, plantaram tucumã-piranga, os ratos plantaram abiu, os quatipurus plantaram javari-mirim, titiri titiri titiri titiri wẽ... os morcegos plantaram caxinguba, as araras plantaram seringa, titiri titiri titiri titiri wẽ... os japós plantaram sorva, os bem-te-vis plantaram buritis, foram as almas.

ibu, pai

Meu pai sabe dos sonhos o sentido, os grandes tuxauas tudo sabem sobre sonhos e lonjura, habitavam não longe a beira do rio, os grandes tuxauas do tempo da mãe da mãe da mãe da mãe da mãe, toda aldeia tem um tuxaua, o tuxaua mora com a aldeia, o tuxaua faz as pessoas morarem na mesma aldeia, em nossas aldeias há tuxauas bons e direitos, meu pai o tuxaua é bom e direito, ah é, os cariús falam dele, Bonito-de-uma--banda, falam outro nome, Canelador, falam outro, Saracura, meu pai tem tantos nomes, ninguém sabe seu nome verdadeiro, nem minha mãe sabe, só seus pais sabiam, e ninguém briga com ele, nem brinca, meu pai é bravo, Trovão, fala alto, nossa gente ouve lá do rio, fala baixo perto dele, sabido, adivinhador oh! Bonito-de-uma-banda fala, todos se calam, querem ouvir sua fala, ele fala, meu pai sabe as falas mais fortes, quando fala todos querem se juntar a ele, ficam em volta dele para ouvir, obedecer, querem se encantar com a fala dele, pai fala onde devemos morar, o que devemos fazer, não fazer, ele manda em nós, manda em todas as casas, em nossas aldeias, governa nossa gente, pai manda um varão fazer roçado, outro ir terçar, encoivarar o roçado, fazer casa, manda um plantar legumes, cortar, só as almas mandam nele, pai mora em nossa aldeia e a aldeia mora mais ele, nossa casa, grande, grande, pai manda os homens botarem roçado, pássaros deitam destruição nas plantações, cutias derrubam milharais, se precisamos de novos roçados, pai fala, Fazei legumes! Botai roçado! a outros fala, Fazei flechas! Fazei arcos! Caçai! e a outros, Zangais? Brigai não! a outros meu pai fala, Vossas mulheres matais? Morrereis, e não as matais! Morai bem! E não matais! Morai mais vossas mulheres! Zangai não, com vossa gente! Brigai jamais com vossa gente! o tuxaua fica bom quando os varões não brigam, se os varões brigam, meu pai não quer morar na nossa aldeia, oh! ele fala que vai embora, ou vai mandar o varão para longe, todos vão morar mais o longíssimo, Se brigais, não fico! Vós mais o longe morareis! assim fala meu pai, o tuxaua Bonito-de-uma-banda.

ewa, mãe

Lá está minha mãe, os esposos botando roçado, matando caças, mariscando, minha mãe diz, Os esposos estão trabalhando por vós! Fazei as vossas panelas! Fazei potes! Ah fazei! Alguidares rasos, fundos! Para eles comerem, fazei! As mulheres sem panelas, sem pratos, sem alguidares, e os maridos com legumes, não temos com que comer! as mulheres riem, riem, oé oé oé oé... todo dia, todo dia, oé oé oé oé... mãe diz às mulheres, Fazei redes! Fazei roupas! Fazei saias! Ah, fazei! oé oé oé oé... Vossos maridos trabalham, trabalhareis! oé oé oé oé... Vossos maridos trabalham para vós, fazei comida! oé oé oé oé... Se trabalham, não têm fome! assim minha mãe fala para as mulheres, e elas riem, oé oé oé oé... Minha mãe, estou fazendo bordado kene! mãe olha triste para mim, quem faz saia, faz rede, também, quem faz rede, faz roupa, se a mulher está sem saia, minha mãe pede algodão, se só descaroçam um capulho de algodão, ela fica zangada, as mulheres esperam os maridos, eles vão trabalhar, para depois comer, Vamos tecer! oé oé oé oé... Vamos panelar! oé oé oé oé... Vamos fazer alguidares! oé oé oé oé... mãe Awa, aquela folha azul das grotas, uma iaça redonda, cabelos canaranas, trabalha, trabalha, trabalha, manda, mãe manda, Minha filha, faze isso! Minha filha, faze aquilo! Minha filha, vem agora! Minha filha, depois! assim a mãe Awa fala, mãe sentou, está ali sentada, agora está trançando palha, seus olhos marejam lágrimas, está tão triste, sem sua filha Pupila, sem seu netinho, tristeza de mãe parece uma arara nua tremelicando de frio, as mulheres riem, oé oé oé oé... oé oé oé oé... oé oé oé oé... oé oé oé oé... oé oé oé oé... oé oé oé oé... oé oé oé oé... oé oé oé oé...

txikix, preguiçoso

Piiii, piiii, lá está um bicho-preguiça bacorim, assobiando, comendo, preguicinha só trata de comer sua comida, bacorim nunca vem ao chão, bacorim nem bebe nada, bacorim só fica no alto dos paus trepado pelas mãos comendo devagar, ãi! bicho-preguiça bacorim sente fome e não se mexe, ãi! bicho-preguiça bacorim sente frio e não se mexe, ãi! bicho-preguiça bacorim sente sede e não se mexe, ãi! nem o fogo o faz sair na carreira, nenhum perigo, ãi! quando bicho-preguiça bacorim dá uns assobios ãi! é porque está comendo, ãi! bicho-preguiça bacorim come à tardinha, ãi! assoviando, uma mariposa ãi! mora dentro de seu cabelo, ãi! e bicho-preguiça filhote é boa, ãi! Pupila era boa, ãi! Pupila não brigava, Pupila ãi! não atacava ninguém, ãi! Pupila não remetia contra passarim, ãi! Pupila não remetia contra macaco, ãi! Pupila não remetia nem ãi! contra o bobo do jabuti, ãi! lerdinha, mais lerda é jabuti? ou preguicinha? ãi! ou jabuti? ou preguicinha? ãi! mãe preguiça anda mais a sua cria, ãi! bicho-preguiça filhote, ãi! no cabelo trepada, ãi! Yarina tu vais virar preguicinha! sempre no alto dos paus, ãi! a unha do bicho-preguiça ãi! bacorim não fere, ãi! bicho-preguiça bacorim ãi! não morde nem arranha, ãi! mas a carne é nojenta, ãi! enjoenta, ãi! ãi! ãi! ninguém come, ãi! casa dentro bicho-preguiça ãi! bacorim é tão preguiçoso ãi! ãi! ãi!

que não come, ãi! vou lhe botar comida na boca, ãi! bicho--preguiça bacorim não gosta de engolir, ãi! tão preguiçoso, mãe preguiça leva bicho-preguiça bacorim ãi! ãi! ãi! ao alto do pau, ãi! para bicho-preguiça bacorim ãi! não morrer, Tu és preguicita bonitita oh! oh! ãi! ãi! preguiça gosta de folha de embaúba, ãi! gosta de matamatá, ãi! gosta de fruta do jutaí, ãi! gosta de cupuí, ãi! gosta de sorva, ãi! gosta de cacau-de-terra-firme, ãi! gosta da fruta do pau abiurana, ãi! ãi! ãi! gosta, ãi! ãi! ãi! ãi! ãi! ãi! ãi! ãi! ãi! ãi! ãi! ãi! gosta, ãi! ãi! ãi! ãi! ãi! ãi! ãi! ãi! ãi! ãi! ãi! ãi! ãi! ãi! ãi! ãi! ãi! ãi! ãi! ãi! ãi! ãi! ãi! ãi! ãi! ãi! ãi! ãi! ãi! ãi! ãi! ãi! ãi! ãi! ãi! ãi! ãi! ãi! ãi! ãi! ãi! ãi! ãi! ãi! ãi! ãi! ãi! ãi! ãi! ãi! ãi! ãi! ãi! ãi! ãi! ãi! ãi! ãi! ãi! ãi! ãi! ãi! ãi! ãi! ãi! ãi! ãi! ãi! ãi! ãi! ãi! ãi! ãi! ãi! ãi! ãi! ãi! ãi!

beti ikatsaua, sentada com a testa nos joelhos

Gosto de morar mais meu pai, mais minha mãe, mais meus avós, mais meus irmãos, gostava de morar mais Xumani, em minha casa, gostava de morar na casa mais minha gente, porém gostava de andar sozinha, gostava de subir no pau sozinha, amanhã vou caminhar sozinha, olhar os paus, vou para aquele rumo de lá, já fui para todos os lados, ali, acolá, vou sozinha, vou de dia, cedo, uns paus gostam de morar sozinhos, os patoás gostam de morar mais seus irmãos, buritis, caranãs, tucumãs, paxiúbas, inajás, castanheiras, esses paus só gostam de morar mais os irmãos e fazem fruteiras, atraem caça de noite, o macaco-da-noite não gosta de morar sozinho, ah gosta não, vive só em bando, para ali, para acolá, uns passarins gostam de morar sozinhos, outros gostam de morar mais seus irmãos, mutum, periquito oh! maçarico sozinho oh! gosto de sair sozinha, minha avó falava que a cambaxirra ia me levar se eu saísse sozinha, que eu ia ver as almas se saísse sozinha, que eu ia ficar adoidada se saísse sozinha, se saísse à noite os espíritos yuxibu iam me atacar, avó sabida... os yuxibu têm os dentes vermelhos? eu ando sozinha e não me amedronto, sozinha vejo os bichos, sozinha escuto os passarins, sozinha ouço o vento, sozinha aprendo os zumbidos, as zoadas, tiro os cantos de passarins sozinha, cujubim planta mudubim, céu bonitito com as nuvens, cujubim, mudubim, céu pintado oh! aquela foi a primeira vez que vi alma, eu era tão pequena, o rio andava com as águas brancas, eu queria pegar jia, a jia pequena que aparece no frio é boa de comer, né? a jia cantava grosso, escutei as jias cantando, pensei, Vou pegar jia! As jias estão cantando! mó! mó! mó! fui sozinha e bem devagar, olhando todo o varadouro, sozinha fui mariscar os piaus medrosos com a iaça debaixo d'água, era dia ou era noite? a lagoa grande cheia, curimatã nadava no remanso, cangati, jundiá nas águas, jabuti de rio por ali, purr! purr! pripripri! cururu também, e saltador, mó! mó! mó! peguei uma cabacinha para água, cheia, outra vez mais, cheia, vazia, oh, vazia, perto da envireira ouvi o canto, como era? eia ie i! eia ie i! fui devagar, eia ie i! ouvindo, por todo o caminho, perto, a jia eia ie i! pertíssimo, meu coração batia que nem pilão, será se eu ia virar jia? eia ie i! oh! ouvia cantar, eia ie i! mas não era a jia, era a alma à beira do rio, eu vi a alma, branca, branquíssima, fria, os cabelos de água compridos saindo da água, a alma sentada na beira do rio, meu peito ainda pula, o coração grita, os joelhos na testa, a alma levantou a cabeça, olhou para mim, abriu a boca e saiu a sua língua comprida, fina, ela queria me encantar, tremi, corri, gritei por todo o caminho, alma tem medo de grito, será se tem? em casa fiquei sentada com os joelhos na testa, feito alma, eu só pensava, será se eu ia virar alma? será se a alma tinha roubado a minha alma? será se eu estava encantada? será se eu já era alma? os olhos eu queria fechar, mas não podia... a língua da alma-jia... eia ie i! jia era yuxin ain mulher-alma... jia era alma cantando, eia ie i! eia ie i! eia ie i! eia ie i! alma é muito perigosa.

ninkaama, não ouvir

Xumani todos os dias de manhã ia caçar, mãe pedia, Meu genro, traze castanha para mim, ele trazia, Meu genro, traze gongo para mim, ele trazia, Meu genro, traze passarim para mim, ele trazia, minha irmã Pupila pedia, Meu cunhado, traze soim para mim, ele trazia, Meu cunhado, traze semente para mim, ele trazia, Meu cunhado, traze passarim para mim, ele trazia, eu pedia, Meu marido, traze mel para mim, ele trazia, Meu marido, traze semente para mim, ele trazia, para mode eu fazer colar, né? Xumani me deu uma marianita para eu criar em casa, só por boniteza, ela não ia morrer de quebrante de boniteza, nem ia né? Xumani tirou a marianita do casal, deixou o macho sozinho, feito eu estou sozinha, Xumani demora demais a voltar, nem pensei que ia sentir tanto a sua ida, parece que vou morrer de vertigem, fome, quem vai plantar para mim? arara morre se fica sozinha... nem sei se Xumani vai voltar... aquele ali mora num cumaru, Tu cantas? Tu cantas? oh! a marianita atirou um caroço de buriti na minha cabeça, fiquei brava, disse, Zangada estou! Marianita, vou te amansar! amansei a marianita, no dedo, dava frutas para ela, dava paricá, dava bacaba, dava muruchi, ela comia na minha mão, aqui titi, titi, ba! Vem, marianita! Ba! Canta! Canta! Fala meu nome! Yarim! Yarim! Yarim! Yarim! oé oé oé oé... mas a marianita não cantava, nem queria saber de falar, todo bicho criado em casa fica lerdo, menos onça né? onça não fica lerda, nunca fica lerda, onça é onça, precisão de paciência para passarim amansar, fazer passarim cantar, cantar de passarim, tempo de passarim cantar, o canto é de brincar, brincar, Fala, marianita! Diz, Yarim! Yarim! Yarim! Yarim! Yarim! o papagaio de avó idiki fala idiki! idiki! idiki! e a lerdinha da marianita, nada, Fala marianita! Fala! oé oé oé oé... inu tae txede bedu... a pata da onça e aqui olho de periquito, inu tae txede bedu.

mawa, arremedar

Passou, passou, a marianita não aprendeu a cantar, aprendeu a assobiar, mas cantar, nada, japim canta, japim arremeda os apelos dos outros passarins, uma colônia de japins fez ninho debaixo do jenipapeiro, no rumo daquela estrada, depois vou lá olhar, eu tinha de descascar tanta macaxeira quando estava na aldeia do povo da farinha, tanta macaxeira, assim que terminar daqui, vou descascar macaxeira até o sol derramar de uma cuia na outra cuia sua luz, do escuro, uma cuia na outra cuia na outra cuia na outra cuia, meu dedo é assim de tanto descascar macaxeira, o dedo dói, a mão dói, faz mal não, depois o dedo conserta, vou olhar uma ruma de ninho de japim, tudo ali, o japim canta quase que nem japuçá, quase que nem arara, huaaá! huaaá! huaaá! canta quase que nem tucano, kreõ kreõ kreõ kreõ... kreõ kreõ kreõ kreõ... yaukwê kwê kwê... fica arremedando... Xumani virou japim? ele sabia arremedar os cantos dos passarins todos, arremedava pica-pau direitinho, arremedava tucano, o japim canta, canta, mas a minha marianita não canta, marianita goela fina, marianita tristes olhos, estou triste, Xumani nem está pensando em sua mulher, está? lembra de mim? quem está cantando, Buni? Estás escutando, Buni? shiri-shiri-shiri! shiri-shiri-shiri! passarim isa, isa passarim é quem canta mais escondido oh! no alto dos paus mais altos, de cambaxirra eu temo o pio, vem buscar minha alma, nem quero saber, nem vou tomar de conta, cambaxirra é alma, é gente morta que voltou, meu irmão virou cambaxirra, mataram o menininho, de tantas flechas, as flechas viraram penas, as penas viraram asas, meu irmão virou passarim e avoou, virou passarim, passarim é danado de muitíssimo azul, shiri-shiri-shiri! azul de cor fina, canta no pau, vive comendo suas frutinhas, cantando, canta na embaúba, na palmeira, no buraco do pau, na pedra do rio, canta bem, fino, alma-gato é passarim, ele tem alma de onça, não pia nem canta, porém se quer, Canta! Canta logo! marianita, pipira, maracanã em casa morre de quebrante de boniteza, Passarim marianita, vem cantar! Xumani criava passarim com bico branco e rabinho, japó, irmão do japim, que come mamoí no roçado, nambu faz eh, eh, eh, eh, lá vem, titiri titiri titiri titiri wẽ, titiri titiri titiri titiri wẽ, responde o mutum e shiri-shiri-shiri! hõy-hõy-hõy-hõy! shãã! shãã! shãã! pariaw! pariaw! shã-shã-shã! shã! shãkoro-shãkoro-shãkoro! shu! shu! shu! shu! shõkiri! shõkiri! shõkiri! kuarun! kuarun! bordar bordar bordar, kuarun! kuarun! kuarun! kuarun! kuarun! kuarun! kuarun! kuarun! kuarun! kuarun! eh, eh, eh, eh, how! ai, os passarins de Xumani estão morrendo, quebrante de tristeza.

beneuma, sem esposo

Inclinados olhos de Buni, Buni Olhos Inclinados, Buni sempre olha pelos cantos dos olhos, inclina os olhos, olhos de garça-moura, olhos de beija-flor-de-garganta-verde, olhos de iraúna-veluda, olhos quebrantados de boniteza, mas quebrantados de tristeza, os olhos sempre a espiar os pés, olhos assustados feito nambu, olhos-nambu, nambuzim assustados, Buni não tem amor, Buni não tem esposo, desprotegida, olhos desprotegidos, olhos de uimba no chão, olhos reimosos, fazem tristeza de olhar para eles, lá estão seus olhos se derramando no bordado, ela borda tão devagar... os olhos vão para ali, para acolá, esquecem do bordado e entram na mata, se perdem, olhos de verão, águas de chuvarada, molhados olhos, inclinados, chuvas de vento, folhas caindo, secas, sequinhas, olhos avoados, nem sabem para onde vão, olhos pelejando para olhar os trastes do mundo, pelejando, tristes, pelejando para apurar a vista, toldados feito lama, gapozados, esta Buni é tão avoada... acho que a Buni não enxerga muito bem, como se visse o tempo todo uma visagem, Buni vê visagens, visagens e tisnes, tisnes e fumos, fumos e mel, olhos de raposa-do-mato, perdida no encante da lua, gritando feito gente, eeiiii... Buni é feito macaco resina que cabe na mão de uma criança, macaquinho resina pss, pss... Buni fina, Buni chuva fina, Buni neblina, pss, pss... pss,

pss... pss, pss... pss, pss... Buni brisa, Buni flor, Buni beija--flor, pss, pss... pss, pss... a mocinha, óim, óim, óim! beija--flor é, fininha, desmanchava os olhos em lágrimas, desmanchava os olhos em chuvas, beija-flores os seus olhos rapidinhos, para lá e para cá, ali, acolá, para, voa, voa, para, pss, pss... pss, pss... pss, pss...

buni, casca cheirosa

Buni, pau de casca fina que faz a água cheirosa, Buni Olhos Inclinados, Buni tem medo do pai, porque ele é mandão, fala, fala, Buni se amedronta e se esconde, Buni escuta calada, inclina os olhos, seu outro nome, Olhos Inclinados, Buni Olhos Inclinados, Buni Olhos Inclinados quando acha uma cobra pequena na água corredeira, treme, tem medo de uma cobrinha, Buni teve o beiço furado, chorou, chorou, tremia de medo e chorava, Buni é uma folha que cai na água e fica no fundo, menina água, chora, se chora, vai se esconder em sua casa, tem medo, é florzinha fina e treme de medo, Vem, Buni, ba! Ba! Eê! Eê! mas ela fica chorando dentro da rede, Tu, tu Buni, por que me olhas? e ela não responde, ouço as suas lágrimas, embaixo da rede chovem lágrimas, se eu vou embora, Buni fica na rede o dia inteiro, ela se acostumou a ficar na rede, mas eu a procuro para conversar, quando vai comer, Buni só quer saber de comer sua comida, não chama ninguém, não dá frutas, também não dá contas, não dá manilhas, não dá fios, seu mariquinho está sempre cheio porque ela não dá nada, por isso fico zangada, as mulheres ficam zangadas com Buni, ela não dá nada, bordar bordar... bordar bordar... Buni gosta de pegar minhas arrecadas, ela quer pegar minhas sementes, meus coquinhos, minhas penas, no meu mariquinho, quer o seu mariquinho cheio, bordar bordar... tucano canta ali, kreõ kreõ kreõ kreõ... tucano canta acolá, yaukwê kwê kwê... no pau de mulaterana, o tucano me olha com seus olhos delineados, bordar bordar... os dois irmãos pinica-paus ficam só brincando, bordar bordar... meninas atiram caroços de araratucupi, para saber se há galhos no céu, Buni, por que estás me olhando deste jeito? Buni esqueceu os olhos em mim, esqueceu o bordado, esqueceu.

tanái, marcar

Minha mão doida, dançadora de festa de bordado, bordadeira de kene, minha mão maneira vai solta, sozinha, sabe de tudo, tudo ela quer fazer sem eu saber, se eu vou à roça ela pega macaxeira e eu nem vejo, estou pensando lá longe, a lonjura, quando reparo, minha mão encheu a serapilheira de macaxeira e eu não vi, minhas mãos são uma amiga da outra, uma obediente da outra, minhas mãos têm duas almas, uma brava e outra mansa, tudo tem do brabo e do manso, a pessoa mais braba é o Felizardo, Xumani estará sujeitado ao Felizardo? meu cunhado, quando voltou, mostrou a marca na pele, Felizardo marca a pele de nossos varões com ferro quente, marca o nome dele, para dizer quem é sujeitado, será? Xumani matava Felizardo, Xumani nunca ia se sujeitar, Xumani é brabo como os bichos brabos, falam que sou braba, outros falam que sou mansa, o padre me amansou... minhas mãos são maneiras porque faço amarra fina, minhas mãos gostam de amassar barro, faço panelas boas, faço alguidar, eu nem casada era e já fazia, fazia, minhas mãos fazem bichos de barro, fazem queixada pequena, fazem piaba, fazem soim pequeno, fazem pequeno papagaio de barro, fazem arara de barro, fazem gato de barro, as pintinhas, fazem trança, tecem, inu tae txede bedu, a pata da onça e olho de periquito, todo tipo de trança, fazem cesta, minhas mãos trançam, riscam, pintam fios macios com pontas agudas de espinhos, nunca se cansam, as mãos, terminei mais outra cabeça, Vai buscar mais! Chega aqui! Traz uma bebida de banana! Estou morta de sede, Onde viste o ninho de japim? Quem é que está cantando, Buni? Por que ela está indo embora? Quem é que está me chamando, Buni? Eu gosto de passarim que canta! Eu não gosto do grito de cricrió! ah maria-irré, bordar, maria-viuvinha, bordar... um para ali um para acolá, cada um de um lado, assim, puxa, acocha o ponto, todo tipo de bordado, minhas mãos maneirinhas trançam cesto oh! cestos lindos oh! fazem mariquinho oh! lindo oh! fazem bracelete oh! fazem diadema de pena roxa oh! fazem diadema de olho de cocão oh! fazem guirlandas de contas oh! fazem bicho de barro oh! pente de talo de cana-brava oh! esteira de talo de buriti oh! Pupila tinha uma voz tão linda, lisinha a sua voz, ela cantava, riscava, triscava, cantava, nossas mãos, de um lado a mão mansa e do outro lado a mão braba, ou as duas mãos brabas, ou as duas mãos mansas, Acabou de fazer? Bota ali! Buni! Bota na kakan! Bota acolá!

sinatapa, dae, brabo, manso

Tudo tem de brabo e de manso, tudo no mundo existe do brabo e do manso, quem falou foi o tuxaua meu pai, o seringueiro falou ao tuxaua meu pai, o regatão falou ao seringueiro, nem-sei-quem falou ao regatão, tudo existe de brabo e de manso, e está certo, está certo, certim, certo? certo, certim, certo certo certo certo, a anta é braba e o boi é manso, o veado-do-mato é brabo e o bode da casa é manso, a ovelha é mansa e a suçuarana é braba, o quatipuru é brabo e o rato é manso, a nambu é braba e a galinha é mansa, o brasileiro é manso e o nosso varão é brabo, as mãos, a mansa e a braba, o patrão brabo e o regatão manso, o seringueiro brabo e o seringueiro manso que já sabe cortar seringa, as abelhas mansas que fazem mel e as brabas que fazem mel azedo, as mansinhas nem têm fogo e fazem uma garapa doce, doce, mulheres brabas e mulheres mansas, veado brabo e manso, quem amansa o veado é a lua, veado só faz o que a lua manda, quem amansa as mulheres eu não sei, se são as almas, se são os homens, se é a casa, rio existe manso e brabo, um mesmo rio fica manso na seca, depois fica brabo na alagação, que nem Xumani, ele ficava brabo, ficava manso, ficava brabo, ficava manso, depois ficava brabo, há macaxeira mansa e macaxeira amarga que é braba, há seringa mansa e seringa vermelha, a vermelha é amansada no crescente da lua, de tudo há o manso e o brabo, como há alma grande, rio pequeno, lagarta lisa ou rabo peludo, tudo do mato ou de casa, tudo é do nosso escolher, tudo é do nosso querer, sabemos... são os varões saindo? bordar, bordar... um para ali um para acolá, cada ponto de um lado, assim...

xaxu xubuya, regatão

De primeiro vinha o regatão Saul, quando foi depois ele desapareceu, veio o regatão Marmoud, quando deu fé ele desapareceu e veio o regatão Bonifácio, o regatão Bonifácio subia o rio com a canoa cheia de mercadorias, trocava por peles de animais, ele falava "pele de fantasia", pele de suçuarana e de outros andejos, ou de jacaré, queria salsaparrilha e ovos de tartaruga, nossos varões saíam em caçadas aos gatos, matavam jacarés para tirar a pele, queriam faca de bainha, terçado, machado, miçanga, anzol, anzolim, depois que apareceram os regatões nunca mais fizemos anzol com osso de perna de tatu, nem linha com envira de algodão-bravo, o regatão Bonifácio queria também levar nossos rapazes para o trabalho deles, no começo os rapazes queriam ir, mas uns voltaram dizendo que era um trabalho medonho, não ganhavam nada, ficavam sujeitados, uns morreram de tanto trabalhar, outros foram mortos quando tentavam fugir, o regatão subia o rio com a canoa afundando de mercadoria, descia o rio com a canoa afundando de fabrico de borracha, salsaparrilha, ovos de tartaruga, rapazotes e peles de fantasia, ele parecia um espírito vakata, uma ruma de cabelos, cabelos nas mãos, cabelos no rosto, cabelos na nuca, cabelos nas orelhas, nas ventas, um chapéu grande, seus pés moravam dentro de botinas né? o regatão tinha um rifle, tinha carabina de repetição, Apon queria uma carabina, ofereceu duas peles de gato pintado, nada, quatro peles de gato, nada, quatro peles e duas pelas, nada, isso, e mais quatro rapazotes, nada, isso tudo, e rapazotes e mais salsaparrilha e uma ruma de ovos de tartaruga, nada, o regatão tinha medo de entregar o rifle e ser morto por nossos varões, era para nós fazermos rifles e não para querermos comprar aos brasileiros, era para ser como arco, que cortamos a pupunha e fazemos, saímos flechando por aí, era para ser assim o rifle, furar pau e ficar mais o rifle, era para sabermos fazer o rifle, mas não sabemos, nossos varões não sabem, Xumani não sabe, ninguém sabe, quando um varão nosso quer um rifle vai atrás dos cariús, dos regatões, dos peruanos, mas eles não vendem rifles aos nossos varões, nossos varões tiveram rifles e carabinas de repetição, fizeram assalto e capturaram os rifles, aprisionaram rifles, tomaram bala no peito, bala na cabeça, nossos varões sempre souberam o que é o furo de uma bala... antes nestas matas mandavam os tuxauas, agora maior é a força dos rifles, mandam o rifle e a carabina mais que o tuxaua.

beisiti, espelho

O regatão Bonifácio assentou perto de mim e me mostrou uma folha de água, uma água dura, fria, lisa, enganchada, que nem a água debaixo da lagoa, presa em outra água e nessa água estava uma cara parecida com a cara de mãe Awa, mas não era ela, era a minha cara, eu ri e a minha cara riu, o regatão tinha feito uma folha de água fria, cara de espíritos, folha de espíritos, não era a minha cara porque era feita de água, lisa por fora, redonda, olhos puxados para as orelhas, nariz aberto, boca de umas taturanas encarnadas, perguntei se era a minha alma presa ali, o regatão fazia a magia da alma, ele prendeu a minha alma naquela folha, devia ser a minha alma, mas era beisiti! beisiti! devia de ser a alma de minha avó, beisiti! beisiti! o regatão encostou o rosto no meu, vi sua alma dentro da folha, encostada na minha alma, como ele fazia para prender ali as almas? era a mesma cara, igual, beisiti! beisiti! beisiti! a alma repetia o que eu via, beisiti! se eu ria, ela ria, se eu mexia no cabelo, ela mexia no cabelo, a alma fingia que era eu, arremedava a minha cara, rodava, fazia ser tudo igual, beisiti! grande era seu segredo de fazer ao mesmo tempo, de saber tudo o que eu ia fazer, não fazer nem antes nem depois, igual, e fazia bem, como uma irmã, como a cabeça de uma irmã, duas irmãs, que nem eu tivesse duas cabeças, Tenho eu duas cabeças? perguntei, e o regatão riu de mim, Esta indiazinha! Este é um espelho, menina! Beisiti! pedi, Me dá o espelho? Me dá o espelho? Me dá o espelho? Me dá o espelho? beisiti, ele deu o espelho para Pupila, o regatão Bonifácio queria levar minha irmã, queria comprar minha irmã, mas avô Apon não deixou, pai não deixou, o regatão queria roubar e sujeitar minha irmã, não tirava os olhos de Pupila, queria comprar minha irmã, queria minha irmã, pai quis trocar Pupila por uma carabina, meu avô não deixou, duas carabinas, meu avô não deixou, três, quatro carabinas, meu avô não deixou, será se o regatão roubou minha irmã? comprou minha irmã? mas nunca apareceu espingarda nenhuma em nossa casa, nunca apareceu rifle, nem carabina de repetição, apareceram umas facas de cabo e uns terçados, mas pai nunca ia trocar minha irmã por tão pouco, nunca ele ia dar a filha, quando Xumani falou ao meu pai que ia botar roçado novo e queria a minha irmã para ela ser sua segunda esposa, Pupila não estava mais na aldeia.

babui, esmorecer

O regatão Bonifácio levava mulheres de nossa gente, levou Beti, levou Pôkuru, levou Anari, levou Nakon, levou Canelada, levou Marianita, e elas nunca mais voltaram, mas Mani voltou, contou que nas aldeias dos cariús não moram quase mulheres, nos barracões há mulheres, e muitíssimos trastes, tabaco redoleiro, feijão, açúcar, café, carne-seca, paneiros de farinha, perdizes de chumbo em grão, molhos de tabaco entaniçado, mãos de milho, garrafas de querosene, borracha sernambi, fósforos, tigelinhas de seringar, tesouras, agulhas de costura, rendados do Ceará, botas, chapéus, cebola, coco, óleo de copaíba, de andiroba, de jarina, sabão de andiroba, corda, cestos, vassouras, panos, tudo há, mas não há mulheres, quase nenhuma, nem umazinha, e esquisitas, fracas, vestem roupas velhas remendadas de panos, umas roupas acochadas, e as nossas mulheres que o regatão levava ele vendia, eram mulheres boas, gordas, custavam um pau de borracha, dois paus de borracha quando eram bonitas, gordas, mais jovens, umas ficavam mansas, umas mordiam os patrões, mordiam os seringueiros, o regatão Bonifácio amarrava um pau na boca de nossas mulheres para elas não morderem, vendidas aos seringueiros que não eram amulherados, para eles se amulherarem, e para as nossas mulheres se maridarem deles, mas umas mordiam, fugiam, ou viravam devassas das noites, bebiam a aguardente, huni dos brasileiros, e viravam môte, andavam mais todos os homens, mesmo as que eram amulheradas iam dançar nas festas deles, os brasileiros todos dançavam mais elas, um depois de outro, depois de outro, uma dança diferente, o regatão tirava da mata as nossas mulheres com a boca amarrada, com um pau amarrado na boca, para mode elas não morderem, as mulheres iam trabalhar para os patrões cariús, iam se sujeitar, passavam o dia descascando macaxeira, cozinhando, limpando, varrendo, lavando, plantando, os brasileiros se matavam para mode ter uma mulher de nossa gente, umas morriam de quebrante de tristeza, mulheres de nossa gente iam trabalhar para os patrões, elas eram amansadas, não mordiam mais, vestiam roupas como as brasileiras, acochadas, alvaçãs, descascavam macaxeira o dia inteiro, noite escuro dentro, descascavam macaxeira até sangrarem os dedos, faziam fabrico de farinha, cariús só gostam de farinha, cariú quer dizer povo da farinha, os patrões marcavam com ferro quente as peles das nossas mulheres, para elas serem deles, marcavam os nomes deles, os sinais deles, o regatão falou que era mentira, nunca marcaram a pele de mulher nenhuma, ele seguia minha irmã Pupila, dava presentes a Pupila, dava miçangas, dava pano, dava linha colorida, dava rendados do Ceará, açafates, dizia que quando ela embonecasse, amulherasse, ele voltaria para buscar Pupila, mode ela se maridar dele, Pupila era pau para quatro tigelas... ele veio... veio... levou Pupila... foi ele... sei que foi ele... foi sim... ele, sim... o regatão... o regatão levou minha irmã... minha irmãzinha... ele levou... ah errei! Tem mais fio? Mais novelo? Mais! shu! shu! shu! shu! Mas teu bordado, Buni! Tanto fizeste! Está é lindo! o regatão vai comprar, por um candeeiro? uma panela de metal? será se ele caçou minha irmã?

txai, longe

O segredo da lonjura, longe, o rio leva até a lonjura, é o rio, a lonjura-segredo, conhecemos até um lugar, depois nada, nadinha, além-segredo, meu pai nosso tuxaua foi adiante, foi até a aldeia dos brasileiros, ele sabe como é, para mim a aldeia dos brasileiros também não é segredo, o rio me arrastou para lá, minha vontade de conhecer a aldeia dos brasileiros era segredo, a vontade de ir mais longe também sempre foi segredo, Xumani pode estar numa aldeia de brasileiros, falam que ele morreu, mas ninguém o viu morrer, ninguém viu seu corpo falecido, nem os ossos, e se uma onça o comeu? ele pode estar na aldeia dos peruanos, seringando para os caucheiros, aqueles caucheiros, vi os caucheiros, numa colocação deles, mas não falei a ninguém, contei ao meu pai tuxaua, gosto de abraçar um tronco em segredo, secreto um lugar que eu conheço, eu o descobri e não conto a ninguém, só Xumani conhece, mas um dia vou levar meu filho, vou, uma campestre pequena que nem casa de criança, casa de almas, ninguém chega ali, eu contorno um morro, subo outro, vou vou vou vou, varejo acompanhando a beira de um riacho, a cada meandro a areia se ajunta, bem mais embaixo quando a trilha segue para o lado de lá eu entro naquele emaranhado de mata e cipós, vou dar na campestre, clareira da mata, lá onde foi que aconteceu, nem sei se vou voltar ali, será se as almas ainda moram naquele lugar? só minha, eu ia para lá em segredo, guardava o segredo de meu caminho, ali me escondia quando me aperreavam, quando Xumani ficava brabo, Xumani brigava, Onde foi que estiveste, minha esposa? Tu, tu, minha esposa, onde? depois levei Xumani, escondi Xumani na minha campestre, shu! shu! shu! shu! eu era feliz, era tão feliz, nem sou mais feliz, se eu não tivesse encostado a mão na flecha de Xumani, mulher encostar a mão, encostei, peguei a flecha, o arco, armei o arco, atirei, acertei, matei, eu não queria... minhas mãos... as almas se vingaram de mim, para que fui atirar flecha? para que fui passear na beira do rio? tão tardinha... beirada de rio é lugar perigoso... antes eu era feliz.

bai, roçado

Feliz porque Xumani botava roçado, eu tinha um roçado grande com muito legume, Xumani botou roçado, flor de mutamba, tempo de roçado, o sol brilha titiri titiri titiri titiri wẽ... tempo de brocar, ruma de vento, tempo de queimada titiri titiri titiri titiri wẽ... brasa apagada, tempo de coivara, Xumani plantava banana, milho, macaxeira, manhã cedo cortava maniva, maniva plantava, titiri titiri titiri titiri wẽ... plantava cará, plantava inhame, plantava jerimum, plantava batata-roxa, plantava banana, plantava feijão, plantava jaticupé oé oé, urucum, algodão, cana também plantava, os legumes abundavam, Xumani fazia buracos para plantar, tirava pau, fazia ponta no pau para cavar buraco, para botar um roçado, Xumani brocava o mato fino com um terçado, era preciso tirar o matim miúdo, Xumani joeirava, Xumani botava roçado, Xumani derrubava os paus com machado, Xumani espancava os paus com o gume, os paus grandes caíam estralando, quando secavam bem secos, Xumani queimava os paus, o fogo ardia alto, ah fogo, dia todo era aquele fogo, dentro da noite as lavaredas ainda brilhavam titiri titiri titiri titiri wẽ... quando tudo estava queimado, preto, em cinzas, a terra cozida, Xumani plantava milho, os irmãos ajudavam, meus cunhados, seus pés ficavam pretos, Xumani voltava para casa com os pés pretos titiri titiri

titiri titiri wẽ... feliz... na terra crua nada nasce titiri titiri titiri titiri wẽ... roçado tem de ser em terra cozida titiri titiri titiri titiri wẽ... roçado que Xumani botava era florido, bom, titiri titiri titiri titiri wẽ... titiri titiri titiri titiri wẽ... titiri titiri titiri titiri wẽ... titiri titiri titiri titiri wẽ...

huatian, floração

Legumes se plantam no tempo da floração, no tempo da mata que vai florar, plantamos o milho no tempo da flora da sumaúma, plantamos macaxeira no tempo da floração do pau-d'arco, mudubim no tempo da floração da mulateira, o algodão no tempo da floração da cajazeira, feijão no tempo da flora do mulungu, jerimum na floração da cajazeira, batata no tempo das flores do cajá, quando plantava os legumes, Xumani só plantava no tempo da floração, quaisquer os legumes que plantamos à toa, logo morrem, acabam, terminam, devem de ser todos plantados no tempo da floração, para florir, florir, florir, macaxeira se planta no tempo da floração, bananeira se planta no tempo da floração, batata se planta no tempo da floração, cará se planta no tempo da floração, feijão também se planta no tempo da floração, o milho cresce, emboneca, quando dá fé está maduro, Xumani quebrava o milho, limpava o terreno, acabado, Xumani plantava novamente macaxeira, acabado, bananeira, passou, passou, a garganta da banana recortada, o pescoço cortado, acabado, saía o cacho, oh! Xumani limpava o roçado, assim fazia, plantava mudubim, acabado, o mudubim estava em flor, Xumani arrancava o mudubim, cortava a cabeça-talo, deixava secar, no verão Xumani plantava mudubim em praia seca, na beira do rio, enquanto o mudubim amadurecia, ah delícia boa, Xumani fazia tapiri no bojo da praia, esperava, nossa gente ia pascanar ali com ele, verão no tapiri, esperando o mudubim amadurecer, ficar na beira do rio, tão delicioso oh! delícia boa, quando era depois, Xumani arrancava o mudubim, tudo ali ele fazia, nossa gente se deleitava na beira do rio, até o sol se derramar de uma cuia para outra cuia.

aki, beber

Agora eu lembro, uns dias antes de ir embora, Xumani fez xumá, venenoso, estonteante, tirou o couro da sumaúma, despalmitou paxiubinha, paxiúba, patoá, tirou os cachos, despalmitou aricuri, jarina, tirou os gomos novos, machucou tudo com um pau, despejou na panela, água, fogo, panela no fogo, entonce Xumani tirou a panela do fogo, ali, esfriando, Xumani bebeu, num instante seus olhos se avermelharam e se encheram de lágrimas, Xumani deitou agarrado com a rede, depois desceu da rede, tonto, para ali, para acolá, rodou rodou rodou, murmurando mais as almas, minha gente se amedrontou, emborquei as panelas e escondi as crianças, ali embaixo, escondi Huxu, e as outras crianças, a bebedeira chegou em Xumani, em Xumani o suor muito se quebrou, Xumani bateu os pés, Xumani tremeu, Xumani arremedou a casa, Xumani foi de um lado a outro, Xumani viu as almas de sua gente, Xumani gritou, Xumani se arrevezou com as almas, as almas queriam levar Xumani a suas casas, chamavam Ba! Ba! mas Xumani não queria ir, as almas o puxaram, e se as almas se vingaram de meu esposo querendo me matar? quase morri! e Xumani, será se as almas o levaram? as almas levaram a alma de Xumani? e foi nesse dia? e Xumani foi buscar sua alma? Xumani tirou o cacete, queria quebrar as panelas, fugi na carreira, Xumani queria me bater com o cacete, quebrar minha cabeça, pensava que as panelas eram almas, Xumani arremedou a casa de novo, gritando, sentou, falou, Oh minha esposa, eu vi as almas de nossa gente morta! Vi a alma de Matxiani! Xumani nunca esqueceu nossa filhinha morta, dizia Xumani que as almas levaram Matxiani, ele bateu com os pés, chamando por sua filhinha morta, Matxiani! Matxiani! Matxiani! Matxiani! tentei deitar Xumani na rede, Matxiani! Matxiani! Matxiani! ele me empurrou, para ali, para acolá, enfim Xumani adormeceu, dormiu a noite inteira no terreiro, ali, bem ali, estirado no chão, com os xerimbabos, mutum, jacu, paca, os macacos lambiam sua boca, o cairara lambeu o xumá na boca de Xumani, ficou bêbedo, lambeu o sangue nas feridas, corri a espantar o macaco... foi só de noite... só de noite Xumani falou comigo, *Bacurau canta à noite, bacurau de pena escura, pena marrom-bacurau, canta mais a lua cega, bacurau avisa de lua cega, corujas piam, uã uã txu...* e corujão, awê! awê! awê! araçaris de galho em galho em galho em galho, brẽ brẽ brẽ brẽ... pishi! pishi! pishi! se veem gavião tete, fazem hin! hin! hin! hin! e gavião, qué, qué, qué, qué, qué, qué, qué, qué, quando vê gente, gavião é bicho alarmoso, o de penacho, piiiii, piiiii... o real, wiiw! wiiw! o cortador, tuyiyi! tuyiyi! tuyiyi! tuyiyi!

pe, feliz

Não fazia sempre frio, nem sempre fazia escuro, existia o senhor do frio, o senhor da noite, tucano cantava ali, tucano diz com sua voz rouca kreõ kreõ kreõ kreõ, tucano canta, yaukwê kwê kwê, veado pequeno faz méee! méee! méeee! eu não pensava em coisa alguma, nada receava, vivia desassombrada, feliz, morava na aldeia perto do rio, feliz, felizes nós todos, uma roça boa oh! todos felizes, nossa gente não era pobre, nem mandada pelos outros, só o tuxaua meu pai mandava em nós, não era tão longe, não era tão perto do Curanja, era rio abaixo... aqui é frio, os morros são altos, passa quase ninguém... lá era bom, Xumani botava roçado, caçava, nada nos faltava, nossa gente fazia festa, vestia roupa redonda, roupa comprida, roupa de festa, os homens tocavam e as mulheres cantavam, de madrugada cantavam para acordar os outros, nossa gente cantava, dançava, ho ho ho ho, batia os pés, *Aregrate mariasonte, mariasonte bonitito, bonitito bonitito yare... ho ho ho ho*, enquanto Xumani roçava, eu comia mamoís mais Huxu, nada nos faltava oh! Huxu flechava lagarto que estava se esquentando ao sol, brincava de pião, brincava de pelejar, atirava flechas de criança no traseiro dos outros meninos, jogava bexiga inflada de tamanduá, ria, metia a pinguela nas cabaças, brincando, yaukwê kwê kwê... kreõ kreõ kreõ kreõ... *Aregrate mariasonte, mariasonte bonitito, boni-*

tito bonitito yare... Huxu meu filho, Huxu trepava, Huxu brincava, kreõ kreõ kreõ kreõ... Huxu ria, Huxu se balançava, Huxu tinha dois irmãos pica-paus, os dois irmãos pica-paus ficavam só brincando com Huxu, onde está meu filhinho? onde está meu filhinho? as almas se vingaram de mim, para que fui atirar aquela flecha? para que fui passear na beira do rio? tão tardinha... beirada de rio é lugar perigoso... antes eu era feliz... vou virar surulinda, vou virar cambaxirra, vou virar gavião-azul, vou voar, vou para longe, Huxu Huxu Huxu Huxu Huxu Huxu Huxu Huxu Huxu Huxu Huxu Huxu Huxu Huxu Huxu Huxu Huxu Huxu Huxu Huxu Huxu Huxu, tempo de mel, de novo... alvo... clarinho... meu filho...

Huxu, alvo, branco

Huxu atrevidim, peraltazim, engraçadim, todos queriam ter Huxu por perto, Huxu meu filho, mel de arapuá, abelha arapuá, abelha toma as floradas, abelha trabalhadora-muito, na aurora vai com as patinhas no mel arapuá, grosso, perfumoso, visita as flores, umas dormem até o sol levantar de sua raiz, sol alto as arapuás acordam para buscar suas floradas, pouco mel, farto mel, umas arapuás... outras tão mofinas que a aragem pode carregar daqui para longe... Huxu apurava o mel doce da arapuá, encontrar mel se faz mais pelos ouvidos... as abelhas moram no pau oco, voam bem espertas, umas voam moleironas, fazem uma entrada comprida de cera preta, num oco de pau, umas entradas cheias de dedos, as abelhas da mata verde fazem sua casa no galho, Huxu encontrava as arapuás, Huxu abelhudim, as abelhas faziam zoada e Huxu escutava, tinha o ouvido fino, ia, escutava, escutava, Huxu achava logo as abelhas, meu filho ia mato dentro, escutando o caminho, arremedava, parava num rumor aqui, numa zoada acolá, ouvia o zunzum, longe, as abelhas flechavam neste rumo, Huxu descobria o galho da casa de arapuás, umas não fazem zoada, ainda assim meu filho sabia encontrar sua casa, sabia ainda mais na friagem, as abelhas gostam de frio, saem de casa no frio, voam mais no tempo frio, são mais agitadas no frio, mais bravas na friagem, meu Huxu tão bravo, as abelhas bravas se enroscam no nosso cabelo, ferroam nossas cabeças, furam nossa saia, umas fazem casa na forquilha dos galheiros, zunzum o tempo todo na entrada da casa, nem assim é fácil pegar mel, mel que é doce, mel que é grosso, garapinha, mel amargo, mel azedo e desgostoso, venenoso, mel que faz vomitar, umas bravas fazem pote de favo, os favos grudam na boca, Huxu encontrava as abelhas, chamava Xumani, Vamos, meu pai! Xumani se lambregava de cera, levava o machado, dava uma machadada, as abelhas saíam no ataque, queriam picar Xumani, mas ele ria delas, oé oé oé oé, Oh que abelhas tontas! tontas tontas, tontinhas, tontas tontas tontas, tontinhas, Xumani golpeava o pau, o pau caía fazendo o chão tremer... umas abelhas fazem sua casa na casa do periquito que furou a casa de barro do cupim... aquelas nem dão mel, só picam, mas, fazem cera, e a cera faz fogo, para nossa casa, quando chove... essa cera tem um cheiro, um perfume... umas abelhas só sabem entrar em nossos olhos.

bai, caminho

Ia eu mais Huxu no caminho beirando o mato, mato fino, mato alto, alto mato, na beirada, pisando no barro mole, beirando caminho-rio, não havia cerração, nem nuvem, o caminho reto, limpo, frequentado, na corredeira do rio, a saída do caminho, o volteio do caminho, uma parte em zigue-zague, uma parte requebrada, a vereda, varadouro, picada de caça, embira, eu era feliz... o encruzo onde nasce o capim para meu corpo pintar... eu levava Huxu ao remanso, ali morava um balanço de cipós, Huxu caía na água, nada nos faltava, felizes, Huxu gostava de fazer algazarra, ararai, ararai, ari! borboletas giravam sem fim, meninas amarelas, desassombradas, amarelinhas, encarnadinhas, ensinei Huxu a matar sapo, Huxu tirava camarão, ajuntava bastante camarão na cesta, encontrava um buraco, metia o braço, pegava ovos, pegava penas para botar no cesto, ensinei Huxu a passar a mão no lombo do peixe jundiá, seu coração pulava, pulava depressa, o peixe estava quietinho, Huxu chegava perto, devagar, sem fazer zoada, estirava o braço e encostava a mão, se ia devagarinho o peixe não se assustava, até olhava Huxu, o peixe falava que meu filho nunca ia embora, depois o peixe se assustava e dava um pulo, coração, Huxu também se assustava, gritava, os peixes todos corriam, eu ria oé oé oé oé... minha mãe ria oé oé oé oé... oé oé oé oé...

ararai, ari! felizes... ovos de tartaruga, de tracajá, aqui, ali, eu encontrava e enchia a cesta, não pensava em nada, coisa alguma receava, nossa gente era desassombrada, Xumani vivia aqui, Huxu vivia aqui, feliz, felizes, oh! nós todos, todos felizes, shu! shu! shu!

isa, passarinho

Ah os passarins são felizes, os passarins sentem felicidade, oé oé oé... os passarins gostam do açaizal, jacamim passarim, jacu passarim, curica passarim, japó passarim e bem-te-vi passarim, beija-flor passarim, tié-sangue passarim, passarins gostam do açaizal, aqueles passarins gostam do açaizal, vão bicar o açaí, felizes, oé oé oé oé... pombos pássaros comem pamá, araras pássaros comem seringa, os azulões passarins comem abiurana, nos troncos secos as araras pássaros põem ninhos, mas as araras encarnadas pousam nos barrancos, os varões tiram penas das araras, oh! nossa gente faz festa, canta enfeitada com as penas das araras, araras-canindés oh! oé oé oé... as araras sempre aos pares oé oé oé... as araras encarnadas, araras escondidas oé oé oé... araras-azuis moram nas palmeiras, as araras felizes, os tucanos felizes, corujas felizes, buraqueira feliz, a mocho feliz, suindara branca feliz, mauari também feliz, todas as corujas, felizes, todos os passarins, todos os pássaros, sanhaçus felizes, sururinas felizes, pipiras felizes, biguá-unas felizes, japós felizes, maguaris felizes, jaburus felizes, passarim a voar, passarim de dia, passarim de noite, voar, voar, uns passarins sabem voar de noite, titiri titiri titiri titiri wẽ... minha marianita, nada nada nada... quem levou minha marianita? foram as almas, as almas roubam tudo que é nosso... marianita fugiu, fugiu de noite, e enxergava de noite? uns passarins sabem enxergar noturnamente, a coruja sabe enxergar noturnamente, o murucututu sabe enxergar noturnamente, urutau sabe enxergar noturnamente, mãe-da-lua sabe enxergar noturnamente, pupuwan... pupuwan... pupuwan... eu tinha tanto bicho, agora, só este jaburuzim.

nuya, voar

Yaukwê kwê kwê... passarim voa longe... a arara, o gavião, o urubu moram no alto dos paus, o passarim japó mora no mulateiro, pássaro tucano mora na mulaterana, yaukwê kwê kwê... o pássaro jaburu mora nos galhos do turimã, o pássaro maguari mora na alta sumaumeira, quando vê lago vazio diz, feliz, tsiiii! tsiiii! lago vazio, peixe fácil, tsiiii! tsiiii! o pássaro gavião grande mora na forquilha do cumaru, o pássaro gavião-pega-macaco pega menina que está desaguando e dá a menina para seus filhos comerem, feliz, o passarim pica-pau-de-penacho é alma e sabe fazer a flecha passar adiante, pinica-pau é alma, o passarim pica-pau-de-penacho mora dentro de um pau seco, a saracura passarim faz ninho de folhas secas, nambu grita eh, eh, eh, eh, how! shorororow! shorororow! kuarun! kuarun! kuarun! shõkiri! shõkiri! shõkiri! shu! shu! shu! shu! shãã! shãã! shãã! pariaw! pariaw! shã-shã-shã! shã! shãkoro-shãkoro-shãkoro! todo tipo de nambu, nambuzinha, hõy-hõy-hõy-hõy! shiri-shiri-shiri! esses passarins são felizes, os pássaros são felizes demais, nada temem, apenas voam, felizes, voam, felizes, cantam, felizes, piam, felizes, comem, perto da lagoa grande mora um uirapuru passarim, ele é feliz, ele canta, ele canta tanto, ouvi ontem, Xumani me levou para ouvir, os passarins não pensam em coisa alguma, nada receiam os passarins, hõy-hõy-

-hõy-hõy! felizes, tsiiii! tsiiii! tsiiii! tsiiii! vivem desassombrados os passarins, shu! shu! shu! shu! felizes, nambu faz, eh, eh, eh, eh... titiri titiri titiri titiri wẽ responde o mutum, moram felizes os passarins, tsiiii! tsiiii! felizes, todos, oh! todos felizes, tsiiii! tsiiii! nossa gente tinha tudo, nada faltava.

bimi, fruta

Fruta não faltava, caía fruta do umari e do pé de jabuti, as almas moram nas fruteiras, as caças comem debaixo das fruteiras, kuarun! kuarun! kuarun! as caças comem bacaba, shiri-shiri-shiri! as caças comem pamá, hõy-hõy-hõy-hõy! as caças comem pameri, shõkiri! shõkiri! shõkiri! nossa gente come frutas, shorororow! shorororow! frutas da mata, as almas comem? tem taperebá, tem cajuaçu, tem paiuetu, tem ingá-de-fogo, e tem piquiá, tem marimari, tem sapucaia, muruci rasteiro, tem tatajuba, grumixama, pariri, ucuqui, tem cacauí, tem cupuí, tem puruí, tem miriti, tem oiti, tem bacuri, tem jutaí, tem muruci, na mata tem mapati, tem manixi, tem cajuí, bacuripari oh, e biriba, amapá, pajurá, ingá, mucajá, patoá, caraná, inajá, marajá, moela-de-mutum, cutite-grande, murici-da-mata, pajurá-da-mata, araticum-da-mata e sorva-grande, marirana... shiri-shiri-shiri! shõkiri! shõkiri! shõkiri! gosto de uma ruma de frutas, gosto da sapota, a sapota ainda não deu flor, quando a fruteira da sapota bota as flores amarelas branco-rosadas a minha boca já se enche de mel, hõy-hõy-hõy-hõy! de pensar antes o que vem depois, caso de lembrança, do atrás vir a ser a frente, de a sombra ser o âmago, nossa gente gosta de frutas, os passarins gostam, as caças também gostam das frutas, shãã! shãã! shãã! pariaw! pariaw! shã-shã-shã! shã! shãkoro-shãkoro-

-shãkoro! as caças vão pela trilha, ou pelo alto dos paus, chegam debaixo dos paus, na beira-rio, vão comer as frutas que caem debaixo dos paus de comida, as mais doces, eh delícia boa, mas os passarins e os macacos comem as frutas nos galhos altos, também os papagaios... tem bicho que é de fruta.

bimi kayawan, fruteira trilhada de animais

Anta é de fruta, veado é de fruta, mas é de folha, nambu é de fruta, arara é de fruta, irara é de fruta, também, mas cutia, não oh! antas, macacos, gostam do açaizeiro, a anta vai ao buritizal, come tanto que sua banha fica amarela, perto da nossa casa velha tinha aquele buritizal, era em Quatipuru Trepou, no buritizal quando tem fruta, de noite vai o macaco-da-noite, de noite vai coatá, de noite vai cutiara, de noite vai paca anu, de noite vai macaco-barrigudo tcheco! tcheco! toda gente ali, eu olho de longe, araçaris saltam de galho em galho em galho em galho brẽ brẽ brẽ brẽ... o macaco-de-cheiro kwéék! kwéék! gosto tanto de fruta, sapota, sapota, sapota, minha gente gosta de fruta, toda gente gosta de fruta, os peixes gostam de comer as frutas que caem na água, abiurana cai na água, araçá-de-igapó cai na água, capinuri cai na água, jamarurana cai na água, urucurana cai na água, camucamu cai na água, quando vamos mariscar, nossa gente usa fruta como isca, fruta é boa isca, sei a boa isca quando abro a barriga do peixe, a fruta que encontrar lá dentro é a isca boa, castanha-de-macaco é boa isca, caxinguba é boa isca, pupunha é boa isca, turimã é uma boa isca, mapati também, uma boa isca... outras iscas tem a mata, tem tapuru de coco, cabeça de jabuti, larva de formiga, tudo boa isca, para cada peixe uma boa fruta, não faltam frutas, sapota, sapota, sapota, quatipurus e quatipuruzinhos sobem e descem nos paus, descem e sobem, saem na carreira, pulam, o rabo peludo não para de mexer, ai quatipuruzim, quatipuru buliçoso... maneirim... eles só deixam de correr para comer, comem fruto de buriti, comem fruto de murumuru, comem fruto de javari-mirim, comem fruto de tucumã, eles gostam de fruto do pé de jabuti, gostam de brincar, gostam de correr, tudo na brincadeira feito criança, mas eles não estão brincando, estão plantando, plantam aricuri, plantam javari-mirim, plantam pé de jabuti, é tempo de plantar pé de jabuti shõkiri! shõkiri! shõkiri! inu tae txede bedu, a pata da onça e aqui olho de periquito pequenininho olho de periquito, inu tae txede bedu... felizes... felizes... eu era feliz... minha gente feliz... tempo de ser feliz...

pesi, demorar

O tempo de tudo, tudo tem o tempo seu, tempo de caçar tracajá, tempo do mutum chorando, tempo de o mutum macho cantar para chamar sua mulher, titiri titiri titiri titiri wẽ... tempo de ouvir de noite e de manhã o canto do mutum, titiri titiri titiri titiri wẽ... tempo do canto da juruva que nunca termina hutu, hutu, hutu, hutu... tempo de espera da tracajá, tempo da tocaia no caminho da tracajá, tempo de caçar tucano, tempo de queixada beber água no rio, tempo das águas alvas, tempo das águas turvas, tempo das águas baixas, tempo de os pântanos secarem, tempo de subir o leite, de arriar o leite nos paus de leite, tempo seco de catar sementes, tempo do namoro dos pássaros, tempo em que aparecem as aleluias e tempo em que aparecem as tanajuras, tempo de esperar tucunaré, tempo de esperar não tucunaré, tempo de pescar à noite com zagaia, tempo de piranha preta, tempo de piranha encarnada, tempo de pegar tamuatá, tempo de ovo de peixe tamuatá, tempo de afastar teias das aranhas, tempo de cortar aricuri para fazer esteira, tempo do escuro da lua para cortar palha, tempo da conversa para conversar, tempo das almas frias, tempo de trepar as redes bem alto para os mosquitos não sugarem nosso sangue, tempo em que almas saem das águas frias, tempo das visitas, longas temporadas fora de casa, tempo das festas, das pelejas, tempo de ir ao passeio, tempo de cortar jarina para consertar a cumeeira da nossa casa, tempo de procurar ovo de tracajá e de procurar ovo de camaleoa, tempo de pegar caramujo no encruzo, procurar bacorim de papagaio para criar, procurar bacorim de bicho-preguiça para criar, bacorim de corujinha queimada, bacorim de arara para criar, bacorim de beija-flor para criar oh! tempo de pegar taboca para fazer flecha, de pegar marapininga para fazer arco, de amassar bacaba, também tempo de alimpar a roça, tempo das florações, tempo de queimar e coivarar, tempo de cozer a terra, tempo de plantar, tempo de mariscar, todo tempo passa e chega, chega e passa, vou virar surulinda, vou virar cambaxirra, vou virar gavião-azul, vou voar, vou para longe.

tukui, mover

A chuva vai e volta, nada de Xumani, o vento volta e vai, nada de Xumani, a folha cai, nasce de novo, nasce flor, a flor depois vira fruto, o fruto cai, a semente gera outro pau, nada de Xumani, a noite vai e volta, volta o dia e vai embora, o sol derrama luz de cuia em cuia, levanta, a lua sobe, derrama luz, a estrela roda, nada de Xumani, o vaga-lume pisca, sobe das folhas secas e desaparece, a luzir, desaparece, a luzir, desaparece, Xumani nadim, a mata esquenta, esfria, seca e molha, chove e deixa de chover, venta e para de ventar, nada de Xumani voltar, tudo de cor diferente, o azul, o cinza, a noite, o escuro, a claridade, muda tudo em tudo, tudo se mexe, nada parado, uma flor não fica parada, só eu aqui parada, esperando, um pinu não fica parado, um laço não fica parado, um podre não fica parado, uma perna não fica parada, só eu aqui parada, esperando, um olho não fica parado, um visgo não fica parado, um vazio não fica parado, uma vazante não fica parada, uma flecha não fica parada, uma alagação não fica parada, uma casa acanoada não fica parada, só eu aqui parada, esperando, um pau não fica parado, um bocejo não fica parado, um gotejar não fica parado, o macho vai e volta, a fêmea vai e volta, volta e vai, a ferida abre e fecha, o galho sobe e se inclina, o regatão aparece e vai embora, o grilo canta e se cala, jacu estala e se cala, a gema de ovo treme e nasce, nada de Xumani, nada de Xumani, nada de Xumani, a peleja é tempo e é não tempo, a lua sobe e deita e eu esperando... esperando... esperando... esperando... esperando... bordando... só eu aqui parada, esperando... esperando... esperando... esperando... bordando... bordando... bordando... bordando... bordando... bordando... bordando... bordando...

mae, mudar

O sol derrama luz de cuia em cuia, a cuia derrama e recebe, o sol chega e vai embora, a estrela gira de um lado a outro lado, um pinu nasce, procria e morre, uma mulher nasce, procria e morre, um homem nasce, procria e morre, uma onça nasce, procria e morre, uma arara nasce, procria e morre, nada é parado, a chuva vai, volta, o vento volta, vai, a folha nasce, cai, nasce de novo, nasce flor, murcha, nasce, murcha, nasce, murcha, nasce, murcha, a flor depois vira fruto, o fruto cai, a caça come a fruta, a fruta faz semente, a semente gera outro pau, o pau cresce, morre, cresce, morre, cresce, morre, cresce, morre, nada está parado, a noite vai e volta, volta o dia e vai embora, o sol dentro de seu diadema derrama luz de cuia em cuia, levanta, a lua sobe, derrama friagem de cuia em cuia, aparece arco-íris, traz sangue... estrangeiro... laço... vai... volta... desaparece, aparece nuvem, desaparece, cai estrela, a estrela roda, daqui vai para acolá no rumo da lua, nada está parado, o vaga-lume pisca, luzir luzir luzir... nada está parado, pirilampo sobe das folhas secas e desaparece, tantos pirilampos, tantos, tantos, tantos, nem sei quantos, sobem todos juntos os pirilampos, fazem uma nuvem de luzes piscando, piscando, piscando, nada está parado, a mata esquenta, nada está parado, esfria, nada está parado, seca e molha, nada está parado, tudo de cor diferente, tudo nosso, nossa aldeia, nossa, tudo me fazia feliz, eu era feliz, eu não pensava em nada, coisa alguma receava, desassombrada, aqui, feliz, felizes oh! nós todos, todos felizes, tempo do movimento... tempo de esperar... bordar, bordar, bordar... esperar...

manái, esperar

Veio o tempo de caramujos e Xumani não voltou, depois os frutos do açaí amadureceram, Xumani não voltou, depois os jacus, cujubins, araras estavam gordos, Xumani não voltou, esperei, esperei, depois a fruta de ucuuba amadureceu, depois os bacorinhos de tucanos nasceram, terminou o tempo das chuvas, as flores do kotsime se abriram, as estrelas do verão apareceram no céu, Xumani não voltou e eu esperando, esperando, chegou o tempo de seca, vieram as frutas do jitó, floresceram as mutambas, as flores de kotsime caíram no chão, os macacos comeram as flores de kotsime para emagrecer e Xumani não voltou, o sapo canoeiro cantou, eu sabia que era calor chegando, tempo de ir para os trabalhos no roçado, Xumani não veio trabalhar no roçado, nosso roçado estava cheio de mato, acabaram os legumes, meu pai tuxaua foi quem me deu comida, minha mãe deu, passarim dorminhoco e gavião owiiro cantaram juntos, veio o tempo do urucum bravo, tatus gordos, os bichos iam para os barreiros comer barro salgado, Xumani ainda não veio, e minha mãe disse, Filha, Xumani deve de ter morrido! e eu, Minha mãe, Xumani não morreu, não! Minha mãe, Xumani vai voltar! eu disse, será? será se volta? está vivo? minha mãe disse que era para eu me maridar, esposar outro homem, e eu, Vou ainda esperar, minha mãe! esperar Xumani, veio o tempo de fartura de peixes, fartura de peixes chama as águas limpas, águas limpas chamam o pascanar nas praias, pascanar nas praias chama o comer peixe, depois veio o tempo de ovos de passarins, depois veio tempo de beber caiçuma.

mexukidi, amanhã

Amanhã trouxe o tempo para visitar e trocar mais nossa gente de lá, e nossa gente de outros rios, cresceu a fruta da orana, os tracajás desovaram, as pacas engordaram, as sumaumeiras floresceram e as flores da topa se abriram, nossos varões fizeram tocaia para matar nambus, cutias e porquinhos aos pés das fruteiras, os varões queimaram e brocaram a terra, meu pai brocou, meu pai o tuxaua... meu pai... veio o tempo de plantar milho, depois veio tempo de marisco de mergulho para embicheirar peixe grande, depois veio tempo de pescar com arco e flecha, depois veio tempo de seca, depois os caranguejos ficaram ovados, depois a urtiga da beira do rio deu frutinhas, depois os bodes ficaram ovados, os camarões ficaram ovados, depois as flores do pau-d'arco amarelaram a mata, depois se abriram flores no assa-peixe, depois veio o tempo de queimar o roçado, depois veio o tempo de fazer novas casas, foi toda a gente, nossa gente toda foi, depois veio o tempo de curimatã de lago, saburu, bode-praiano, bodes-cachoeira gordos, depois as frutas da jarina ficaram bem maduras, os porquinhos gordos, depois veio o tempo da fruta de uiamba, veio o tempo de cantar dos nambus, nambu azul cantava à noite, as frutinhas da urtiga de beira de rio bem maduras, depois os caranguejos e os canoeiros desovaram, depois os camarões e caranguejos trocaram de casca, depois a fruta da topa ficou madura, a fruta manixi ficou madura, a fruta pamá ficou madura, os periquitos andavam com seus bacorins, mãe periquita dava fruta da topa para os bacorins.

hanu, agora

Depois o alencó cantou, os lagos ficaram com pouca água, ali o mergulhão amava, jaburu amava, eu sozinha, sem Xumani, casais de mergulhões passeavam nos paus à beira do lago caçando um canto mode fazer ninho, sozinha, sozinha, depois nambu azul amou, depois as flores de assa-peixe secaram, depois as sementes voaram, depois acabou o verão, verão acabado, vieram as flores de tachi, depois as flores de ingá avisaram que as chuvas estavam pensando em voltar, ingá, a jia que estava calada cantou, avisando, e o inverno chegou, depois a fruta da guariúba amadureceu, jacamins e pacas andavam com seus bacorins, nambu azul esquentou os ovos, bacorins de tracajá nasceram, depois veio o tempo de florescer da choaca falando das chuvas, os sapos desovaram, as cobras saíram para caçar os sapos, então chegou o tempo das chuvas, choveu, o céu avisou, ficou escuro, choveu, choveu, choveu, e eu dentro de casa, esperando Xumani, olhava a chuva, fazia colares sem fim, bordava, bordava, bordava, falava, falava, falava, as mulheres na esteira, socó busca peixe, chove, saracura busca peixe, chove, coro-coró busca peixe que está preso nas lagoas pequenas das subidas do rio, chove, socó canta à noite para avisar da chuva, chove, saracura canta na amanhecença do dia para avisar da chuva, chove, depois cantam em noite de nuvens para avisar que vem um dia de sol, depois chove, chove, mutum canta chamando a fêmea, Xumani não canta, Xumani não arremeda mais mutum, não arremeda mais passarim, a cana-brava soltou seus pendões, fruta de maracujá de beira, bacorins das cobras, as sapotiranas ficaram maduras, comi sapotiranas, delícia boa, sapota, sapota, sapota, depois as sapotiranas caíram, depois o capelão ficou gordo, depois o veado ficou gordo, depois o jabuti ficou gordo, depois veio o tempo de mel, aí aí aí aí... aí aí aí aí... era de novo o tempo do mel de abelha e tudo de novo começou mais uma vez, mais outra vez, mais outra vez, de novo tudo começado, novamente, mais uma vez... ah...

binya, caucheiro

E se os caucheiros mataram Xumani e Huxu? e se um patrão matou Xumani e Huxu? e se estão sujeitados? penso se meu esposo virou mariposa e foi morar no cabelo da preguiça, se meu filho virou besouro e foi comer madeira, se meu esposo virou percevejo e foi chupar sangue, se meu filho virou borboleta e foi comer formiga, se meu esposo virou abelha e foi chupar flor, se meu filho virou libélula e foi comer peixinho, se meu esposo virou mateiro de porco, e se virou peixe e foi rio acima buscar adorno para mim? e se foi mais Felizardo matar os Popovô? meu pai o tuxaua disse que Felizardo morava mais seus volantes nas beiras do Formoso, eu pedi, pedi, pedi, pai mandou uma expedição, foram lá, Felizardo e seus volantes não moram mais nas beiras do Formoso, Felizardo subiu para Revisão, onde era Revisão? era aldeia de cariú, onde era Revisão? eu não sabia, agora sei... eu queria ir até Revisão, tomar a casa acanoada, conhecer a aldeia Revisão... e se eu encontrasse de novo os seringueiros? aquela vez quase me mataram, quase morri, mas escapei, quase me mataram os seringueiros, riram de mim... e se Xumani foi roubar os seringueiros? foi buscar rifle? Xumani era doido por um rifle, falou que ia trazer um rifle, mais um para meu pai, mais um para seu irmão, mais um para seu outro irmão, para seu pai, rifles para todos, e se foi atrás de roubar rifle? e se foi fazer troca? mas nada levou, os Popovô roubam, os Popovô têm rifles, carabinas, roubam, os caucheiros querem nos matar, querem acabar com a nossa aldeia, eles vão me roubar? vão fazer correria por aqui? Revisão, Revisão, Revisão, meu pai fica sempre vigiando, se me laçarem e prenderem minha boca amarrada com um pau, vão me levar de novo para uma aldeia cariú, e vou voltar a uma aldeia cariú, vestir roupa daquela, comprida, branca, alva polpa de araticum, branca que nem inhame, sumo de pariri, oh! branca roupa, branca alma, leque, mas quando estive na aldeia Revisão, vi que as mulheres de nossa gente passam o dia descascando macaxeira, o dia todo, até sangrarem os dedos, lá é assim, as que mordem, eles botam um pau na boca, com uma corda passando por trás, eles fazem correrias, umas correrias não matam as mulheres e as crianças, outras matam.

detenamei, guerrear

Disse meu pai o tuxaua, nossos varões que habitam a beira do rio do Capim pelejaram contra os peruanos do rio do Sol, os peruanos estavam roubando caucho de nossos varões e nossos varões roubando os pratos dos peruanos, entonce pelejaram, os brasileiros subiram o rio do Capim, com espingardas, nossos varões se amedrontaram com eles, fugiram, os brasileiros amansaram aqueles varões, meu pai o tuxaua avistou os brasileiros que subiram o rio da Cachoeira, os brasileiros trataram muito bem a meu pai, nossos varões fizeram roçados para os brasileiros, na boca do rio, plantaram para eles, fizeram casas para eles morarem, nossos varões faziam caucho e davam aos brasileiros, os brasileiros deram uma espingarda a meu pai, deram roupa, machado, terçado, a espingarda atirou só uma vez, depois não atirou mais, está ali, ao lado da rede do meu pai... dorme em pé a espingarda... os peruanos não pelejaram mais com nossos varões, tiveram medo, largaram a terra, os peruanos eram ruins para nós, disse o tuxaua, meu pai era muito zangado com os peruanos, avistava um peruano e o matava, um peruano avistava um de nossos varões e o matava, meu pai diz, os peruanos estão nos matando, com eles nos zangamos, nós matamos duas casas de peruanos, no caminho do rio da Cana-Brava eles andavam, estavam fazendo caucho, estavam roubando nosso caucho no nosso rio... entonce nós matamos as duas casas... acabamos... nenhum fugiu... nenhum escapou... os peruanos são ruins... porém os brasileiros são bons... eles nos fazem bem... nós fazemos bem a eles... será se os peruanos mataram Xumani?

ati, namorado

Mãe não cansa de dizer, Minha filha, tu, tu deves de escolher outro esposo! Xumani não volta mais! Tu, tu estás sozinha! Nem filho tens mais! Esperando, esperando, esperando! Só a bordar, bordar! Quem vai cuidar do teu roçado? Quem vai plantar para ti? Quem te vai fazer mais filhos? ontem de ontem meu pai mandou uma expedição para caçar Xumani, caçaram na mata, caçaram nas aldeias todas, perto daqui, longe daqui, caçaram em Bananeira se Assentou, caçaram em Mato Alto, caçaram em Aldeia do Sol, caçaram em Aldeia Gorda, caçaram em muitas aldeias, acabou, voltaram, os cariús mataram uma ruma de tuxauas, mataram uma ruma de homens, uma ruma de velhos, roubaram uma ruma de mulheres novas, umas aldeias agora eram só de meninos pequeninos e mulheres velhas, eu disse que Xumani podia estar numa aldeia ainda mais distante, pedi, pedi, os varões foram nas aldeias ainda mais distantes, foram longe atrás de Xumani, não encontraram nem a sombra de seus ossos, isso quer dizer que está vivo, né? mas por que não manda recado? por que levou Huxu? minha mãe não cansa de dizer que Xumani nunca mais vai voltar, mãe acha que desta vez Xumani foi mesmo embora, ou pode estar submisso no barracão, pode estar submisso ao Felizardo, marcado a ferro, pode estar no Peru com os caucheiros, Xumani não gosta dos caucheiros, pode estar em Transwaal, Redenção, além de Revisão, pode estar em Pique Yaco, numa aldeia dos cariús, e se comeram o fígado dele? e se casou com uma cariú? de pele alva, feia, mão branca, roupa de cachoeira, cabelo de luz, colar de pedra, chapéu de véu... véu de véu... leque... bordado fino... mãe acha que devo esposar outro, olho os homens, Manan, Pái, Datan Ika, Tijuaçu, Mexaka, Busan... mãe quer me prometer a seu irmão mais novo, Busan, Busan tem olhos meigos, ele me quer, sempre Busan me quis, mas eu não quero ser de Busan, quero ser de nenhum, bordar bordar bordar... homem... vestido que nem inhame, que nem polpa de araticum, que nem sumo de pariri, oh! branco... branco-alma... branco-frio, branca-mulher, vestido comprido... bordar bordar bordar... bordar bordar bordar... O que foi que disseste, Buni? Ali vem Busan? Disseste isso, Buni? nem vou olhar, vou fazer que nem vi, vou virar de costas.

hantxa, falar

Ah Xeni cometeu incesto mais Manpan, Ah foi? Tamuwan faz uma lua foi morar em Cachoeira, Ah foi? Xabai me quer como sua segunda mulher, mas é tão velhinho, oé oé oé oé... Xabai não vai acalmar suas mulheres, Ah vai não! oé oé oé oé... e Ninka levou Bari para morar mais ele, oé oé oé oé... mas Bari assim que chegou em sua casa se enamorou do filho de Ninka e fugiram para a mata, mas Bari está livre para fazer amor, mas Bari é viúva, mas Bari perdeu o marido, mas Bari está com vontade de copular até com a bananeira, oé oé oé oé... oé oé oé oé... oé oé oé oé... Bari fornica mais de um homem, Ah é? Bari é meti, Bari não é meti, Bari é meti, Bari não é meti, Bari é, sim, meti, oé oé oé oé... Bari nunca seria meti, e a velha Namain pega a rede, estende na mata e atrai os meninos pequenos para fazer amor, Ah é? oé oé oé oé... oé oé oé oé... a velha Namain é meti, a velha Namain não é meti, a velha Namain é muitíssimo meti, a velha Namain nunca será meti pois tem o direito de armar a rede na mata e atrair os meninos para fazer amor, oé oé oé oé... a velha Namain é meti, a velha Namain não é meti, e Badiya deixa o filho Esfriou comer sua periquita, Ah é? o filho Esfriou a chama de mãe e entonce têm esquecido o parentesco, Ah é? o filho Esfriou não quer mais nenhuma mulher né? o filho Esfriou só quer comer a periquita de sua mãe Badiya né? Badiya é meti, Badiya não é meti, Badiya é meti, Badiya não é meti, Badiya é meti, Badiya não é meti, Badiya é meti, Badiya não é meti, Badiya jamais seria meti, Badiya é meti, Badiya não é meti, oé oé oé oé... suas unhas vão queimar, oé oé oé oé... os olhos vão queimar que nem chamas, oé oé oé oé... os cabelos vão queimar, de tanto amor, oé oé oé oé... Badiya vai virar mulher-suçuarana, Badiya não vai virar mulher-suçuarana, Badiya vai virar mulher-lacraia, Badiya vai virar mulher-sapo, Badiya vai virar mulher-tamanduá, Badiya vai virar mulher-suçuarana, oé oé oé oé... Yanô está fornicando, Ah é? Huinti é cheirosa flor perfumada, Mani foi morar nas cavernas da rocha, Ah foi? Imanai foi picada por vespas nos olhos, a tola não soube proteger os olhos com as mãos, Imanai não é prudente, Imanai é tola, Imanai não é tola, Imanai é, sim, tola, Imanai é nadinha tola, Imanai é muitíssimo tola, Imanai é nadíssima tola, oé oé oé oé... Kawa disse que eu sou obstinada, Kawa quer me namorar, Kawa quer namorar Imanai tola, Kawa quer namorar Buni, Kawa quer namorar Badiya, Badiya é meti, Kawa quer namorar a velha Namain, a velha Namain é meti, Kawa quer namorar Bari, Kawa quer me namorar, *Caçai os tucanos para tecer cocares com as penas, caçai araras para fazer pulseiras para mim,* Kawa quer me namorar, Kawa não quer me namorar, Kawa quer me namorar, Kawa não quer me namorar.

miyui, contar história

As frutas da embaubinha cresceram, tempo do mel de abelha, Ah, o curimatã desovou com as primeiras grandes águas nos rios, Ah a sapota amadureceu, Ah é tempo de amor entre os macacos, Ah as antas vão e vêm mais seus filhos, Ah a biorana madura, mas o céu sempre cinzento, todos os dias vai cair chuva grossa, o tempo todo, dentro de casa tecendo redes, saias, montando colares, furando sementes, fazendo cestos, cestinhas, cantando, *Caçai os tucanos para tecer cocares com as penas, caçai araras para fazer pulseiras para mim*, contando histórias, o varão que virou poraquê, a onça que comeu os netos, o irmão enganando o irmão, a mulher piolhenta, o roubo do sol, a onça agradecida, o panema de mulher bonita, o veneno levado ao céu pela andorinha, e conversando, Ah Namai não fez a limpeza do mudubim oh! Namai não tirou os gravetos oh! Namai está tremendo de medo de seu marido! Marido de Namai anda tristonho! Anda magro, né? oé, oé... E Namai anda tão alegre! Alegre, né? oé, oé... Namai está pensando nos filhos pequenos? Namai não pensa, não! Namai perdeu o pilão? Perdeu, sim! Perdeu, não! oé, oé... Quem perdeu o pilão? Foi Hi Yuda! Hi Yuda perdeu o pilão? oé, oé... Perdeu, né? oé, oé... oé, oé... Txutxu pediu comida! Pediu? Pediu, sim! oé, oé... oé, oé... Pediu, não! Tão esquisitinho pedir comida! oé, oé... oé, oé... Feio! Pediu o quê? Txutxu pediu pamonha! Pediu a quem? Pediu a Tuei! Txutxu namora Tuei? oé, oé... Namoram, né? Namoram na mata? oé, oé... Na mata! Parece vadiação de gato! Txutxu e Tuei chegaram da mata, né? Chegaram? oé, oé... Estão com as costas cheias de areia! Areia? oé, oé... oé oé oé oé... oé oé oé oé... oé oé oé oé... oé oé oé oé... oé oé oé oé... oé oé oé oé... oé oé oé oé... oé oé oé oé... Txami é belíssima? É! Belíssima! oé, oé... Não! Sim? É... Capelão matou o noivo de Txami para se amulherar dela? Matou! Matou? Sim, matou, né? Vão se amulherar? Não? Sim! oé, oé... Não, né? Todos querem namorar Txami! Todos querem maridar Txami! oé oé oé oé... Quem? Aku quer! Uxaya quer! Hi quer? Quer! Não! Sim! Pancadaria! Todos querem Txami! Vão querer! Fizeram torneio! Sim! Quem venceu? Hatidi! Hatidi? Aquele esquisitinho? oé, oé... oé oé oé oé... O esquisitinho! oé oé oé oé... oé oé oé oé... oé oé oé oé... E está para chover? Ainda não! Tá? Tá pra chover? Ainda não! Está sim, os macacos zogue-zogue estão cantando! Rã-rã-rã! On-rô-ron, ô--ron-rô! Toca-toca-toca-toca-toca! Muito cantadorzim! E Nunuin está chorando! Nunuin chora tanto! O pai vai matar Nunuin! Chora tanto! Chorona! Quem deu aquele colar para Una? Foi o Xeni! Marido dela! Marido dela está feliz! De dia, de noite! Feliz! Ele está ferido no pinguelo! De tanto se esfregar nela! oé, oé... oé oé oé oé... oé oé oé oé... oé oé oé oé... Sim? Não! É, né? Ela tem periquita bem acochadinha! oé, oé... oé oé oé oé... oé oé oé oé... Quem disse? Igual mocinha! É? Sim! Não! oé, oé... oé, oé... oé, oé... oé, oé... oé oé oé oé... Txutxu... Txami... Tuei... né? né? né? né? né? né? oé, oé... oé oé oé oé... oé oé oé oé... oé oé oé oé... oé oé oé oé... oé oé oé oé... oé oé oé oé... oé oé oé oé... oé oé oé oé... oé oé oé oé... oé oé oé oé... oé oé oé oé... oé oé oé oé... oé oé oé oé... oé oé oé oé... oé oé oé oé... oé oé oé oé...

bimi txuyu, fruta macia

Oé oé oé oé… oé oé oé oé… toda fruta de todo gosto, nunca para, fruta azeda e macia, fruta doce e dura, mole, água pura, fruta amarga, encarnada, verde, fruta de comer, de não comer, uma depois da outra, vem a fruta de ingá, depois a de paxiubinha de macaco, depois a de embaubinha, depois a de pupunha pequena, depois a de pamá, depois a de maçaranduba, depois as de marajá, uma depois da outra, vem depois a de jarina, depois a de uimba, depois a de jatobá, depois a de caucho, depois a de canapum, depois a de maçaranduba-branca, depois as frutas de ingá de mel, depois as frutas de maracujá-preto, depois frutos de manixi, depois pamás de caroço grande, depois cacau grande, depois jenipapo, depois aiuzinho, depois tracubinha, umas depois das outras, vem marajá de terra firme, depois tucum, depois mamoizinho, depois sapotiranas, depois buriti, depois cajarana, depois embaubinha de terra firme, depois biorana, depois pupunha, depois guariúba, depois paxiubão, depois cocão, depois jaci, jaci aricori, aricori sapota, sapota biorana, biorana cajá, cajá embaúba, depois bacuri, depois macaxeira de cutia, depois patoá, depois açaí, depois bacaba, depois voltam as frutas de ingá, depois paxiubinha de macaco, depois embaubinha, pupunha pequena, pamá, maçaranduba e assim vai para a frente, sempre, o tempo, toda fruta de todo gosto, nunca para, fruta azeda e macia, fruta doce e dura, molinha, água pura, fruta amarga, encarnada, verde, de comer e de não comer, de veneno, fruta de flor, fruta de abelha, as almas nos arrodearam de tudo o que é qualidade de fruta.

hua, flor

Flor também, flores de um tempo, flores de outro tempo, flores da chuva, flores da seca, flores de seca braba, as almas... as flores de seca nascem, no mulateiro nascem, tempo de macaco gordo, as flores anunciam, só olhar para saber, a flor do mulateiro anuncia, gordos o maracanã, o curicão, a curica chorona, o jacu e o cujubim, também gordos a arara, o tucano e o papagaio, se os macacos comem a flor kotsime para emagrecer, a flor rósea cobre a mutamba para avisar, as almas abrem as flores da sumaúma, para avisar, a altíssima sumaumeira aqui ao lado de nossa casa despeja flores e mais flores e mais flores e mais flores para avisar, desabrocham as flores da topa, quase acabando o tempo da seca, dão as flores no assa-peixe, secam as flores, as sementes voam pelo vento, quase acabando está o tempo da seca, vêm as flores do ingá avisando que é perto do tempo de chuva, a flor do taxi canta a passagem de seca para chuva, chove, florescem as flores da choaca, chove e florescem as flores da embaúba, no meio das chuvas, chove e florescem as flores da copaíba, quando é depois vêm as flores da uimba, as uimbas florescem em flores e mais flores, e no tempo da fruta da embaubinha é para avisar do mel, meu filho Huxu, Huxu, Huxu, tempo de mel, abundância de mel, abelhas, abelhas, abelhas, arapuá, urucu, cu-de-cachorro, jandaíra, tataíra, sapotirana amadurece e cai, o capelão, o jabuti e o veado estão gordos agora, e os macacos vão namorar, amar e fazer amor, fornicar e copular, os macacos amorosos, fornicam, fornicam, copulam, copulam, frutas, flores, eu tinha tudo, nada me faltava, quem nos deu o que temos? não, não as almas nos deram.

nukuna, nosso

Cada traste alguém nos deu, falou meu pai, o tuxaua gosta de falar, lá está ele falando, arrodeado de gente, no escabelo, falando falando, quem nos deu a água, quem nos deu o fogo, quem nos deu o milho, se alguém não dá, não temos! falou meu pai, alguém tem de contar para sabermos, se não nos contam, não sabemos, se não ouvimos, não sabemos, se não lembramos, não sabemos, os velhos contam aos novos, os antigos contam aos nascidos, os antigos contam aos mais novos, os mais novos guardam, lembram, contam aos novíssimos, contam, meu pai me contou, seu pai lhe disse, o avô disse ao pai, o pai do avô também disse, o avô do avô do avô do avô do avô, não é segredo, as almas não nos mandaram guardar segredo, as almas nos mandaram contar aos nossos filhos, disse meu pai, quem nos deu a água foi a cobra, quem nos deu o fogo foi o maracanã, quem nos deu o milho foi o tijuaçu, quem nos deu o machado foi a lagartixa, quem nos deu o timbó foi o sapo, quem nos deu a rede foi o camarão, quem nos deu o anzol foi o peixe-cachorro, quem nos deu o algodão foi o beija-flor, quem nos deu a macaxeira foi o jacaré, quem nos deu a flecha foi a arraia, quem nos deu cacete foi o poraquê, quem nos deu mudubim, foi a paca, o tatu nos deu batata, a cutia nos deu banana, o veado nos deu roçado, marimbondo nos deu urucum, maria-de-

-barro nos deu casa de barro, aranha deu landuá, coatá deu cará, quem nos deu a panela foi também a maria-de-barro, o pilão quem nos deu foi o pica-pau, os avós dos avós dos avós dos avós nos contaram, mas não tudo, não nos contaram quem deu o fogo ao maracanã, o milho ao tijuaçu, o machado à lagartixa, o timbó ao sapo, a rede ao camarão, o anzol ao peixe-cachorro, o algodão ao pinu, a macaxeira ao jacaré, a flecha à arraia, o cacete ao poraquê, o mudubim à paca, a batata ao tatu, a banana à cutia, o roçado ao veado, e o urucum, quem deu casa ao marimbondo, à aranha quem deu a teia? coatá, maria-de-barro, quem deu foi o pica-pau? coruja, macaco-prego, a guariba e saracura, papagaio, quem foi que deu? mico caiarara, rato... jarina, chuva, lua... quem nos deu o que nos deu? isso, pai não sabe dizer, a avó não sabe, meu avô Apon também não sabe, Sardinha Sol acaso saberia? lá está Sardinha Sol, estirado, Sanin badi preparando para ver as almas... o Pai Velho acaso saberia? porventura as almas sabem?

bena, novo

Pai está ali falando, os meninos escutam, uma ruma dos nossos velhos tirou conclusão, no tempo da mãe da mãe da mãe da mãe da mãe da mãe da mãe da mãe da mãe da mãe da mãe o velho perseguiu um porquinho que não tinha para onde escapar, aí o porquinho caiu na água rasa, aí o velho esperou, aí não tirava o olho, aí o velho chegou ao fim do rasto e topou com a pirapitinga, aí mariscou e abriu o bucho da pirapitinga, aí quando abriu o fato da pirapitinga lá estavam as comidas da terra, murumuru, cajarana, que é comida de porquinho, assim os velhos descobriram que o porquinho vira pirapitinga, entonce os velhos foram olhando assim, descobriram que os animais nascem das pessoas, as pessoas eram animais, antes de serem pessoas, e as pessoas nascem de animais? gente vira boto? vira cambaxirra? meu pai gosta de falar, os animais nascem das pessoas, lá está ele falando, trastes viram outros trastes, paus viram outros paus, paus viram pedras, animais viram paus, animais viram outros animais, girino vira sapo, girino virar sapo toda gente viu, lagarta virar borboleta, quem não viu? mulateiro vira pedra, peixinho vira libélula, folha nova vira libélula, bicho-pau vira garrancho, cobra vira paca, caranguejeira cabeluda vira o cipó venenoso da japecanga, rato vira morcego, morcego vira guabiru, mandim vira jacundá, minhoca vira mandim, mandim vira jacundá que depois vira jundiá amarelo... se pirapitinga vira mané-besta entonce cabo de machado vira pirapitinga, né? se piranha vira pau entonce cutia vira pataca, né? se pimenta vira matrinxã entonce cubiú vira bertalha, traste nasce de traste, trem vira trem, coisa vira coisa, os animais nasceram de nós, né? os bichos nasceram dos nossos varões e das mulheres de antigamente, no tempo da mãe da mãe da mãe da mãe da mãe da mãe da mãe... da mãe da mãe da mãe da mãe da mãe da mãe da mãe... da mãe da mãe da mãe da mãe da mãe da mãe da mãe... da mãe da mãe da mãe da mãe da mãe da mãe da mãe... da mãe da mãe da mãe da mãe da mãe da mãe da mãe... da mãe da mãe da mãe da mãe da mãe da mãe da mãe...

paepa, perigoso

As feras, será se mataram Xumani? onça-pintada matou Xumani? onça bordada, onça-vermelha matou Xumani? onça preta? gato peludo? o dono de todos os bichos, o tamanduá-bandeira, o bicho mais valente das matas, não teme nem a suçuarana, bandeira mata suçuarana com seu abraço de unhas longas e pontudas, onde mora bandeira mora muita caça, mas ele há de temer Xumani, as flechas de Xumani, os olhos de Xumani, se os varões espantam o bandeira, as caças vão todas embora, não voltam mais, o bandeira foi um grande tuxaua virado bicho, meu pai falou, assim disse meu pai, assim entendi, alma de pessoa morta vira capivara, nós vamos andando e topamos com uma capivara, é a alma de uma pessoa morta, e se os Ti ikanawa mataram Xumani? e se foram os Takanawa comedores de fígado? e se foram os Culinas, diabos de dentes vermelhos da mata, diabos da lagoa, jacarés, sucuris, lacraias-sombra, almas, onças, suçuaranas, buracos, grotiões, profundezas, mosquitos... e se foram nossos inimigos, e se foram os Binanauá? e se foi aquele feiticeiro que vira lua? e se mataram Huxu? envenenaram? será? será? será? será? ah ah ah ah ah ah ah ah ah ah ah ah ah oh oh oh oh oh oh oh oh oh oh oh oh, minhas lágrimas molham o bordado, mancham de azul, choro lágrimas, choro lágrimas, lágrimas de lágrimas, rios de rios, morreu muita gente nossa, meu pai tuxaua contou, eles jogavam as crianças para o alto e esperavam cair na ponta da faca, e se fizeram isso com Huxu? meu leite no peito, escorre escorre... escorre... brincavam de matar criança, jogavam para o alto e esperavam na ponta da faca, eles não têm crianças? na ponta da faca... têm só sangue nos olhos? sangue nas mãos? só têm ódio de nós? ponta da faca... os peruanos são maus, mataram nossa gente, ah ah ah ah ah ah ah ah ah oh oh oh oh oh oh oh oh, bordar bordar bordar, esperar esperar... Huxu Huxu Huxu Huxu Huxu Huxu Huxu Huxu Huxu Huxu Huxu... ah ah ah ah ah ah ah ah ah ah ah ah ah oh oh oh oh oh oh oh oh oh oh oh oh... ah ah ah ah ah ah ah ah ah ah ah ah ah oh oh oh oh oh oh oh oh oh oh oh oh... se vovó Mananan estivesse viva, ah ah ah ah ah ah ah ah ah ah ah ah ah oh oh oh oh oh oh oh oh oh oh oh oh... ah ah ah ah ah ah ah ah ah ah ah ah ah oh oh oh oh oh oh oh oh oh oh oh oh... ah ah ah ah ah ah ah ah ah ah ah ah ah oh oh oh oh oh oh oh oh oh oh oh oh...

dami wái, encantar

Avó Mananan dizia, sem legumes nós não nos geramos, seu papagaio grita, Mananan, Mananan, Mananan, oé oé oé oé... avó Mananan dizia, nos encantamos, avó Mananan dizia, nós nos encantamos de sementes de jaci, dizia avó Mananan, não somos inteligentes só de semente de jaci, avó Mananan dizia, geramos nossa gente não inteligente, se comemos só semente de jaci ficamos não inteligentes, avó Mananan dizia, nós nos geramos sem boca, nós nos geramos sem pés, nós nos geramos sem mãos, sem olhos, Mananan, Mananan, Mananan, nós nos geramos sem orelhas, nós nos geramos sem cabelos, nós nos geramos sem pênis, nós nos geramos sem ânus, aquele que nos fez encante é coatá, guariba também, e macaco-prego, guariba nos deu nossas mãos e pés, guariba rasgou nossas mãos para fazer os dedos, se coatá nos desse mãos, elas seriam compridas, longas que nem rabos, macaco-prego nos ensinou a fornicar, coatá nos ensinou as comidas, coatá nos deu os dentes, coatá nos deu o nariz, coatá fez os olhos, coatá nos ensinou a construir casa, nós nos encantamos e as caças nos ensinaram, moramos em corpos bons que as caças nos deram, Mananan, Mananan, Mananan, Mananan, Mananan, Mananan, E a noite, avó? E a noite? a avó falava da noite, avó Mananan sabia quem tirou a noite de um frasco pequeno, entonce escureceu, avó Mananan dizia, se ele não tirasse a noite, nossa gente não ia dormir... dormir não... dormir nunca... avó Mananan dizia, antes de ele tirar a noite do frasco, os nossos antigos eram felizes, não aguentavam dores, viviam deitados, envelheciam sem morrer, mudavam de pele, não morriam, Minha txitxi, quando morreres o que será de mim? avó Mananan falava, Quando eu morrer, minha neta, vou morar céu dentro! Eu vou gritando por todo o caminho, minha neta! Se eu escutar, responderei, minha avó! Quando eu morrer, minha neta, o sol alto vai trovejar de instante em instante! Vou morrer, minha alma vai subir, minha neta! Mananan, Mananan, Mananan... Mananan, Mananan, Mananan... bordar... bordar... ah ah ah ah ah ah ah ah ah ah ah ah ah oh oh oh oh oh oh oh oh oh oh oh oh... ah ah ah ah ah ah ah ah ah ah ah ah ah oh oh oh oh oh oh oh oh oh oh oh... ah ah ah ah ah ah ah ah ah ah ah ah ah oh oh oh oh oh oh oh oh oh oh oh oh oh...

txitxi, avó

Avó Mananan, tão velha... quando o céu revirava, em tempo de chuva, ia cair a chuva, avó Mananan botava dentro de casa o poleiro de seu papagaio, inverno, o passarim katsinarite ria, alegre, tara-tará-tará! tara-tará-tará! avó Mananan ficava dentro de casa, deitava na rede, avó Mananan não falava enquanto chovia, tara-tará-tará! tara-tará-tará! ela falava só com a chuva, falava com a água da chuva, seus cabelos estavam ficando branquíssimos, os dentes caíam um a um, as unhas dos pés caíam também uma a uma, outra vez nasciam novas unhas, as unhas das mãos também caíam, nasciam novas, avó Mananan deitava assim que escurecia, ela estalava os dedos a noite toda, avó Mananan tinha medo de o rio encher a terra, derrubar as matas, se o rio viesse na carreira, avó não poderia fugir, não poderia mais sair na carreira, antes de ficar cega, quando sentia medo, avó Mananan subia no pau, aprendi com ela a subir no pau, eu via a avó no alto do pau, um dia fui, subi, mas eu sei descer do pau, avó Mananan não sabia, pai tinha de ir tirar avó dali do alto, avó Mananan não queria descer, dava trabalho ao pai, gritava, falava, pai segurava avó, toda a gente ria... ria... oé oé oé oé... oé oé oé oé... oé oé oé oé... se ela olhava para baixo, sentia vertigem, quando a pessoa sente vertigem, solta a mão e cai, oé oé oé oé... oé oé oé oé... oé oé oé oé... macaco não cai, macaco segura com o rabo, tem vertigem e não cai, o rabo segura o macaco, avó Mananan gritava lá do alto, hi-i! hi-i! hi-i! hi-i! tinha para si que o rio ia encher, O rio grande quer me pegar! nossa gente toda ria dela, oé oé oé oé... as crianças, oé oé oé oé... oé oé oé oé... oé oé oé oé... avó Mananan não se zangava, ela era mansa, sempre foi mansa.

bekuin, cegar

Minha avó materna não enxergava bem, só via sombras, mas depois ficou cega, não via mais nada, cega, avó Mananan via a sombra dos envenenadores, seus olhos me assustavam, a roda dos olhos meio branca, feito guaxinim, olhos de guaxinim, avó Mananan, para lá e para acolá no terreiro, as mãos na frente... os braços estirados... avó guaxinim... avó Mananan via as almas e ouvia as falas antigas, ouvia as cantigas que sua mãe cantava, avó Mananan disse, ela ouvia a alma de sua mãe cantando no céu, do alto do pau ela ouvia melhor, pai entonce falou que ela podia subir na sumaumeira, nossa gente toda riu, oé oé oé oé... oé oé oé oé... a sumaumeira tão alta, quem sobe ali? oé oé oé oé... oé oé oé oé... avó umas vezes acendia fogo no canto errado e quase queimava a nossa casa, a aldeia toda, ela sabia fazer fio de algodão, seu fio era macio, comprido, porque seus olhos não a enganavam, ela via com os dedos, seus dedos amarelos... ainda tinha dentes bons, comia caça... avó guiava as mulheres na coleta de frutos, mas quando ficou cega não foi mais para a mata, o dia todo sentada na rede, depois na esteira, cada dia mais gorda, mais gorda, feito bicho de casa que vive preso, mas não ficou lerda, nada de lerda, que nem onça... na esteira recebia as mulheres, dava conselhos, agora está ali a sua esteira, sozinha, coberta de folhas, ninguém sentou em seu lugar para nos dar conselhos... nas trocas mais os visitantes, mãe Awa gostava que avó Mananan estivesse por perto, pois avó tratava de conter a generosidade de pai, pai queria dar tudo, pai não fica sovina, jamais, pai não gosta de ser sovina, falava que a avó queria ver o tuxaua sovina, pai ria, avó ria, oé oé oé oé... nas arengas em casa e nas pelejas, avó exortava os varões à vingança, incitava à peleja, a não terem medo, eles ouviam, avó aconselhava avô Apon e era ouvida por seu esposo, foi ela quem ficou sabendo o que me aconteceu de primeiro, na campestre, mas não contei, ela viu, nem sei como viu, nem sei como ficou sabendo, as almas contaram? avó via as almas, falava de noite mais as almas, as almas contaram o que me aconteceu? não contei nada, mas a avó sabia... ela não contou nada ao pai, à mãe, ao avô, a ninguém... se ela estivesse vivendo na terra, eu ia lhe perguntar se ela poderia perguntar a suas almas se Xumani está vivo, quem sabe ela ia saber.

xenipabô, os antigos

Lembro, acolá, avó falando baixinho, murmurando, falando mais as almas, minha avó Mananan falava mais as almas, de manhã, de noite, dormindo falava, acordada, as almas ensinaram avó a usar ervas, ensinaram os remédios da mata para banhar crianças, para proteger crianças dos ataques de yuxibu, não comer isto, não comer aquilo, as almas ensinaram avó a passar sangue de tatu-canastra na testa das crianças para viverem muito, avó passou na testa de Huxu, pequenino, ele há de viver muito, muitas luas e luas e luas e luas e luas e luas... luas sem fim... as almas ensinaram avó a dar cabeça de pica-pau aos meninos para comerem, assim eles cresciam sabendo derrubar os paus grandes para botar roçado, Huxu há de saber derrubar pau grande, há de saber botar roçado, as almas ensinaram a avó as ervas que seguram o homem em casa, as que atraem homens, as que enfraquecem o homem, as que enfraquecem o pênis, e ensinaram plantas de esterilidade, essas coisas assim é que as almas ensinaram à avó, pensa que eu não sei? eu ficava olhando para ver como avó conhecia as ervas, ela passava os dedos, quebrava as folhas e as cheirava, assim conhecia as folhas, os cipós, as raízes, pelo cheiro, porque não tinha mais suas vistas, como deve ser? um para ali um para acolá, cada um de um lado, assim, puxa, acocha o ponto, puxa, acocha... bordar bordar bordar... vou fechar os olhos... assim... ah fiz o kene! sei fazer sem os olhos... primeiro avó teve a vista turva, via sombras, depois ficou cega, cega, avó cega, ceguinha, não via mais nada, só o tisne e as almas, de noite andava na vereda sem se perder, ia para ali, para acolá, com os braços estendidos à frente, tanto fazia dia, tanto fazia noite, avó Mananan me mandava ir buscar pena de nambu, cabelo da cutia, cabelo do quatipuru, filhote de uirapuru, rabo do veado, raiz de paxiubinha tirada do lado do nascer do sol, avó me pedia para botar num vaso virgem penas, folhas, íamos para a mata e lá ela fazia fogo, ela me seguia pela zoada dos meus pés nas folhas, depois me defumava, ou mandava eu tomar banho com espuma de timbaúba, ou mandava eu passar certo tisne no rosto, ou ir sem olhar para trás, mandava pai tomar banho de folhas de tsawa para atrair caça, mandava pai levar essas folhas, quando ele ia caçar, se pai sonhasse copulando uma mulher atraente não deveria de contar seu sonho, era aviso de caça grande, abundante... avó mandava que Xumani levasse barata da guelra de matapiri enrolada em algodão e escondida numa bolsa para dar sorte na hora de mariscar e que eu batesse no peito e no dorso de Xumani, com o lado do terçado, se Xumani empanemasse na caça, por isso Xumani nunca empanemou, nunca ficou de encrenca... quando avô Apon sentia a vista turvada, avó pingava rasin te bata, tudo ela sabia do que é escondido, do que não se entende, era chamada quando menino não queria nascer, desenganchava menino enganchado na barriga da mãe, com murmúrios, ervas, avó Mananan sabia disso tudo, eram os cabojos dela, uns ela me ensinou, outros não... ela ficava longo tempo em silêncio, como quem via algo para dentro de seus olhos, batia o queixo, bate-queixo voa, tako-tako-tako, tako-tako-tako... mascava fumo e seus dentes amarelos me faziam mais medo que seus olhos vazios, olhos brancos de guaxinim... cega cega cega cega cega cega cega cega ceguinha, avó gostava da gordura do tatu e de ovos das aves, Sardinha Sol disse que eram a causa de seu turvamento de vista... um para ali um para acolá, cada um de um lado, assim, puxa, acocha o ponto... puxa... acocha... bordar bordar bordar... bordar bordar bordar... bordar bordar bordar... bordar bordar bordar... ah que fome... vou parar, vou comer... vou olhar na cesta o que tem.

·BENE WAI·

ESPOSAR

huni, homem

Bordar bordar bordar... um ponto para ali um para acolá, cada fio de um lado, assim, puxa o fio, acocha o ponto... puxa... solta... bordar bordar bordar... o fio branco para ali, o fio azul para lá, cada ponto de uma banda, azul, branco... azul... aqui preto... assim, puxa, acocha o ponto... solta o fio... azul... bordar bordar bordar... *aregrate mariasonte, mariasonte bonitito... bonitito bonitito yare...* Xumani... as mulheres sentadas na esteira abraçavam, beliscavam, alisavam a cabeça, alisavam os braços, alisavam as costas de Xumani, ele se encabulava... Xumani levantou para ir embora, seus olhos brilhavam de escuros... Xumani apareceu na festa de dança... aquele dia, pintado, carapuça de penas coloridas de arara, penas nos braços e nas pernas, rabo de cuxiú na testa, os braços amarrados com braçadeiras de algodão tingido de vermelho... flor encarnada... o peito coberto de linhas grossas... ah alma danada oh! pássaros predadores, senhor das bananas e das bananas-da-terra, olhos escuros, peles costuradas de tucanos pretos... cheiro de tinturas vinha de seu corpo, torom torom... Xumani borrifado com o leite da mata, torom torom... Xumani borrifado com o mel vermelho, torom torom... deixava uma miragem no caminho, torom torom... os tucanos voavam e vinham pousar ao seu lado, torom torom... os tucanos cantavam yaukwê kwê

kwê... Xumani parecia meu pai o tuxaua, de tão homem, os outros rapazes, envergonhados, jogaram fora suas carapuças de folhas, suas penas, minha gente toda admirou Xumani, os rapazes que estavam pintados foram se lavar para não ficar em desvantagem... Xumani, que nem espírito vindo do céu... Xumani pintado, falei para as almas, Este Xumani é homem! é homem no rosto, é homem nas orelhas, é homem nos olhos, é homem nos ombros, é homem nos braços, é homem nas mãos, é homem na barriga, é homem nas pernas, torom torom... torom torom... Xumani quando criança era esquisito torom torom... magro, calado, e ficou assim depois que cresceu, se acertaram os traços de seu rosto, o rosto se abriu, o queixo alargou, feito rosto de pai, torom torom... torom torom... tão leve ele andava, parecia nem pisar no chão... Xumani maciez da onça... Xumani a cor escura da pele... pele escura... torom torom... torom torom... eu o vejo à noite quando fecho os olhos, sinto a sua mão passar em mim, e se for a alma de Xumani? oh!

txuta uma, virgem

Xumani era da outra banda do lado de lá, do pai do avô do pai do avô, o neto do neto do pai do avô, da banda da banda de lá... eu, menina verde... Xumani veio nas festas de trocas, apareceu na dança, ho ho ho ho ho ho... pintado, seu rabo de cuxiú, dançou, dançou, ho ho ho ho ho ho ho ho, Xumani me viu e falou, Tu cresceste, Yarina! Teus cabelos brilham como quem saiu do banho do rio! meu corpo redondo e gordinho, Tu, tu quando cresceres serás minha noiva! Xumani ia ser trabalhador, para o tuxaua meu pai lhe dar a filha, se eu ficasse bonita ele ia me querer, se eu ficasse feia, magra, ele não ia me querer, eu falei, E tu, tu como sabes se vou te querer porventura? Se tu virares onça? Se tu virares pedra? Se tu, tu morreres? Xumani fez de tudo para agradar meu pai, querendo a filha, mas não adulava meu pai, nem adulava meu avô, ajudava, trabalhava no roçado de minha mãe, flor branca e cheirosa, Tu gostas de deitar na areia? Debaixo dos pés de canapum vamos deitar, Se encontrarmos um gato vermelho, Xumani... Tenho mais medo de ti do que de suçuarana, Xumani! Tenho medo não de suçuarana, Xumani! Só tenho medo de ti, Xumani! de noite lá ia ele sacudir o tacanal para derrubar txaias... bordar bordar bordar... tenho medo de ti, Xumani! coruja voa na penumbra... bordar bordar bordar... bordar bordar bordar...

branco que nem inhame, branco que nem polpa de araticum, que nem sumo de pariri, oh! branco frio, branco-alma... azul, azul, azul... bordar bordar bordar... bordar bordar bordar... ah...

haibu, amigo

Huatun Xumani, flor em botão, se o varão namora a mulher, ela anda mais um só homem... Xumani me deu aquela antinha de barro, ele me deu este pote de pintura, tirou para mim um caracol de rio para eu fazer aquela colher, trazia todo tipo de semente, coquinho, tudo em segredo, ninguém podia ver... ali o tucano de Tijuaçu... Xumani pegava uma folha, assobiava chamando os tucanos, tucano faz ninho no topo do rochedo, carrega no bico os adornos que cospe, os tucanos vinham aos beiços de Xumani... o tucano de Tijuaçu é triste, uns tucanos são de uma feiura aflitiva, mas outros são lindos, vermelhos encarnadíssimos, peito forrado de penugens, passa a mão ali! Passa! os tucanos cantam yaukwê kwê kwê... yaukwê kwê kwê... Xumani fazia yaukwê kwê kwê... yaukwê kwê kwê... a respiração de Xumani exalava a zoada dos encantes, yaukwê kwê kwê... yaukwê kwê kwê... Xumani dispersava um bando de japacanins, Xumani se escondia atrás de um pau, imitava o chamado de um bacorim, os pássaros enganados voltavam, confiantes, e Xumani matava um, de um golpe ligeiro, cortava a garganta colorida do pássaro para fazer uma braçadeira e me dava, eu guardava no meu mariquinho, meu mariquinho vivia cheio de presentes, Xumani arremedava o canto dos pássaros, vinham os tucanos, vinham as nambus, vinham os jacus atraídos pelo canto de Xumani, riscando a asa com a unha trrrrrrrrrr... e eu que nem ave de encante trrrrrrrrrr... se estava para chover, Xumani cortava folhas e fazia abrigo para mim, num instante, Xumani subia nos paus parecendo um macaco, tão avexado, passava um rolo de cipós em torno dos pés e trepava, Xumani via as frutas, dava um golpe com o facão, o galho caía, caíam galhos de frutas, Xumani arrancava os frutos dos galhos e botava dentro da folha enrolada, trazia para mim os frutos, delícia boa, comer frutos com Xumani, o sumo escorrendo da boca, o sumo nos dedos, lambia os dedos... Xumani me contava um segredo pequeno seu, contava outro, depois outro... eu lhe catava os piolhos, acochava com os dentes o encarnado de sua pele, Xumani gritava, eu ria, ria, oé oé oé oé... Xumani deitava ao meu lado, sentia desejo de copular, mas eu era menina verde, prometida ao meu tio Kue... Xumani fazia tudo para me provocar, ele gostava de mim e eu dele, Xumani queria sempre ir para a mata, dormia sozinho na rede, tinha receio de minha mãe e de meu avô Apon me esconderem dele, Xumani me chamava, queria ir escondido para perto do rio, longe de nossas casas, queria me esposar para não precisarmos nos esconder, deitar nos gravetos e depois ficar tirando a areia das costas, mãe Awa dizia, Esta minha filha, porventura anda na mata mais Xumani? trrrrrrrrrr... trrrrrrrrrr... trrrrrrrrrr...

kuka, tio

Meu tio materno, Kue... não... minha mãe me prometeu a ele, a seu irmão ela me prometeu, mas eu não queria maridar meu tio quando crescesse, não não, oh ninguém se incomodava com o que eu sofria, queriam me entregar a um tio de outra aldeia, eu ia ter de morar na casa de Bitsitsi, ficar longe da minha mãe, ia ter de ficar longe dos presentes que meu pai me dava, ia ter de ficar longe dos lugares que conhecia e onde cresci, que ganhava eu? e soluçava, soluçava, meu tio Kue trazia presente para mim, trazia comida boa, trazia cacho de banana, trazia saia, trazia rede, trazia diadema, Kue já tinha duas mulheres, uma esposa mais velha, sua gorda Bitsitsi, e tinha sua esposa mais nova, Banana de Pele Fina, que ganhava eu? meu tio Kue vinha me visitar, trazia presente, olhava se eu estava crescendo, se estava magrinha ou engordando, trazia comidas boas para eu engordar, vigiava, dava conselhos a minha mãe, sua irmã, que ia ser sua sogra, oh, ninguém se incomodava com o que eu sofria, queriam me dar a um tio que morava numa aldeia distante, que ganhava eu? eu ia morar longe da minha mãe, não ia mais ganhar os presentes de meu pai, ia morar longe dos lugares que conhecia, de onde cresci, ia morar na casa dos pais de Bitsitsi, que ganhava eu, entonce? e meu tio Kue trazia mais presentes... não não... Kue era zangado, eu gostava das comidas que ele trazia, delícias boas, gostava dos enfeites, gostava de suas falas, quando ele contava as viagens ao barracão, os trastes que tinha no barracão, ele comprava, mostrava cada traste! viagens a aldeias de brasileiros, aonde ele foi, com seringueiros do povo cearense, seringueiros são desse povo, um povo de cariús, a aldeia desse povo ficava longe, e meu tio Kue trazia pano, machado, pente, longe longe longe longe, trazia miçanga, tesoura, era lá onde morava o rio zangado, longe longe longe longe... meu tio Kue visitou o tuxaua deles, o presidente... trazia uma ruma de presentes para mim, para meu pai, umas redes brancas que nem inhame, que nem polpa de araticum, que nem sumo de pariri, vi oh! brancas, eu pensava assim, será se ele me levava para a aldeia dos brasileiros? levava na casa acanoada do regatão? será se ele me revelava o segredo da lonjura? longe longe longe longe... longe longe longe longe... bordar bordar bordar... *Caçai os tucanos para tecer cocares com as penas, caçai araras para fazer pulseiras para mim...*

hakatxu, junto

Tio Kue ia embora... eu e Xumani, juntos... eu fazia tudo mais Xumani, tudo era junto, eu bordava, ele vinha olhar, eu fazia conta de coquinho, ele vinha olhar, era tudo junto, sem separação, juntos para a mata, eu ia ver sua caçada, eu ia ver seu marisco, eu ia ver Xumani botar roçado, ele vinha me olhar fazer cesta, eu ia ver Xumani coivarar, eu ia ver Xumani atear fogo, eu ia ver Xumani plantar, eu ia ver Xumani cortar, e mãe, Esta minha filha, porventura anda na mata mais Xumani? trrrrrrrrrr... todo dia falava, Esta minha filha, anda porventura mais Xumani na mata? trrrrrrrrrr... junto de Xumani eu colhia frutas e larvas, juntos os dois, ele abriu uma clareira e fui olhar, enquanto ele cortava cipós e moitas eu trançava nossas cestas ali ao lado, morria uma lua, juntos... quando vinha tio Kue me visitar, Xumani sumia, eu sentia que ele estava espreitando do meio das folhagens, meu pai sentia a espreita, ia apurar, trrrrrrrrrr... Xumani sumia, tio Kue ia embora, Xumani voltava... morria outra lua... juntos... tudo um dividia mais o outro, eu comia junto de Xumani, eu gritava junto de Xumani, eu saía na carreira e Xumani vinha atrás, juntos, eu jogava água em Xumani, juntos, eu rolava na areia mais Xumani, juntos, não sabia do que eu inspirava no coração de Xumani, nem pensava que pudesse haver nada além da nossa amizade, ele era pouco mais velho do que eu, já homem, eu contava um ou outro sonho, Xumani queria ouvir meus sonhos, eu contava ao seu ouvido os meus segredos, inventava segredos, para não contar os verdadeiros segredos, inventava segredos pequeninos, inventava sonhos, pelo riso dele eu ia inventando os sonhos, se ele ficava carrancudo, eu mudava o sonho, Xumani só gostava do sonho quando *ele* estava no sonho, no sonho em que *ele* caçava uma onça voadora, em que *ele* flechava veados que moravam no cume da rocha, em que *ele* me levava até o alto da sumaumeira, em que *ele* matava a lacraia-sombra... eu dava tabaco a Xumani, acochava os piolhos com as unhas, estalavam... deitava ao lado de Xumani, Vou colher sapotas! Xumani caminhava, o nariz empinado para sentir o cheiro dos frutos maduros, colhia as frutas para mim, sabia se a fruta era macia, doce, olhava, cheirava... trazia palmito... ele sentia os perfumes, os cheiros de palmeiras, os cheiros podres, os cheiros de queimado, meu cheiro, tirava flores tortas, sementes que cantavam, coquinhos perfumados para mim.

xawan, arara

Tempo das visitas, tempo das longas permanências fora de casa, tempo das festas, tempo das pelejas, tempo das águas baixas, quando nossa gente podia caminhar no chão seco, os rios despejavam suas cheias, os charcos, nada mais do que pequenas poças de água verde, tempo do marisco com veneno ou flecha, arpão ou vara, quando a caça é mais fácil, os pássaros namoram ou se acompanham dos bacorins e se deixam enganar mais facilmente pela imitação dos gritos, pios, ou cantos, Xumani apanhava uma arara quando ela estava comendo o seringa-fruto, comida boa das araras, mas não a matava, dava comida, depois a amansava com paciência, a arara ficava amável, deixava Xumani tirar suas penas oh! Xumani tomava os filhos da arara, ela ia morar em nossa casa para dar penas a nossa gente, os bacorins tão pequeninos ficavam nus, tremelicando pelo terreiro, friorentos, feito eu, agora, esperando Xumani, bordando bordando bordando... torom torom... trrrrrrrrrr... Xumani ia buscar araras nos barreiros, subia nos alcantilados, trrrrrrrrrr... trepava nos buritizeiros, as araras só aparecem quando é tempo dos frutos né? os pequizeiros mal saídos da flor se cobrem de araras, araras bicam as sapucaias, acabados os frutos elas vão embora... Xumani tinha um casal de araras, amava suas araras, olhava as araras no pau, pegava suas araras, suas crias, sua criação, seus xerimbabos, atravessava o terreiro com aquelas araras no ombro feito fosse um pequizeiro, as araras bicavam tudo, comiam, acabavam, mas elas não amavam Xumani, a arara só ama ao seu esposo e seu esposo só ama à esposa, o macho arara tem uma só mulher a vida toda, se um varão atira uma flecha e mata um macho arara, ou uma fêmea arara, o outro vai embora mais o bando, voa, chora, chora oh! araras choram, araras sentem falta de seu marido, araras eram a criação de Xumani, seus xerimbabos, araras miragem... Xumani criava uma lacraia dentro de uma cabaça, não temia a lacraia, nem o veneno da lacraia, nem o ferrão da lacraia, nem lacraia-sombra, devoradora de gente... as araras de Xumani morreram, de tanta falta do amor, a lacraia não sente falta do amor, está viva e abro sempre a cabaça, dou comida... ela viva, venenosa, em fogo... Xumani, tristíssimo, Xumani queria me tomar de Kue! Kue era muito zangado, Meu tio vai te matar, Xumani! Xumani queria matar Kue, por isso deixou a flecha enterrada no peito, por isso não arrancou a flecha... *Meu coração não é igual aos outros, ele é muito brabo, cada coração é diferente e o meu é valente, eu matei duas antas, eu sou perigoso...* Vou te esposar amanhã, Xumani! Vou fugir de meu tio materno! Vou fazer meu tio materno desistir de mim! coruja voa na penumbra, bordar bordar... bordar bordar bordar... um ponto para cá outro para acolá, de cada lado um fio, assim assim, puxa o ponto, acocha o ponto, puxa mais, afrouxa, acocha aqui, bordar bordar... o branco para ali, o azul para acolá, cada banda com um ponto, azul, encarnado, branco preto branco, azul, preto branco, aqui encarnado... assim, acocha, puxa, acocha mais o ponto, aqui, acolá, solta o fio, azul.

kaman, cachorro

Terminei mais um novelo, Vai buscar outro! Traze o azul! Traze o encarnado! Traze um pratinho de inhame! Estou com tanta vertigem na barriga! Quem está me olhando? Quem está assobiando? Eu gosto de passarim! Todo passarim eu gosto! Olha ali a surulinda! recomeçar, todo tipo de bordado, minhas mãos maneirinhas... lá está o cachorro de Tijuaçu, deitado, triste... Tsima era o cachorro de Xumani, Tsima, ser valente, seu outro nome, não há... e se os irmãos de meu tio Kue mataram Xumani? e se minha mãe está escondendo de mim que seus irmãos mataram Xumani? os brasileiros deram cachorro aos nossos varões, no tempo da mãe da mãe da mãe... Tsima era uma alma? Tsima, quando veio morar com Xumani, era tão pequenino, ele via Xumani e ficava por perto, onde Xumani ia, o cão era a sua sombra, Tsima olhava para Xumani todo o tempo, mesmo quando os olhos de Tsima estavam para outro lado, ele rastreava o seu dono... o orgulho de Xumani por seu cão... Tsima farejava caititu, farejava cutia, Tsima farejava gato, Tsima era bravo, se via uma cambaxirra, latia, se via uma cobra, latia, se via uma lacraia, Tsima latia, se via uma aranha, latia, se via um sapo venenoso, Tsima latia, não se amedrontava com nada, acuava as cutias que iam atacar o roçado, ah era alma, era? os varões todos doidos por Tsima, meu tio Kue vivia doido por um cachorro, queria caçar com o cachorro, queria que o regatão lhe desse um cachorro, o regatão trouxe um cachorro e o cachorro morreu, outro cachorro também morreu, tio Kue veio me visitar, viu Tsima, queria o cachorro de Xumani, Eu te dou não! disse Xumani, tio Kue dava um machado pelo cachorro, Xumani disse não, um machado e um terçado, Xumani disse não, um machado, um terçado e uma faca, Xumani disse não, mais dois arcos e duas flechas, Xumani não queria dar o cachorro, com Tsima ele matava muita caça, mais dois machados, dois terçados, duas facas, duas mais duas redes, dois cacetes, duas lanças, dois arcos e duas mais duas mais duas flechas, Xumani disse não não não não não não, tio Kue foi embora, zangado, eu falei a Xumani para dar o cachorro ao tio Kue, Xumani me trocava pelo cão, e trocava o cão por mim, Xumani ficou assim, assim... olhava o cão, o cão olhava para ele, suplicando, parece que sabia da troca... triste... Xumani triste... cachorro triste... eu não valia um cão? será? Xumani amarrou o cão com uma envira, foi, demorou.

beneyadiama, noiva

Xumani demorou dias para trocar mais tio Kue, a noiva e o cão, o cão e a noiva, demorou uma ruma de dias, eu tinha me acostumado mais Xumani, sentia o mundo vazio, perdida dentro de casa, queria que Xumani voltasse logo, olhava a mata, tio Kue podia matar Xumani e ficar com o cão... ficava com o cão, ficava com a noiva... a noiva e o cão... eu sem fome, não queria comer nada, deitada na rede, só queria subir nos paus para olhar o rio, se Xumani atravessava... a noiva e o cão... se ouvia um estalar de galho, saía na carreira para olhar a mata, se ouvia um restolhar de folhas saía na carreira para olhar a mata, se ouvia um soim preto fazendo tchak, tchak! saía na carreira para olhar a mata, a noiva e o cão... eu parecia um macaco desbandado, heeee, heeee, heee... minha vontade era sumir mais Xumani, para longe, ficar para sempre mais Xumani na mata, só os dois, antes eu tinha para mim que Xumani era feioso, sentia por ele ternura, afeição, entonce olhava o rosto de qualquer um e via o rosto de Xumani, Xumani estava dentro de mim? Xumani ainda está escondido dentro de mim? será? cachorro me olha, late para mim, estará vendo Xumani dentro de mim? a noiva e o cão... eu ficava feito agora, olhava o canto onde Xumani estendia sua rede, os lugares de Xumani, onde ele sentava, comia, onde ele fazia flecha... o escabelo...

os trastes de Xumani, os cantos onde Xumani gostava de ficar, os cantos onde Xumani urinava, os cantos onde Xumani guardava suas flechas, onde ele acendia fogo, onde se pintava, tudo o que era de Xumani me amargava e afundava... a noiva e o cão... eu via a sua alma, de noite a sua alma vinha deitar na minha rede, de noite a alma de Xumani passava o dedo nas minhas costas, debaixo da rede, a alma de Xumani deitava em cima de mim, na rede, eu sentia o seu peso maneiro em cima de mim, será se ele saía de dentro de mim? o peso de sua alma, hutu, hutu, hutu, hutu... eh, eh, eh, eh, *bacurau canta à noite, bacurau de pena escura, pena marrom-bacurau, canta mais a lua cega, o bacurau, a noiva e o cão... corujas piam, uã uã txu...* corujas piam, uã uã txu... a noiva e o cão... corujas piam, uã uã txu... a noiva e o cão... irosisi irosisi irosisi... corujas piam, uã uã txu... hutu, hutu, hutu, hutu... hutu, hutu, hutu, hutu... hutu, hutu, hutu, hutu...

kema, responder

Os apitos de rabo de tatu distantes soaram, as crianças correram, gritando, Xumani chegava e trazia um veado às costas, preparei tudo para receber Xumani, ele me viu de longe, apareceu na mata, triste de uma banda, meio triste, meio feliz, as flechas, a envira na mão, sem o cachorro Tsima, se deixou o cão, entendi, Kue aceitara a troca, e eu, feliz, carreguei um alguidar de frutas para Xumani, ramalhetes de folhas amarelas enfiadas nas orelhas, fui toda de vermelho, Xumani me viu de longe e quase não conseguiu esconder seu sentimento, respirou fundo, duas vezes, mais duas vezes, ofereci a Xumani um peixe enrolado numa folha verde, Xumani não disse nada, foi preparar o moquém, trabalhava e me olhava de lado, não tirava os olhos de mim e eu não tirava os olhos de Xumani, ainda doía a falta um do outro, doía o coração, o peito, ainda doíam os olhos e as mãos... a noiva e o cão... Xumani não disse nada, foi dormir em outra casa e mal pude adormecer em minha rede, noite de lua e o macucau cantava, makokawa! makokawa! macaco-da-noite em noite de lua clara não esturra, ele chora, epã! epã! hi! hi! raposa do mato perdida no encante da lua gritava feito gente eeiiii... raposa solitária gritava parecia gente, um grito meio esfarelado, eeiiii... parecia o grito de Tsima, do cachorro Tsima... a noiva e o cão... nambu azul à noite acasalando how! how! how! nambuzinha no meio da noite, shã! shãkoro--shãkoro-shãkoro! só dormi quando era manhã clareando, juruva cantava sem parar, seu canto interminável, hutu, hutu, hutu, hutu... amanhecença, mutuns machos cantavam para atrair suas mulheres, titiri titiri titiri titiri wẽ, titiri titiri titiri titiri wẽ... as juruvas... titiri titiri titiri titiri wẽ... hutu, hutu, hutu, hutu... titiri titiri titiri titiri wẽ... hutu, hutu, hutu, hutu... titiri titiri titiri titiri wẽ... hutu, hutu, hutu, hutu... hutu, hutu, hutu, hutu... Xumani disse ao meu pai que ia me esposar, ia se amulherar de mim, ia logo botar o roçado, chamou seus irmãos, escolheu um morro bom, perto de um canto de passeio, uma ruma de frutas nascia poucas vezes, ali, passavam luas e luas e luas e mais luas, e mais luas e mais luas, esse pau dava frutos demoradamente, frutos deliciosos, atrasava a floração, luas e mais luas e mais luas e mais luas, vinham águas doces, floresciam as flores do pau, os frutos nasciam das flores, quando era depois de luas e mais luas e mais luas... Xumani estava num tapiri com os irmãos, eu queria ficar junto de Xumani, mas ele me olhava de longe, eu o olhava de longe, sem coragem de ficar juntos, comer juntos, nadar juntos, brincar juntos... Xumani mais seus irmãos amolaram os machados, acabou, amolaram os terçados, acabou, brocaram o morro bom, um morro liso, plano, acabou, derrubaram os paus, acabou, deixaram secar, quando os paus estavam secos, quebradiços, atearam fogo, no outro dia plantaram milho, acabou, plantaram macaxeira, acabou, plantaram bananeira, acabou, plantaram batata, acabou, plantaram mamoeiros, acabou, plantaram feijão, todos os legumes plantaram, eu olhava, trançando cestos, era o meu roçado, roçado, Xumani botava o meu roçado, delícia boa!

dayái, trabalhar

Meu pai o tuxaua ensinava, Vós, para vos amulherar, vinde antes me dizer! Vossas esposas, açoitai não! Se não, tomarei vossas esposas! Vossas esposas, maltratai não! Se não, tomarei vossas esposas! e Xumani mandou, Minha mulher, faze uma rede comprida para mim! eu fiz, voltei do banho da tarde, deitei na rede, Xumani veio, contou de suas caçadas, trazia um macaco-prego muquinhado, contou histórias, segurou minhas mãos, acochou os dedos, alisou os meus ombros, as fogueiras abaixaram, Xumani subiu na rede, deitou, apalpou minha pele, os braços, as pernas, os joelhos, cantando bem baixinho, assim ele foi me amolecendo... minha gente toda dormia, pai dormia, mãe dormia, avô Apon e avó Mananan, nenhuma criança chorava, as fogueiras eram só brasas, fechei os olhos, Xumani falava com os beiços encostados no meu ouvido, ele afagava, levantou minha saia, e ele, quando olhei, me assustei, e suas mãos pelo meu corpo todo, descia devagar, subia devagar, e suas mãos vieram para o corpo dentro, ele me olhava que nem quando estava a tocaiar o bicho mais perigoso, o bicho mais valente, tocaia de onça, sem arredar os olhos de mim, afagava, depois olhava para dentro dele mesmo, para mim, fechava os olhos, abria... assim foi a noite... de manhã ele tirou suas flechas, feliz, saiu para caçar, as juruvas de manhã hutu hutu hutu

hutu... titiri titiri titiri titiri wẽ... hutu, hutu, hutu, hutu... hutu, hutu, hutu, hutu... hutu, hutu, hutu, hutu... Xumani era trabalhador, fazia roçado, saía todas as manhãs para caçar, já podia caçar sem que os espíritos o fustigassem ou ofendessem, na mata, já sabia botar roçado, plantar, seringar, tirava muita caça, Xumani tirava veado, Xumani tirava anta, Xumani tirava macaco, Xumani tirava mutum, Xumani tirava nhambu, Xumani tirava jabuti, eu era feliz, feliz... meu pai o tuxaua deixou Xumani se amulherar de mim porque Xumani era trabalhador... escuro dentro, Xumani entrou de novo em casa e deitou na minha rede, escuro dentro da noite, ele dormiu comigo a noite inteira, de manhã foi caçar, estava amulherado, e eu, maridada, Xumani entonce morava na nossa casa, no começo estranhou, mas depois se acostumou, ele veio morar com os meus genitores, avô Apon e avó Mananan, quando o varão se amulhera, mora na casa do genitor da esposa.

abain bain, cotidiano

Eu tirava água, fazia fogo, fogo feito, buscava milho, milho tirado, tirava legumes, legumes tirados, tirava legumes finos, inhame, cará, cará tirado, escondia cará no tapiri no alto da árvore, cará escondido, assava cará para Xumani, cará assado, debulhava milho para Xumani, milho debulhado, socava no pilão para Xumani, tong, tong, tong... cozinhava para Xumani, ralava para Xumani, espremia para Xumani, fazia braceletes, fazia narigueiras, fazia caneleiras, fazia saia, fazia rede, fazia algodão em fio, descaroçava os capulhos de algodão, trabalhava, trabalhava, cozinhava, chamava, Meu esposo vem comer! dava macaxeira a Xumani, dava peixe, dava caça, dava legume, tudo eu cozinhava, delícia, Minha esposa, que delícia boa! Ah que banha boa! Ah que boa gordura! milho massa, mudubim, pirão de peixe mais banana verdolenga, milho ralado, mudubim torrado, palmito de filhote de taboca, eu arrodeava Xumani de tudo o que era qualidade de comida, comida boa, arrodeava Xumani de tudo o que era qualidade de amor, amarrava saia, desamarrava, arrumava, lavava roupa no rio, estendia roupa nos jiraus, lavava, nossa casa era limpa, direita, eu marcava o tempo, os animais marcam o tempo, as frutas, as flores marcam o tempo, eu pendurava os carás, de manhã socava o milho no pilão, tong, tong, tong... tong, tong, tong... tong, tong,

tong… sentava à entrada de casa numa esteira, fiava, debulhava milho, de noite levantava a todo momento para ir buscar mais lenha e avivar o fogo, quase nunca ficava sentada mais as outras, comentando, era mulher casada, traseiro gordo, esposa, folha azul das grotas, para ter uma ruma de filhos, tong, tong, tong… tong, tong, tong… Xumani queria uma ruma de filhos, tong, tong, tong… Xumani saía para caçar, tong, tong, tong… trazia caça para muquinhar, vinha apitando e gritando por todo o caminho, eu sabia que ele ia chegar, me alegrava, me pintava de urucum, me penteava, deitava na rede, esperava, Xumani chegava, fazia os moquéns, muquinhava a caça, chamava todos, eu comia, pai comia, mãe comia, avô comia, avó comia, tio comia, tia comia, cunhado comia, cunhada comia, todos comiam, Minha esposa, que delícia boa! eu era feliz, todos, felizes, nada nos faltava.

yuinaka, caça

Caça não faltava para nós, por isso, todos felizes, não faltava caça nenhuma para nós, nem embiara, anta não faltava, veado não faltava, macaco-prego não faltava, porco não faltava, coatá não faltava, guariba não faltava, tatu não faltava, jacaré não faltava, cutia não faltava, gato não faltava, nambu não faltava, mutum não faltava, jacu não faltava, jacamim não faltava, arara encarnada não faltava, canindé não faltava, araçari não faltava, os porquinhos e as antas andavam por toda parte, os macacos da taboca viviam nos tabocais, Xumani sabia com os olhos e ouvidos encontrar as caças, Chamemos todas as caças! Encantemos as caças! a anta vinha, o veado vinha, o porco vinha, o tatu vinha, tatu-canastra vinha, coatá vinha, macaco zogue-zogue vinha, caiarara vinha, parauacú vinha, a guariba vinha, gavião-pega-macaco vinha, jacu vinha, cujubim vinha, jacamim vinha, arara encarnada vinha, canindé vinha, papagaio vinha, jandaia vinha, araçari vinha, japó vinha, japó de cumaru vinha, japó de cera vinha, passarim anambé vinha, passarim hana vinha, passarim de cará vinha, corrupião vinha, beija-flor vinha, passarim de brasa vinha, tié-sangue vinha, céu-ferroa vinha, juruviara vinha, coruja bapa vinha, coruja mãe-da-lua vinha, worr, worr, worr... wow, waw, waw... vinha a cambaxirra... agora o que serei, porventura? mutum! jacamim! beija-flor! passarim azul! tong, tong, tong... cutia virarei! veado virarei! suçuarana virarei! porco virarei! anta virarei! tatu virarei! canindé virarei! arara encarnada virarei! e de noite Xumani, Eu matei anta! Eu matei veado! Eu matei macaco-prego! Eu matei coatá! Eu matei guariba! Eu matei cutia! Eu matei suçuarana! Eu matei nambu! Eu matei mutum! Eu matei jacu! Eu matei jacamim! Eu matei arara encarnada! Eu matei canindé! Eu matei araçari! Eu matei tatu canastra! Eu matei tatu kana! Eu matei tatu! E hoje, caiarara! Matei parauacú! Matei gavião-pega-macaco! Eu matei cujubim! Eu matei jandaia! Eu matei japó! Eu, japó de cumaru! E hoje, japó de cera! E hoje, passarim de cará! Matei corrupião! Matei passarim de brasa! Eu matei tié-sangue! Eu matei céu-ferroa! Eu matei quatipuru! Eu matei coruja bapa! E hoje, mãe-da-lua! Eu matei a cambaxirra! Matei passarim azul!

baka, peixe

Também tanto peixe, agora nem tanto peixe, o seu tempo sim, tempo não, ru, ru, ru... reque, reque, reque... os peixes moradores e os peixes que vão embora, quando é depois voltam, tinha lá peixe surubim para embicheirar, tinha lá peixe piaba, tinha peixe jaraqui, tinha peixe branquinha, peixe jundiaçu para embicheirar, tinha peixe-gato, não nos faltava peixe, felizes, ru, ru, ru... reque, reque, reque... tinha lá peixe jatuarana, tinha cuií-cuiú, cuií-cuiú, cuií-cuiú, tinha peixe jacaretinga, tinha quebra-galho, peixes de verão, muitos, curimatã de verão, surubim de verão e jundiá lavrado e parapitinga de verão e carapari e pinoaca e pacu, ru, ru, ru... no inverno pintadinha, jundiá, mas poucos, bagre não é peixe de fundura, uns são, cascudinho peixe tinha, tinha peixe cará, os peixes vivem mais as almas que moram nas águas mais os peixes, se batemos nas águas, os peixes fogem, foi isso, bateram, os cariús, os peixes fugiram, as almas fugiram, uns peixes moram mais as almas na lagoa grande, outros não... marrecas no rio, martim-pescador, muçu, enguia, tem piranha, os peixes que sobem piracema vão para as cabeceiras dos rios em busca de arrecadas, foi o agulha em busca de arrecadas, levou os outros peixes, guiou os outros peixes, nunca mais voltaram, foi isso, o rio leva, o rio abana para o peixe sair, ru, ru, ru... reque, reque, reque... ru, ru, ru... reque, reque, reque... conversam, ru, ru, ru... reque, reque, reque... cuií-cuiú, cuií-cuiú, cuií-cuiú... eu entendo sua fala, ru, ru, ru... reque, reque, reque... Xumani mariscava, pegava peixe que abundava, sabia onde morava o peixe socó, sabia onde morava peixe barba-chato, sabia onde morava bodó, peixe-cachorro, sabia onde moravam peixes choronas, ru, ru, ru... reque, reque, reque... sabia a fala deles, aruanã para desovar faz trrrr... trrrr... cubiú faz nhó, nhó, nhó-nhó-nhó! a mocinha, óim, óim, óim! toora faz truu, trruu, trru... cuiú-cuiú faz nhoki nhoki! rrumm, rrumm! reque, reque, reque... ru, ru, ru... ru, ru, ru... reque, reque, reque... ru, ru, ru... reque, reque, reque... reque, reque, reque... ru, ru, ru... ru, ru, ru... cuií-cuiú, cuií-cuiú, óim, óim, óim! ru, ru, ru... ru, ru, ru... reque, reque, reque... zoada de peixe... ru, ru, ru... ru, ru, ru... reque, reque, reque... ru, ru, ru... reque, reque, reque... cuií-cuiú, óim, óim, óim! reque, reque, reque... ru, ru, ru... ru, ru, ru... tenho medo não.

bai tanái, caminhar

Matrinxã mora em águas pretas, jitubarana em águas brancas, jiju gosta de lago velho, traíra sabe andar na terra, tamboatá caminha em terra seca, vai longe, peixe caminhando sobre as folhas, no rio mora piroaca, moram mandins, ru, ru, ru... cuií-cuiú... no lago moram cubiú, mapará, cangati, no paranã, matrinxã, pacu, pirapitinga, no igarapé grande, matrinxãzinha, no igarapé pequeno, piaba-reis, mané-besta, saburu, no igapó, jiju, tamboatá, bode-ocardo, sarapó, muçu, uns na meia água, uns no fundo, uns rastejando na lama, se esfregando nas almas, espiando as almas frias, mordendo os dedos das almas, sentados na areia, debaixo das lajes, reque, reque, reque... ru, ru, ru... cuií-cuiú, cuií-cuiú... olho-de-vidro na tona d'água, mocinha cresce no lago, pacu gosta de lago, mas pinoaca só de rio, né? o rio leva, traz, peixe no rio fica bem azul, no lago fica clarinho, pacu come besouros e frutas que caem na água, peixe no verão é mais gordo, peixes são que nem crianças, gostam de águas mansas, limpas e fundas dos remansos, onde há lama não há peixe grande, caparari gosta de poço fundo, ele mora ali, alimpa o chão, tira o lodo, que nem as mulheres varrendo as casas, alimpam o terreiro, no poço as lontras parari fazem meh! weh! weh! sei dos peixes suas moradas, viagens, desovas, piracemas e descidas, sei mariscar cada peixe, sei qual rio solta peixe e quando solta peixe, sei o que cada peixe gosta de comer, quem come fruta, quem come semente, quem gosta da urtiga, quem gosta da oimbra-branca, quem tem dente forte para quebrar semente de gurdião, quem come lama, quem come folha, quem vomita, quem come outros peixes, quem ouve o estalar dos frutos, ai carrapato, ai chumbinho, cuií-cuiú, cuií-cuiú... ru, ru, ru... quem vai morrer, quando vai morrer, ru, ru, ru... os que são machos, os que são fêmeas, ru, ru, ru... quando as fêmeas estão ovadas, as que gostam de desovar no verão, as que gostam de desovar em águas brancas, nos igarapés, nos sangradouros, as que desovam na força das águas, as que cavam locas para desovar, as que chocam num pedaço de pau, as que se arrepiam para soltar as ovas, as que desovam nas folhas e vigiam, as que vão na corrente, machos soltam leite para fecundar, sei para onde a correnteza leva as ovas, quais os peixes que cuidam de seus bacorinhos, os que protegem os bacorinhos dentro da boca, os que formam casais, os que vivem sós, os que vivem nos cardumes, sei.

hantxa besmasmis, silencioso

Os peixes que querem se aquietar procuram lugares de profundeza quebrada, fazemos bateção só em rio que tem remanso fundo, nunca deixamos as águas sozinhas, nunca águas silenciosas, ru, ru, ru... reque, reque, reque... ru, ru, ru... madaiena, gata, sarbinha, mocinha... ru, ru, ru... vai, vai, sobe, desce muitíssimo, muito mais, muitíssimo, subiu, desceu, reque, reque, reque... óim... atrás de arrecadas rituais, ru, ru, ru... pinutsatsá sabe a fala de todos os peixes, sarapozinho sabe o caminho, tempo de ir até o regatão velho ru, ru, ru... lá vinha o regatão, lá vinha ele na casa acanoada pequena, lá vinha com tesouras, lá vinha com brincos, lá vinha com facas de bainha, mocinha faz zoada na rede, óim, óim, óim! peixe lerdo, peixe veloz, Ru, ru, ru... cuií-cuiú, cuií-cuiú, cuií-cuiú, cuiú come urana, cuiú-cuiú come canarana, mariposa da boca da noite, mariposa branca da manhã, petisco de reque-reque, reque, reque, reque... ru, ru, ru... lua cheia, jejum de peixe... jardim de peixe, cuií-cuiú, cuií-cuiú, truu, trruu, trru... nhoki nhoki! rrumm, rrumm! óim, óim, óim! nhó, nhó, nhó-nhó-nhó! trrrr... trrrr... peixes da flor-d'água, tempo de friagem, morte de peixes, Ru, ru, ru... mocinha morre fácil, piaba fácil, arraia morre difícil, poraquê difícil, feito nossa gente, delicadas pessoas morrem fácil, pessoas brutas, difícil, delicadas pessoas sofrem mais, sabemos da vida dos peixes, de suas casas, de suas piracemas, de suas desovas, suas subidas e descidas, seus caprichos, suas vontades, seus sonhos, uns peixes têm seu tempo, outros peixes têm seu tempo não, as almas não têm tempo, moram o tempo todo nas águas mais os peixes, ru, ru, ru... na tona d'água, uns são peixes do tempo todo, ru, ru, ru... na água funda, uns peixes são medonhos, ru, ru, ru, na tona d'água, outros são pequeninos, umas almas são pequeninas, umas almas são frias, outras medonhas, na tona d'água, quando as águas estão frias, a carne de uns peixes é alvíssima, as almas branquíssimas, alvíssima polpa de pariri, amarelas polpas de joari, encarnadas línguas, as almas oh! trrrr... trrrr... na tona d'água, peixes, caça, flor cheirosa, comida oh! óim! legumes oh! na tona d'água, os peixes abundavam, por isso eu era feliz, todos felizes, todos nós, felizes.

pii, comer

Torra milho para mim! Xumani falava, eu torrava milho, se eu não fazia buraco, se eu não assentava a panela, se eu não arrodeava a panela com lenha e acendia o fogo, eu não era trabalhadeira, eu arrodeava Xumani de tudo que é qualidade de comida, eu quebrava o milho, fazia mingau, assoprava o fogo por baixo da panela, o caiçuma cozinhava, caiçuma de milho, de amendoim, de macaxeira, de mingau de banana chifre de bode, tong, tong, tong... macaxeira mais erva ou mais caldo de mudubim, procurava folhas de ervas, vigiava se mucura queria roubar o peixe seco ali na palha, macaxeira cozida nas suas mesmas folhas, Mulher! Que delícia boa! amanhecença, cantava a juruva, hutu hutu hutu hutu... bebíamos macaxeira diluída, eu cozinhava macaxeira, cozinhava banana, pilava o milho, torrava peixe grande num jirauzinho baixo, minha cesta tinha toda qualidade de comida, Xumani comia macaxeira cozida, comia pamonha, comia pamonha de milho verde, Mulher! Que delícia boa! Banana de saguim, banana romba, banana de sangue, banana grande, banana da pele fina, caiçuma, bebida de banana, o que gostava Xumani era da macaxeira cozida mais pamonha de mudubim, até o caldo, comida de criança, Mulher! Que delícia boa! mingau de banana verdolenga mais carne de tatu, paca, nambu, Mulher! Que delícia boa! quando os legumes acabavam, eu ia com as mulheres tirar mais legumes oh! no verão nossa gente podia comer milho oh! o verão faz o milho, só o verão faz o milho, quando a flor está saindo, pendoando, o pé não se alimpa, o milho verde embonecando, entonce se alimpa o pé, Xumani falava, Minha mulher, milho verde amadureceu, vai quebrar! milho para fazer mingau, pamonha do milho assado, mudubim mais banana madura, ou seco, torrado, eu torrava mudubim seco, fazia pamonha de milho verde, Mulher! Que delícia boa! cozinhava jerimum, fazia bebida de banana, óleo de mudubim, Xumani falava, Mingau faze! Pamonha faze! quando Xumani botava roçado, do escuro para a manhã ele bebia mingau, acabava de comer, Xumani apreciava, Pamonha faze! Mingau faze para mim! eu fazia, chamava Xumani para beber mingau, comer oh! ficar com a boca amarela, pamonha amarela, cabelo de milho amarelo, penugem na cabeça, caiçuma, Mulher! Que delícia boa! esperava o mamoí florir, passava a flor mentirosa, a outra floração dava fruto, cacheava o mamoeiro, eu oferecia mingau, oferecia uma grande panela de macaxeira cozida, no tempo do inhame puá oferecia inhame puá cozido, nas cestas trançadas em murumuru, oferecia banana cozida, madura, crua ou diluída, oferecia macaxeira diluída, oferecia cabeças de cupim-soldado, oferecia mudubim torrado, oferecia bolos de mudubim, pamonhas de mudubim, mingau ou pamonhas de milho verde, oferecia milho torrado seco, batata cozida, inhame, cará cozido, cará assado, brotos de taboca misturados com pimenta, peixe cozido, caça cozida... Mulher! Que delícia boa! nada nos faltava... felizes... sem sentir fome, nem frio, nem medo...

a katsi ikama, recusar

Mas nem tudo comemos, ah não somos assim, não sou... a irmã pensava... o padre pensava... mon Dieu... não comemos amargoso nem reimoso, non, não comemos traíra nem peixe magro, non, não comemos mambira nem tamanduá, non, nem preguiça, nem rato, nem catita, non, nem mucura nem cachorro-do-mato, nem cuandu nem cobra, nem capivara nem lontra, non, nem irara nem tatu-canastra, nem tatu-rabo-de-couro, nem quincaju, non, non, nem bule-bule, teju-açu, não, camaleão, não, non, nem jundiá, nada disso comemos, bichos indignos, amargosos, reimosos, non, non, non, nem pirarucu se a pessoa tem coceira ou ferida, non, non, non, non, non, nem jitubarana, nem bode-amarelo, não comemos piaba-de-rabo-de-fogo para não dar tontura, nem arraia que tem pele ruim, não comemos pacarana, mucura e mambira são imundos, gatos, onças, cachorros são feras, tamanduá é de encante, banana-rosa é reimosa, banana-bá é reimosa, non, non, non, nem urubu, nem garça, nem corujas, nem cigana, nem alma-de-gato, nem japós, nem ariramba, nem peixe reimoso, nada reimoso, reimoso tem muito sangue, peixe de couro é reimoso, ah oui, peixe de esporão duro é reimoso, ah oui, peixe com veneno é reimoso, ah oui, nervos, de cada lado é reimoso, oui, oui, peixe que come de tudo é reimoso, oui, oui, oui, peixe que come fruta venenosa é reimoso, oui, oui, oui, oui, oui, oui, peixe que come bicho morto é reimoso, oui, oui, oui, reimoso é o frio, oui, oui, oui, reimosa é a tristeza, lágrimas não são reimosas, non, non, non, tiram o sal das almas dos olhos, derretem o sal do suor, o sal reimoso, ah mon Dieu, vida reimosa.

bene uma, solteira

Lá vai um caiarara na mata, agora sentou, está comendo abiurana, ali vai o outro, pulou, sentou, está comendo mutamba... um macho e uma fêmea, macho-fêmea, a fêmea carrega o bacorim nas costas... ah bacorim... lá vai Titsati, vai devagar, sem fazer zoada, lá vai, armou o arco, ah fêmea macaca, ah caiarara, vai matar o macho, a fêmea vai ficar sozinha, Titsati atira bem... Titsati! Ô Titsati! ele nem ouve, atirou a flecha no macho, macho está caindo, gritando, a fêmea fugiu, ali, num instante desapareceu, está sozinha, Titsati espanca o caiarara com o cacete, mata o caiarara, caiarara está morto, Titsati corta o focinho do caiarara, traz, as crianças fazem algazarra em volta de Titsati, Titsati no moquém, lá está Titsati assando as tripas, acha que me impressiona porque matou um caiarara, deixou a fêmea sozinha, quer me dar a cabeça? nem me deu a cabeça, nem olhou para cá... Titsati acha que Xumani era marupiara porque o cachorro de Xumani o acompanhava a caçar, tinha bom faro, ajudava Xumani a encontrar macaco-parauacu, ajudava Xumani a encontrar cutia comendo castanha-de-cutia, ajudava Xumani a encontrar cutiara comendo cajá-perebá, ajudava Xumani a encontrar caititu vadiando na sombra, ajudava Xumani a encontrar veado passando um pedaço nas folhas secas, ajudava Xumani a encontrar saracura fazendo ninho, e a saracura assustada, hehé! héin! hehéin! hehéin! ajudava Xumani a encontrar anta comendo fruta do buriti, Titçatê acha que sem o cachorro Xumani não seria marupiara, mas quando Xumani trocou o cachorro por uma noiva continuou marupiara, sempre marupiara, com cachorro, sem cachorro... Vamos, o cachorro chama! O cachorro avistava um macaco-cuatá, Matemos! Xumani desde pequenino caçava, matava paca, matava tatu, matava jacu, matava tantos passarins que tinha uma cabaça cheia de penas, bicos e unhas, Xumani me deu esta pena encarnada, a pena já está desbotada, Xumani fez este colar, fez este bracelete para mim, fazia qualquer trabalho para mim.

medan, dentro

Os homens diferem das mulheres em tudo, dentro e fora, homem tão diferente de mulher, homem fala de caçada, peleja, marisco, e mulher de capoeira, horta, canteiro, parto, homem caminha na mata olhando para cima e para os lados, atrás de caça, e mulher, olhando para o chão, caçando formigas, homem faz a corda de envira, de embaúba a envira rasga, corda faz, mulher landuá, nassa, jererê não, nassa de algodão, homem sabe fazer nassa, trança palha de aricuri, de jarina, para fazer cobertura, para fazer cumeeira, mulher tira água, homem nunca, mulher quebra o milho, homem nunca, mulher tira legumes, homem nunca, homem faz a lenha, mulher nunca, mulher faz panela, homem nunca, se homem não bota roçado novo, mulher não faz panela, mulher tira barro, homem nunca, mulher faz pote, faz prato fundo para bebida, prato raso, homem nunca, quem planta o algodão é mulher, homem nunca, mulher planta urucum e oaca, homem nunca, homem planta tudo o mais, está crescendo o algodão, mulher alimpa o pé, a flor de algodoeiro nasce, homem alimpa o pé da planta, mulher nunca, o algodão alveja, alveja, mulher tira o algodão, homem nunca, descaroça, arredonda, fia, homem nunca, mulher faz cabeças de linha, novelos, homem nunca, mulher faz rede, saia, cobertor, homem nunca, também o urucum mulher é quem faz, homem nunca, homem prepara a terra e mulher planta mudubim, mulher colhe e homem corta e faz os amarrados, com a cunhada, para rirem, rirem, rirem, mulher, dona do roçado, guarda as sementes de inhame para plantar no novo roçado, guarda inhame no paneiro e bota no sote dentro de casa, bem guardadim, essa batata é perseguida, se deixar fora de casa, alguém vai lá e leva, macaco, bicho, gente, sou danada de ciumenta desses legumes, por isso cada família bota roçado separado... mulher canta para amolecer o espírito do pau... pintar coité é trabalho de mulher, caçar, carregar lenha, cortar os grandes paus, roçar, construir casa, consertar a cobertura da casa, passear de fogo em fogo, fumar tabaco, fazer flechas, arcos, cacetes, trabalhos de homem... tirar legumes, cozer, fazer pratos, alguidares, pintar coités, tecer, fiar, tirar água, fazer rede, saia, plantar algodão, tirar, descaroçar, trabalhos de mulheres, todos trabalhando oh! todos felizes, eu, a feliz esposa, maridada, Xumani amulherado de mim... tão felizes...

tenain, matar

Eu sonhava com um macaco-noite, Xumani trazia um macaco-noite amarrado numa envira, eu sonhava com um macaco verde, Xumani trazia o macaco verde sonhado, ele caçava no meu sonho, tocaiava aos pés da fruteira, macaco ia comer ingá-de-macaco, castanha-de-macaco, abiurana, manixi, Xumani se tocaiava na fruteira onde macaco-gato ia subir, onde os gatos iam atrás dos macacos, matava, matava... sol entrando, Xumani arrumava os trens para mode vir embora, tirava folhas das bananeiras para embrulhar os peixes, tirava as tripas dos peixes, preparava a caça, tudo fazia, voltava para casa, cortava o focinho para tirar os dentes dos macacos, botava as caças inteiras no moquém, Xumani matava uma cutia que estava comendo fruta do umari, trazia, botava no moquém, outro dia matava uma nambu, um jacamim, trazia, cortava, botava no moquém, matava mutum, cujubim, jacu, matava papagaio, trazia, cortava, botava no moquém, macaco-prego, a anta ele matava e deixava ali, anta é pesadíssima, ele vinha dizer a sua gente para ajudar a cortar, carregar e botar no moquém, Xumani não tinha medo de bicho nenhum, Tu não tens medo das almas? Tu não tens medo da jia? Xumani não sentia medo, Sou mulherzinha? Xumani ia todos os dias caçar, levava suas flechas e voltava com uma caça, falava, Mulher, faze caiçuma para o teu esposo! manhã, lá ia Xumani, levava Huxu, o leite escorrendo no peito, Huxu queria mamar, Huxu ia caçar mais o pai, juruvas, hutu hutu hutu... flecha zunia na mata, lagarto gritava ei ei ei ei... o leite no peito... lá vinha ele, Xumani, fazia que nem pelejador... eu não tinha fome de caça, nem de legumes, comia de tudo, tirava legumes, acabava, Xumani fazia um novo roçado, o milho embonecava, a macaxeira crescia, tinha batata, tinha jerimum, tinha banana, tinha milho, tinha cará, tinha inhame, eu vivia alegre, feliz, todos felizes, Xumani dormia a noite inteira na minha rede, de manhã afiava suas flechas, de novo caçar, juruvas cantam, hutu hutu hutu hutu hutu hutu hutu hutu... um canto sem parar... caça pequena, embiara agora... cutiara, quatipuru encarnado, quatipuru cinzento, jacu, nambu, jacamim... mulheres no terreiro esperam, cantando...

buni, fome

Eu, meu marido cabeças fazer foi, eu estou com saudades, eu canto... Quando meu marido vai vir, porventura, para nós comermos caça? as mulheres ficam famintas de carne quando os homens passam tempo sem ir à caça, mulheres vieram passear na nossa casa, Onde vosso marido está? Meu marido foi fazer cabeças mesmo longe, ainda não voltou! Quantas noites ele foi dormir, porventura? Cinco cinco cinco cinco! Todas essas noites? Todas essas noites! Mas todas? Todas! oé oé oé oé... e eu, chorando... mãe sabe uma ruma de cantos, ensina... *Aregrate mariasonte, mariasonte bonitito, bonitito bonitito, o yare... noiranini, ninini, noiranini, ninini...* Aprendi a cantar mais mãe Awa... *noiranini... ninini... noiranini... ninini...* alguma música é espírito, *noiranini, ninini, noiranini, ninini...* cantar é pura água clara, cantar é transparente, a voz é a cantiga das tristezas, do medo, das festas, oé oé oé oé, cantar é cantar, cantar é responder, quando as almas perguntam, a cantiga da luz, a cantiga do grilo, a cantiga do pássaro vermelho, por quem todas as mulheres se apaixonam, a cantiga de um varão que usa um chapéu, até as folhas dos paus suspendem sua queda para olhar, a cantiga de seres das águas, a cantiga do céu, a cantiga da mata, a cantiga dos paus, *noiranini, ninini, noiranini, ninini,* umas cantigas eu nem sei o que dizem, não entendo, segredos das cantigas, para umas comidas, para bater o pé, passarins cantam, ao dançar, varões tocam ocarinas de dois bocados de cabaço juntados com cera de abelha, ho ho ho ho... dançam até fazer vala no chão, ho ho ho ho... cantiga para dizer quem somos... cantiga para cantar no terreiro, quando os varões fazem cabeças, quando as mulheres dos convidados fabricam arrecadas, quando vestem pulseiras, quando dependuram contas no pescoço, outros varões dançam no terreiro, os varões se abraçam pelo pescoço, hohohoho... os varões batem os pés, ho ho ho ho... os varões cantam, os varões dançam, ho ho ho ho, os varões batem os pés, gritam, rodam, ho ho ho ho, os varões dançam.

metsapa, marupiara

Avô Apon é brabo, mas Xumani não o temia... e se meu avô matou Xumani? avô Apon leva uma faca de taquara escondida na cabeça, ele é valente, tem a carapuça de couro de onça, dos valentes, tem tantos trastes, orelha de macaco, uma casaca de couro duro jacapani, avô Apon tem tigelas de seringar, lança, pedra de afiar machado, machado, tem anzol, anzolim e aquela faca de taquara escondida na cabeça, tem faca de ferro, seus trastes, avô Apon tem peles de animais, peles de gatos, avô Apon também tem cachos de banana, Xumani tinha cabeças de macacos, cabeças de queixada, ossos de pássaros diferentes, carapaças de tatus, rabos de jacarés e espinhas de peixes, tudo isso ficava dependurado acima do fogo de Xumani, nunca encrencado, mesmo quando não ia às grandes caçadas ele era marupiara, avô Apon não vai às grandes caçadas, os homens importantes gostam de ficar em casa, preferem ir às lavouras, era eu quem trepava os ossos acima do fogo de Xumani, eu chupava e trepava as cabeças acima do fogo, dois homens importantes, dois valentes pelejadores, precisavam ter cuidado um com o outro, avô é teimoso, tem espírito de porfia, avô Apon tem bandoleiras, tem adornos de sementes, estojos de urucum, cera, novelos de linha fiada, hastes para flechas, ele vai longe trocar novelos de linha, tecidos, peles, salsaparrilha, borracha, por terçados, facas, machados, chumbo, pólvora, espoleta, ele gosta do dinheiro dos cariús, gosta da comida dos cariús e de suas espingardas, é doido por uma espingarda, vive mercando mais os regatões, vive nos barracões dos patrões cariús, vive na conversa com os seringueiros, no barracão ele compra açúcar, bolacha, panelas brilhantes, creolina, cachaça, querosene... vem gente do Ucayali, gente do Gregório, vem da Foz do Breu, vem de Taumaturgo, vem de Puerto Pardo, vem de Bom Futuro, vem de Damasceno, de Torre da Lua, vem de Caipora, para mercar mais o Apon, ele tem uma ruma de filhos varões, eles seringam, têm uma ruma de borracha de seringa, matam gatos, matam jacarés, com cacete para não estragar a pele, tiram a pele, vendem, trocam.

banei, voltar

Falava nada... eu sabia olhar na sua tristeza... Xumani estava saudoso de seu cão, Tsima tão longe, Tsima não queria ficar mais tio Kue, voltava sempre para perto de Xumani, escapava, fugia, vinha pela mata, de longe, vinha da outra aldeia sozinho e sem medo de nada, pulava em Xumani, lambia, feliz, e Xumani feliz, aonde ia Xumani, Tsima o seguia, se Xumani ia caçar, Tsima o seguia, se Xumani ia à lagoa grande, Tsima o seguia, tio Kue vinha zangado, batia no cão, amarrava Tsima com uma envira, levava o cão de volta a sua aldeia, mas Tsima roía a envira e voltava para perto de Xumani, o tio Kue levava novamente o cachorro, Tsima roía a envira e voltava para perto de Xumani, voltava, Xumani ia caçar e o cachorro o seguia, Xumani ia mariscar e Tsima o seguia, Xumani ia colher frutas e o cachorro Tsima o seguia, tio Kue se zangou com Tsima, deu com o cacete no bicho e amarrou suas patas, levou o cão e o prendeu numa armadilha de paus, passou passou, uma ruma de dias, Tsima ali amarrado, ali dentro, triste, lá longe, buscando Xumani, farejando de longe o cheiro de Xumani, os olhos compridos, Xumani ia espiar, via o cão amarrado, feito onça presa, triste, Xumani ficava cabisbaixo, a alma amarrada, passou passou, o cão Tsima conseguiu de novo se soltar, escapou, voltou para perto de Xumani, abanando o rabo, magro, saltou em Xumani, lambeu Xumani, tio Kue veio novamente, muitíssimo zangado, o cão devia obedecer, mas Tsima rosnava, mordia, tio Kue gritou e deu de novo com o cacete no cachorro, cada vez mais a sua raiva aumentava, meu tio tomou uma brasa e a encostou na traseira do cachorro, Tsima deu uivos de dor, girava que nem uma toupeira, Tsima saiu ganindo, uma catinga de carne queimada, tio Kue disse, Agora ele não é mais meu cachorro! meu coração ficou apertado quando tio Kue bateu os olhos em mim, ele ia querer desfazer a troca? será se queria a noiva de volta? ele estava com tanta raiva, será? olhou meu pai, deu a volta e foi embora, Xumani disse, quando via um varão agindo com tanta crueldade, ele tinha vontade de ir embora, mas Xumani também não era nenhum coração mole, o tio Kue ia querer de volta a noiva? o que ele ia fazer para se vingar? eu pensava pensava, não descansava perguntei a avó Mananan, ela disse que Kue ia virar onça.

txaxu inu, suçuarana

Suçuarana é gato andejo, um perigo, quando as suçuaranas estão viçando é cada rosnada, é cada conversadeira de dar medo… esturro… gateado… miado… que gato era, porventura, que Kue ia virar? gato que mia grosso é jaguarapinima, podia ser o gato preto pixuna, gato-raposa, a rondar, raposa é pequeno gato de boca bem acochada, quem mia não é o gato raposa, não tenho medo de gato, tenho medo da alma que manda o gato matar, gato deixa rastro, vai até o rio, posso seguir o risco das pegadas, só para olhar, vi aquele gato andejo, subi no pau, vi o gato nadando, uns nadam avexados, outros, devagar, uns com a cabeça dentro da água, outros com a cabeça de fora, espreitei o gato, matreiro, ia avexado, ia devagar, do jeito que gostava, escondido, ou na mata aberta, na mata fina ou fechada, mata baixa ou cerrada, que nem uma pinima, nadava e atravessava rio, que nem uma suçuarana nadava, mas não atravessava, suçuarana, gato vermelho, era… ou era gato ou raposa? Xumani já matou gato raposa, gato raposa é de uma cor só, dorme de dia escondido no capim alto da mata, corre demais, trepa em pau, vaga, esperto, o gato esperto, andava no capim cabeça-verde, que nem pessoa doida, era gato, era Kue-gato, era Kue quem esturrava de noite, Encantemos as caças! o gato chamou as caças, a anta veio, veio o veado, veio o porco, veio o tatu, veio tatu-canastra, veio tatu kana, veio tatu totxô, veio coatá, veio macaco-prego, veio caiarara, veio parauacu, veio guariba, veio gavião pega-macaco, veio jacu, veio cujubim, veio jacamim, veio arara encarnada, veio canindé, veio papagaio, veio jandaia, veio marianita, veio maracanã, veio araçari, veio japó, veio japó de cumaru, veio japó de cera, veio gonga, veio pipira-vermelha, veio passarim de cará, veio tié-tinga, veio tiziu, veio passarim de brasa, veio tié-sangue, veio céu-ferroa, veio gaturamo-serrador, veio furiel-de-encontro, veio coruja bapa, veio mãe-da-lua, veio cambaxirra, Agora o que serei, porventura? Eu virarei mutum! Eu virarei jacamim! Eu beija-flor virarei! Passarim azul! Eu curió virarei! Eu gato! Eu porco! Eu anta virarei! Eu tatu! Eu tatu kana virarei! Eu virarei aratinga-de-bando! Eu, tiriba-pintada! assim fiz, encantada, O que farei agora porventura? chorava, gritava... ei ei ei ei... O que serei, porventura?

inu, onça

Xumani seguia um peixe com a ponta da flecha, esperando o momento de atirar, o cachorro Tsima andava em torno de Xumani, olhava a mata, farejava, sentiu o cheiro de um bicho que seguia Xumani, o cão entrou na mata, ganiu e urrou de dor, estava sendo atacado por uma onça suçuarana, Xumani foi com o arco armado, procurou, mas não conseguia encontrar seu cachorro, falou para mim, Tu ficas aqui! o chão coberto de cajus, Xumani viu de longe porque muda o marrom das folhas secas para o encarnado dos frutos, Xumani pegou uns frutos e espremeu, ah uma bebida deliciosa, quando terminava de beber, levantou a cabeça e seus olhos viram a suçuarana bem ali na frente, com o cão nos dentes, morto, Xumani não se mexeu, a suçuarana percebeu os olhos de Xumani, ela se mexeu e o cão escorregou para a terra, quando dei fé, o arco e a flecha de Xumani já estavam prontos, quase nem vi nada, só escutei, estalou a corda do arco, zuniu a flecha no ar, a ponta da flecha afundou no peito da suçuarana, ela rosnou e se arrastou no rumo de Xumani, mas parou antes de chegar a ele... morreu... aquela bicha morta... meu peito tremia... a alma da suçuarana passava, a alma da suçuarana passava, a alma da suçuarana passava, a alma da suçuarana passou por dentro de mim, a alma da suçuarana passou por dentro de mim, a alma da suçuarana passou por dentro de mim, Xumani sabia, a suçuarana foi mandada para matar o cachorro Tsima, Foi Kue! falou Xumani, tinha tanto sentimento que parecia morrer também, Ah foi Kue! Foi Kue, por ciúmes! Foi Kue! Kue mandou a suçuarana ir ali para matar o cachorro! Kue! Kue! Kue! Kue! Foi Kue quem mandou matar Tsima! Foi Kue com ciúmes! quem foi? foi Kue! quem foi? foi Kue! Foi Kue, só podia ser ele, e Xumani gritava, Foi Kue! Foi Kue! Foi Kue! Eu sei, foi Kue enciumado! Kue! Kue! Sei que foi Kue! só podia ser Kue! Kue! Kue enciumado! Kue mandou a suçuarana ir acolá para matar o cachorro! Kue foi quem mandou a suçuarana matar Tsima! Kue encantou a suçuarana para ir atrás de Xumani e Tsima matar! Tsima não era mais o cachorro de Kue, Kue com ciúmes mandou matar Tsima! bebeu ciúmes, quis matar, matou.

haki sinai, odiar

Uma cuia de ódio, mais uma cuia de ódio, um rio de ódio, Xumani jurou que matava Kue, Xumani era bom, ajudava, amava, mas tinha ataques de cólera, e quando tinha seus ataques, quebrava tudo no caminho, os seus trastes, quebrava o arco, quebrava as flechas, quebrava as lanças, quebrava os cacetes, quebrava as carapuças, quebrava as panelas, quebrava as aljavas, quebrava os alguidares, quebrava as cabaças, quebrava as cestas, partia os amarradilhos, rasgava, tudo o que encontrasse ele quebrava e nesses momentos não ouvia ninguém, depois se fechava, calado, ninguém conseguia tirar Xumani desse silêncio, calado, um dia inteiro e uma noite inteira sem falar com ninguém, sem olhar ninguém, sem comer, andava daqui para acolá, dacolá para ali, sumia, depois que aquele cachorro morreu, Xumani foi morar em seu silêncio de ódio e não chorou a morte de Tsima, cortou a cabeça da suçuarana, as patas, carregou o cão morto, fez duas fogueiras no terreiro, queimou o cão numa fogueira e a cabeça e as patas da suçuarana na outra, destruiu os dentes da suçuarana e as unhas, por vingança, era preciso destruir os dentes e as unhas que mataram o cão... as fogueiras ardiam, Xumani andava de um lado a outro, andava em volta do fogo, ruminando a raiva, uma cuia de ódio uma cuia de ódio uma cuia de ódio, que nem macaco furioso, as mãos apertadas, ficou assim no outro dia, no outro, Tijuaçu veio perto de mim e me pegou pelo braço, Xumani teve um ataque de raiva, queria matar seu irmão Tijuaçu, quebrou o arco, quebrou as flechas de Tijuaçu, quebrou as aljavas, as cestas, as cabaças, quebrou um cacete, as lanças, ficou um dia inteiro sem comer, sem falar, sem olhar ninguém, com raiva de mim, com raiva de Tijuaçu... com raiva... mais um dia com raiva, mais um dia, mais um...

haki henei, perdoar

Xumani não conseguia ficar longe de mim e me levava para a caça, ficou ciumento e me levava para onde ia, não queria me deixar em casa oh! Xumani era ciumento não, Xumani não era ciumento com o pai, não era ciumento com suas flechas e arcos, não era ciumento com seus trastes, nem era ciumento com suas aves, seu cão, seus xerimbabos, mas ficou com ciúmes, por que Xumani caiu nesse ciúme todo? não queria que ninguém falasse comigo, não queria que ninguém me olhasse, mandava, Tu ficas dentro de casa até eu voltar! ia, voltava antes de acabar a caça, entrava na casa, Onde está minha mulher? e eu, catando piolhos, desfiando algodão, no alto de um pau bem alto, esquecida de mim, na mata, a olhar as águas, as folhas, os paus novos que brotavam, as flores que se acordavam, Xumani perguntava, Onde estavas? Onde foste? O que fizeste? Quando foste? Com quem foste? Por que foste? Para que foste? Fazer o quê? Quem encontraste? O que te disseram? O que respondeste? Por que demoraste? O que escondes de mim? apertava meu braço, Xumani entrava na mata, desaparecia, voltava, eu me alegrava com a volta de Xumani, ele seguia os meus olhos, queria saber para onde eu estava olhando, quem me olhava, se eu respondia com os olhos, fosse homem ou mulher, o ciúme era o mesmo, Xumani ficou assim, voltava mais cedo, ele me levava para as caçadas, com ciúmes dos varões caçadores Xumani me mandava voltar, com ciúme do caminho, dos macacos, dos peixes, das antas, dos paus, dos tucanos, mandava eu ficar dentro de casa, ciúme da casa, ciúme das panelas, ciúme dos alguidares, Xumani sentia ciúme porque eu gostava de sair sozinha? ou era a morte de Tsima? se eu ia morrer... ele disse, Tu não vais morrer! ele me abraçava, apertava, tanto era o ciúme do Xumani... depois ele parou com o ciúme, sem eu saber de nada, assim... assim foi... agora parece que eu fico perdida, sem o ciúme do Xumani, sem Xumani... vai passando o tempo... bordar, bordar, bordar... um tempo depois outro tempo depois outro, mais outro...

tete, gavião

Conheço a zoada de caçador, pelos passos sei se é zoada de criança, de mulher, de velho, de longe sei, conheço a zoada de nambu, a zoada de jacu, trrrrrrrrrr... sei quando vem o falcão! kakakaka... kakakaka... sei se é gavião cortador tuyiyi! tuyiyi! tuyiyi! tuyiyi! se é gavião-real, wiiw! wiiw! se é gavião-de-penacho, piiiii, piiiii... lá vêm jacus riscando a asa com a unha do pé, trrrrrrrrrr... nambu-galinha em perigo, shu! shu! shu! shu! sei a diferença do esturro do gato e o esturro do macaco-vermelho que imita gato, lá vai macaco-de-cheiro, kwéék! kwéék! ontem vi uma raposa, não estava na vadiação, eeiiii... andam sempre sozinhas essas raposas, só não andam sozinhas na vadiação... ali vai o soim preto, tchak, tchak! nunca mais ouvi a zoada de paca, nem a zoada de cutia, nem a zoada de cutiara, veadim faz méee! méee! méeee! nem o grito assustador do coito da irara, não tem mais tanto passarim, nem sei onde os bichos estão morando, o que o bicho sente, se o bicho está com medo, se o bicho não está com medo, se o bicho vai atacar, se vai dar bote, se vai saltar, se vai fugir, ou não, Xumani via a caça antes de ser visto pela caça, tinha faro que nem cachorro, sentia cheiros de longe, o suor de um homem a distância, Xumani era de ouvido apurado que nem o gato, o gato caça com os ouvidos, Xumani caçava pelos cheiros, os barulhos e as vistas, enxergava muitíssimo, ia rastreando, pisando, no chão rastreando, ouvindo, seus ouvidos tão finos, se tinha folha seca no chão ele ia de pau em pau pela mata, pulava ali, pulava acolá que nem macaco, só fazia zoada quando queria, Xumani ficava calado, calado ele era que nem onça preparando um salto... esqueceu os ciúmes, esqueceu o ódio, só que Xumani não ia mais caçar, passou um tempo consertando o que tinha quebrado, com um olho fechado e outro aberto verificava as pontas das flechas, se estavam bem retas, endireitou as flechas na quentura das brasas, consertou na coxa a alça de sua aljava, ohé! juntou pontas de flecha, pedaços de ossos, resina, igniário, só consertava, tinha esquecido a morte de Tsima, parecia que tinha esquecido, tinha esquecido os ciúmes, ohé! fez um arco, um arco que todos os varões foram olhar, e flechas afiadíssimas, os varões olhavam, aprovavam, pediam que Xumani lhes fizesse um arco daqueles, daquelas flechas para eles, nunca tinham visto flechas tão afiadas, Xumani estava se preparando para caçar, ohé! ia voltar a caçar, foi o que pensei, meu pai pensou, minha mãe pensou, fiquei alegre, ohé! Xumani voltou a deitar na minha rede, mas não dormia a noite toda comigo, escuro dentro eu ouvia uma suçuarana a esturrar, onça diz ohé! devia ser a esposa do macho que Xumani tinha matado, ou a alma da suçuarana morta, querendo sua cabeça, seus dentes e suas unhas, ohé! ohé! ohé! eram gritos do tio Kue? era o esturrar do gato? eram gritos das almas? ohé! eu me enrolava na rede, fechava, Xumani não tinha medo, oh! mas ficava acordado, ia lá fora, no escuro, com o arco e a flecha.

asne, neblina

Macaxeira nas brasas, ia virar as macaxeiras de quando em quando, as macaxeiras assadas, durinhas, rapei com cuidado, cozinhei cozinhei, nem me lembro o que mais cozinhei, mingau... caiçuma foi... Xumani não quis comer, assim que acordou, tirou os bastões das orelhas, para a corda do arco ou os cipós não rasgarem suas orelhas, enquanto ele caminhasse na mata, ou atirasse uma flecha, Xumani ia caçar, mas estava estranho, parecia encantado, fiz mais comida, ele não levou, experimentou as alças e as correias que prendiam e fechavam seus carcás, tomou seu arco, suas flechas, foi mata dentro, mas foi sozinho, não quis levar ninguém, seu pai queria ir, mas Xumani foi sozinho, seus irmãos queriam ir, mas Xumani foi sozinho, os caçadores queriam ir, mas Xumani foi sozinho, queria ir sozinho, seu pai estranhou, meu pai estranhou, eu estranhei, Xumani escapou sem responder às perguntas de seu pai, sem contar nenhum sonho ao tuxaua, somente enveredou mata dentro, no seu encante, que nem pisasse folha seca, com aquele cuidado todo, wiiw! wiiw! Xumani foi longe, até perto da aldeia de Kue, wiiw! wiiw! escolheu um bom canto para a tocaia, beirando um riacho de água clara e gostosa, onde as caças iam beber água, as mulheres iam tirar água, mas em vez de fazer ali um tapirizinho para se esconder, foi se tocaiar no alto de um pau, ficou, wiiw! wiiw! wiiw! wiiw! ficou, virou gavião-real, wiiw! wiiw! wiiw! wiiw! wiiw! wiiw! wiiw! wiiw! viu as mulheres a tirar água, viu as jias, viu as caças, a anta foi beber água, veado foi beber água, caititu foi beber água, queixadas foram beber água... Xumani seguia a caça com a ponta da flecha, wiiw! wiiw! mas não atirava, esperava, wiiw! wiiw! sentia fome, comia um fruto, wiiw! wiiw! comia uma castanha, wiiw! wiiw! comia um besouro ou lagarto de pau, ou ovos negros dos paus, que nem gavião ferido, sem avoar, cantava o gavião, gavião-real canta, wiiw! wiiw!

ni pei, folha do mato

Vinham os homens da aldeia de meu tio, passaram, voltando da caça, Xumani ouviu as vozes dos varões, wiiw! wiiw! wiiw! wiiw! os varões passaram ao olhar o gavião-real, mas não viram nada, Xumani se escondeu no meio das folhas, wiiw! wiiw! os varões estavam cansados de caçada, foram para casa sem ver o gavião, foram espalhar a notícia do gavião-real, wiiw! wiiw! escondido, Xumani viu passar a cobra, viu passarem os macacos, arapaçu sentou no alto do pau, Xumani tirou uma flecha, armou devagar, sem fazer ruído nenhum, arapaçu nem ouviu, Xumani tinha fome, mas não matou arapaçu, não matou macaco, não matou anta, não matou veado, não matou bicho nenhum, Xumani ouviu outra ave a cantar, era sabiá, Xumani escutou, escutou, quase com sono, sabiá naquela hora! sabiá queria fazer encante, queria encantar Xumani, queria adormecer Xumani, quem mandou o sabiá? Xumani ia adormecer, ia cair do pau, o sol deitava, cansado, o sol derramava luz, a luz ia correndo pelas folhagens, sabiá cantava perto dele, mais perto, Xumani dormiu, teve um sonho, viu uma suçuarana preta, um sonho de encante, mas Xumani não dormiu muito, quem o estava querendo encantar? o perigo acordou Xumani, wiiw! wiiw! Acolá vem um gato faminto, ele quer me comer! Ficarei no pau! mas não era um gato, era a carapuça de onça do tio

Kue, escorregando pela mata, Kue estava sozinho, parou, olhou para cima, para os paus, procurava o gavião-real, wiiw! wiiw! pressentindo, o arco armado, a flecha apontada, Kue tinha ido matar o gavião-real, gavião-Xumani, wiiw! wiiw! será se sabia? olhou para cima, wiiw! wiiw! olhou, wiiw! wiiw! não avistou Xumani tocaiado no galho, Kue continuou a procurar o gavião, wiiw! wiiw! seguia o mato com a ponta da flecha, Kue foi por ali, por acolá, wiiw! wiiw! arco armado, wiiw! wiiw! Kue tirou uma flecha da aljava, wiiw! wiiw! flecha apontada, wiiw! wiiw! wiiw! wiiw! um gato suspeitoso, wiiw! wiiw! olhando para todo o dossel, wiiw! wiiw! farejando, Kue atento, um silêncio medonho, só se ouvia o wiiw! wiiw! do gavião-Xumani, os pássaros e os animais entenderam, os pássaros e os animais esperaram, Xumani-gavião quieto, encolhido, Xumani não tinha medo, se Kue o visse, se o visse, ah ah ah ah ah... oh oh oh oh oh... Kue olhou para o alto dos paus, parece que sabia, que estava avisado, wiiw! wiiw! Kue ouviu, olhou para onde estava Xumani-gavião, Xumani pensou, Kue não vai me ver se eu ficar parado! não cantou, as folhas se moveram para esconder Xumani, as almas ouviram minha súplica, as folhas ouviram a súplica, as folhas amavam Xumani, o jovem e viçoso Xumani, as folhas o esconderam, fizeram um tufo que enevoava os olhos de Kue, Kue não enxergou Xumani, viu apenas um tufo de folhas em névoas, Kue continuou procurando, Xumani via as costas de Kue, podia atirar, podia não matar, esperou, esperou wiiw! wiiw! wiiw! wiiw! Kue se virou, agora Xumani via o peito de Kue, Xumani devagar... estendeu... o... arco... Kue ouviu a zoada de armar o arco, atirou no rumo de Xumani, mas não o estava vendo, atirou a esmo, a flecha passou perto de Xumani-gavião, caiu do outro lado, Kue foi cautelosamente buscar sua flecha, sem deixar de olhar para o alto, Xumani seguiu a carapuça de gato, sempre debaixo da ponta de sua flecha, não poderia errar, Xumani prendeu a respiração, esperou, Kue se virou, o peito de novo entrando na mira, antes de entrar, o instante... Xumani atirou, a flecha se enterrou no peito de Kue, ele caiu, sangrando, olhou para cima, as folhas se abriram e meu tio viu Xumani, Kue gritou de ódio, Xumani pulou para outro galho, olhou Kue, direto nos olhos, Kue viu seu matador e sentiu mais raiva, bufava, mas perdia as forças, ficou tonto, na ponta da flecha estava o espírito de tontear, ele caiu, ficou deitado, parado, não se mexia mais.

nai besti, horizonte

Antes de terminar o dia, antes de subir a noite, o horizonte encarnado, vermelho que nem as fogueiras, as nuvens acima dos grandes paus incendiadas de um facho encarnado, como se manchadas de sangue, empestadas de tiés-sangue, senti medo, vi presságios ruins, Eê! avó chamou pai, mãe, avô, meu irmãozinho Bakun, todos para dentro de casa, Eê! Ba! Ba! os pequenos, os pais, Ba! Ba! todos dentro de casa, Ba! Ba! Ba! Ba! escurecer dentro de casa, acendi alto o fogo, mais fogos, o céu tão encarnado feito estivesse em fogo, ou ódio-cheio, ou zangadíssimo, tié-sangue, como que as almas estivessem batendo nas nuvens, o vermelho escureceu e deitou violeta, uma flor de maracujá, a noite veio, veio a noite de lua e o macucau, makokawa! makokawa! corujas de noite piaram, uã uã txu... coruja mãe-da-lua foi, o macho worr, worr, worr... a fêmea wow, waw, waw... e o corujão, awê! awê! awê! morcegos gritavam, irosisi irosisi irosisi... as nuvens com raiva, os tiés-sangue, nambu azul à noite, how! a raiva das nuvens, corujão, awe! awe! awe! awe! awe! awe! mãe-da-lua, worr, worr, worr... wow, waw, waw... e do céu iam nos castigar... as almas frias do céu carrancudas... as almas iam contaminar nossa gente... corujas piam, uã uã txu... corujas piam, uã uã txu... as almas iam botar maus pensamentos em nossa gente... lá vinha Kue-alma... noite de lua e o macucau cantava, bem tarde, makokawa! makokawa! noite de lua, makokawa! makokawa! maus sonhos, morcegos, irosisi irosisi irosisi... madura, madura! escuro dentro ficamos em silêncio, um silêncio comprido que nem o rasto da lua... lua muita... a noite, a lua na cuia... lua escorregou e escapou... escuro dentro uma escuridão medonha, acendi mais as fogueiras, avivei o fogo, a cada instante eu levantava e ia buscar mais lenha, abanava, avivava o fogo, sem dormir... por que Xumani não arrancou a flecha? por que não arrancou a flecha do peito de tio Kue? por que deixou a flecha para saberem que ele foi quem matou o tio Kue? por que deixou a flecha? a flecha enterrada no peito... ó lua, derrama teu sono em meus olhos... uma grande fogueira, em volta da fogueira, calados, mãe Awa ferveu frutos, bananas amassadas, comemos calados... os morcegos, irosisi irosisi irosisi... mãe-da-lua, mãe-da-lua... noite de lua e o macucau cantava, bem tarde, makokawa! makokawa! worr, worr, worr... wow, waw, waw...

ui, chuva

Brotaram as flores do taxi, brotaram as flores do ingá, não passam mais canoas no rio, não fazemos mais visitas, uru canta, canta, canta, gafanhotos deixam o mundo do silêncio e cantam, formigas cantam, rato-coró canta, coró, coró, coró, coró... sapos respondem, jia-do-baixo que andava caladinha agora canta, a noite inteira canta, jia-do-baixo chama nuvem escura, nuvem escura chama dias escuros, dias escuros chamam pouco vento, pouco vento chama calor forte, calor forte chama vento forte, vento forte chama trovão, trovão chama pancada de chuva, acaba num instante, pancada de chuva chama barro nas águas, barro nas águas chama peixe-não, peixe-não chama boa caça, boa caça chama bicho gordo, bicho gordo chama fruteiras carregadas, fruteiras carregadas chamam mato no roçado, mato no roçado chama limpeza no roçado, limpeza no roçado, quando canta o passarim katsinarite está para chover, ele canta hehê! hehê! e geme fingindo sentir dor, ã! ã! ã! ãi! ãi! tempo das chuvas, socó busca peixe, saracura busca peixe, coro-coró busca peixe preso nas lagoas pequenas das cheias do rio, nos sacados novos, no lagos velhos, socó e saracura avisam sempre do tempo, cantam à noite para avisar da chuva, hehé! héin! hehéin! hehéin! canto noturno na força da lua, aviso de chuva, hehé! héin! hehéin! hehéin! hehé! héin! hehéin! hehéin! cantam na amanhecença para avisar da chuva, hehé! héin! hehéin! hehéin! cantam em noite de nuvens para avisar do novo dia de sol, hehé! héin! hehéin! hehéin! uma saracura chama outra, de perto, humm! humm! saracura chama outra, de longe, kotri! kotri! kotri! kokoko! ao ver outra saracura, bem pertinho, kõ! kõ! kõ! saracura pequenina macho, shiron! shiron! shiron! e a fêmea, kon! kon! kon! socó só canta só no tempo das chuvas, treco, treco, socó o outro faz no inverno à noite, õõ, hõ-hõ--hõ-hõ-hõ-hõ-hõ! mutum no tempo das chuvas chama a fêmea que está chocando, a cana-brava solta seus pendões, nascem os bacorins das cobras, as sapotiranas amadurecem, caem, o capelão gordo, o veado gordo, o jabuti gordo, tempo de chuva, quando está para chover se ajuntam todos, maracanã, papagaio, curica, marianita, todos cantando, de dia é difícil faltar papagaio no barreiro.

ui ikaya hui, tempestade

As fêmeas desovam nas impucas onde se ajuntam as folhas secas, desovaram, está para chover, troveja de instante em instante, lagarto grita ei ei ei ei... sapo de enxurrada canta de dia, sinal de alagação, macacos gordos saltam menos, macacas tomam conta dos seus bacorins, as mulheres a tirar legumes, para cozinhar, seus maridos, à beira-rio tiram peixes, e eu aqui, a bordar... a bordar... tuxaua disse aos varões, Vão buscar suas mulheres no roçado! lá vão as mulheres rindo por todo o caminho, os meninos na frente, os rapazes atrás, as meninas atrás deles, as raparigas mais atrás, as mulheres ainda mais atrás, mata dentro, a comer frutas de jaci, comer fruta gameleira, agora entraram mais... minha mãe viu a lagoa grande, ficou medrosa porque viu uma ruma de garças na água, na beira da lagoa, nos remansos, nas coroas de areia, com um pé alevantado, se a garça tira o pé da água, quando ela faz isso, é que a chuva está para arriar, está para chover demais, as garças levantam o pé, chuva forte está para cair, chuva muita vai desabar, Tempestade virá! o tuxaua meu pai... as almas se vingam, a vingança vai florir nos terreiros e nas matas, Tempestade virá! repetiu meu pai o tuxaua, Tempestade! noite de lua e o macucau, makokawa! makokawa! corujas da noite piavam, uã uã txu... a mãe-da-lua, o macho worr, worr, worr... a fêmea wow, waw, waw... corujão awê! awê! awê! morcegos, irosisi irosisi irosisi... as nuvens com raiva, uma cuia de ódio, os tiés-sangue, nambu azul à noite, how! a raiva das nuvens, e o corujão, awê! awê! awê! awê! awê! awê! e a mãe-da-lua, worr, worr, worr... wow, waw, waw... uma cuia de ódio, e o macucau, makokawa! makokawa! de noite as corujas uã uã txu... mãe-da-lua depois, era macho worr, worr, worr... era fêmea wow, waw, waw... corujão corujão, awê! awê! awê! morcegos irosisi irosisi irosisi... nuvens raivosas, uma cuia de ódio, uma cuia de sangue, uma cuia de medo, passarins tié-sangue, nambu azul, how! o ódio nas nuvens, mais um corujão, awê! awê! awê! awê! awê! awê! mais a mãe-da-lua, worr, worr, worr... wow, waw, waw... noite encarnada e o macucau, makokawa! makokawa! uã uã txu... worr, worr, worr... wow, waw, waw... awê! awê! awê! irosisi irosisi irosisi... how! a raiva das nuvens, awê! awê! awê! awê! awê! awê! worr, worr, worr... wow, waw, waw... makokawa! makokawa! uã uã txu... worr, worr, worr... awê! awê! awê! awê! mãe-da-lua, worr, worr, worr... wow, waw, waw...

·DETENAMEI·

GUERREAR

pinu, beija-flor

Passarim pequeno oh! pinu é, Vem cá! Ba! Ba! tão pequeno oh! passarim pinu, bico delgado que nem espinho, seu cabelo nas plumas azuis, bate as asas para beber a flor, voa não voando, ele tanto me alegra! oé oé oé... passarim pequeno oh! sua comida, flor só come, flor de capinuri flor de arapari flor de muruchi, ninguém mata o pinu, não sei por que matei o pinu... pinu anda sempre triscando no ar como se não triscasse, passarim pequeno oh! quando põe ovos faz ninho de gravetos bem pequenos em cima do galho do pau, seu ninho também é de teias, seu ninho também é de fios, seu ninho também é de folhas, seu ninho também é de plumas, seu ninho também é casca de semente, passarim pequeno oh! ninguém mata o pinu, pinu choca os ovos, dorme, depois se quebram os ovos, nascem os filhos, passarim pequeno oh! a mãe bota comida no bico, quando os filhotes se cobrem de penas o pinu come com eles, sua comida, só come flor, flor de uimba, flor de kotsime, flor de choaca, bebe a flor florida no galho... a flor de pariri... a flor de uricuri... a flor de apuruí... a flor de bacuri... a flor de jauari... a boca da flor, beber na boca... bordar bordar... pinu chupa o mel no âmago da flor, parece a sua asa miragem, *aregrate mariasonte... mariasonte bonitito, bonitito bonitito yare...* titiri titiri titiri titiri wẽ... hutu, hutu, hutu, hutu... titiri titiri titiri titiri wẽ... idiki idiki idiki... eh, eh, eh, eh... brẽ brẽ brẽ brẽ... hutu, hutu, hutu, hutu... quem pode as almas matar? eh, eh, eh, eh... titiri titiri titiri titiri wẽ... brẽ brẽ brẽ brẽ... hutu, hutu, hutu, hutu... eh, eh, eh, eh, idiki, idiki, idiki... eh, eh, eh, eh, idiki, idiki, idiki... kwéék! não canta nem assobia, chamariz de meninos pequenos, agudo e tenrinho pinu é, passarim pequeno oh! ninguém mata o pinu, menino o não flecha, não, eu não queria matar o pinu, não queria... deito o pinu na mão, pinu dorme, dorme em minha concha de mão, aqui na mão... sua comida, só come flor, flor de biriba, flor de xixuá, flor de manixi, pinu tira algodão, pinu nos deu o algodão, sem o pinu não teria algodão, sem pinu não teria novelo, sem pinu não teria bordado kene, flor de pariri... a flor de uricuri... a flor de apuruí... a flor de bacuri... a flor de jauari... bordar, bordar... bordar... inu tae txede bedu... não queria não queria não queria, nós não o matamos não, não! não! pinu! pinu! pinu!

tsakai, flechar

Não queria matar o pinu, nem sei por que o matei, matei sem saber, sem olhar, estiquei o arco, as almas guiaram minhas mãos, dormiam em pé as flechas de Bakun, as flechas de Bakun eu gostava de atirar, a esmo, ou para brincar de acertar numa folha, num passarim, acertava, atirava flechas sozinha na mata, brincava, atirei a flecha, ela caiu no mato, procurei, encontrei a flecha numa ruma de folhas secas que estalavam quando eu pisava nelas, o barulho assustou um bicho ali, um acolá, o restolho das folhas, um bicho pulava ali, outro acolá, dei na minha campestre, onde eu gostava de ficar sozinha, gostava de encontrar Xumani, por que foi? ali moravam luzes que enganavam os olhos, faziam os olhos ver mais luzes e mais sombras, faziam confusão nas minhas vistas, acho que foi isso, né? a luz vinha do outro lado, né? do lado de lá, né? eu ali dentro, que nem dentro de uma casa, casa feita pela mata, feita pelos varões da mata, os invisíveis varões da mata, as almas das matas, uma campestre feita pelas almas das matas, que nem eu estivesse dentro do sol, uma redoma de folhas, não sei quem guiou minhas mãos... foram as almas... não sei quem me fez armar o arco... foram as almas... as minhas mãos sozinhas, minhas mãos maneirinhas, sozinhas... sem pensar em nada armei o arco, mirei uma folha qualquer, mirei uma luz, uma brisa, mirei nada, mirei dentro de mim, dentro de meus olhos... um cisco, um grão, poeira, esperei, vi um vulto de luz, movendo a luz depressa, uma alma, mas não percebi que era uma alma, quando atirei, não pensei, só atirei, guiadas as minhas mãos por outra alma, que alma, quiçá? deixei a flecha partir, ouvi o estalar do arco, o zunir da flecha, depois aquele silêncio, esperei, o peito pilando... tong tong tong... o que eu tinha visto? acertei em quê? fui procurar a flecha, fácil de achar, ali era dentro da campestre das almas, a flecha estava no chão, não conseguia me mexer, suei, fria... aquele pinu... a flecha atravessada em um pequenino beija-flor... direto nos peitos, saindo de entre as asas, sem uma gotinha de sangue, corri, nem sei quanto corri e suava no corpo todo, sentei perto de avó Mananan, ofegante, ela que era cega viu dentro de mim, perguntou, Tu, Bakun meu neto, tu o que fizeste? Por que teu coração bate tão depressa como o coração de um beija-flor? e eu disse, Sou eu, minha avó, tua neta Yarina, mas o que fiz foi com as armas de meu irmão mais novo, Bakun!

habe detenamei kai, vingar

Na mata, tio Kue bem morto, eu vi, deitado, uma flecha no coração, direta, caída do céu, parado rosto de ódio, por que Xumani não arrancou a flecha? avô Apon a arrancou, reconheceu, quem não conhecia as flechas de Xumani? Xumani matou meu filho! Meu filho ele matou! mãe Awa quebrou os colares e as contas se espalharam pelo chão, pisoteou as cabaças que tinha acabado de polir dias e dias seguidos com esmero, chorou, Matai meu genro, pois ele matou teu filho! Meu irmão ele matou! Matai meu genro, também! Matai meu genro bem morto! Matai meu genro com a mesma flecha que trespassou teu filho e vosso irmão! Matai o genro com a mesma maldança! Matai o genro, ou eu matarei a todos vós! isso minha mãe tinha de dizer, seus olhos não diziam, diziam, o veneno da tristeza, mãe sabia fazer veneno açacu... os varões se ajuntaram no terreiro deles, matar, não matar, vingança, Xumani matar vamos! Todos juntos! Todos juntos! Todos juntos! Todos juntos! Todos juntos! Todos juntos! Todos juntos! Todos juntos! as mulheres de fora guardavam a casa, uma ruma de varões, os irmãos de Bitsitsi, ainda mais varões, todos os que iam matar Xumani, aqueles, aqueles, Todos juntos! Todos juntos! Todos juntos! tong, tong, tong... Xumani não se amedrontou, só esperou, por que Xumani não arrancou a flecha? eu nem sabia o que ele estava pensando, ele ali parado, calado, olhando para lugar nenhum, como se uma pancada na cabeça tivesse deixado Xumani longe, iam matar meu marido, meu marido iam matar, eu pensava, chorava, cada lágrima... meu pai mandou mãe Awa deixar a vingança, mandou esquecer, mandou parar de incitar a vingança, mandou mãe Awa ficar quieta, falou ao avô Apon que não matasse Xumani, para não magoar a menina, eu chorava, chorava, avô Apon era quem atiçava os varões, não sei disso? não sei? não sabia? mãe Awa atiçava avô Apon, avô Apon atiçava os varões, os varões, Todos juntos! Todos juntos! Todos juntos! Todos juntos! inu tae txede... bedu... a pata da onça e aqui olho de periquito, inu tae txede bedu... o ferimento... ele vai ver a marca do ferimento, vai descobrir.

xaita, esposo potencial

Os varões rondavam nossa casa, esperando escurecer, noite dentro, combinaram um assobio para a hora do ataque, *bacurau canta à noite... bacurau de pena escura... pena marrom-bacurau... canta mais a lua cega, o bacurau...* corujas piavam, uã uã txu... bordar bordar... a noite entrou, subiu, demorou a passar, a hora escura é lerda e a morte é correria... e aracuã, warakuá! warakuá! warakuá! kara-kara-kará! txeu! txeu! txeu! kara-kara--kará! hóim! hóim! hóim! Xumani não estava em sua rede, deixou ali um pilão para pensarem que era ele, oé oé oé... a noite passava, nada acontecia, hutu, hutu, hutu, hutu... corujas piavam, uã uã txu... quando as corujas fecharam seus olhos, ah bacurau, nunca mais, madrugada chegou, os varões vieram antes do sol, ouvi o fino assovio, os varões lá vinham, meu peito esfriou, hutu, hutu, hutu, hutu... mãe deitada de olhos abertos ouvia os barulhos, zoadinhas, assobios, olhava a fogueira, levantava, tirava lenha do feixe, avivava o fogo e deitava de novo na rede, estava de pauta com os irmãos, e os irmãos de Bitsitsi, minha irmã Pupila dormia, meu irmão também dormia, meu avô acordado, abraçado mais sua lança, de pauta... minha avó dormia de olhos abertos, olhos de guaxinim, por isso via tudo na noite escura, via as almas, os varões, o silêncio com que pisavam era tão frio... espíritos... fingi que estava dormindo hutu, hutu, hutu, hutu... hutu, hutu, hutu, hutu... meu coração ia acordar avó, iam eles ficar com raiva e me matar no lugar de Xumani? será? meu peito, um pilão, tong, tong, tong... buraco sem fim, tong, tong, tong... vertigem, acompanhei as zoadas, tong, tong, tong... sede, frio, tong, tong, tong... tiritei de frio, os varões armaram os arcos, que nem espíritos da mata, atiraram, as flechas zuniram, mas acertaram o pilão duro, caíram na terra, corujas piavam, uã uã txu... eles olharam todas as redes, abriram as redes, hutu, hutu, hutu, hutu... procuraram no taquaral, vasculharam as fruteiras, procuraram no roçado, por todos os lados, foram à casa da mãe de Xumani, procuraram mata dentro, no alto dos paus, tinham de dormir no caminho, xingavam, gritavam para a mata, Xumani canela dura! Xumani chuva de pedra! Xumani filho de urubu! És semente de piolho! Sem gente e sem família! Boca feia! eu ouvia, chorava, Xumani sumiu na mata.

beun, lágrima

Levei rede, comida, flechas, arco, trastes, ali fiz um tapiri, Xumani deitou no meu colo, tão manso, limpei suas feridas, tirei os cabelos grudados na ferida, tirei as abelhas, o couro de sua cabeça cortado, aquela pancada na cabeça... eu sentia frio nas entranhas... limpei, espremi, acochei, amarrei, Xumani deitou no tapiri, dormiu, eu chorava minhas grossas lágrimas em silêncio, sabia o que ia ser dali para a frente, as minhas lágrimas escorriam no rosto de Xumani, onde minhas lágrimas escorriam, ele estava protegido, chorei sobre todo o corpo de Xumani, banhei todo o corpo de Xumani com as águas dos meus olhos, banhei seus cabelos, seu rosto, suas orelhas, seu pescoço, seus ombros, seu peito, seus braços, seu ventre, seus pés, todo o corpo de Xumani banhei com lágrimas, Xumani dormiu na campestre, não me largou um instante, sabia os dias que viriam... amanhecença do dia, antes de clarear, yõriri yõriri yõriri... eu levava comida, levava mingau, levava peixe na folha, alguidar, escondia na cesta, escapava, aquele dia ouvi o rumor dos passos atrás de mim, quase não ouvia, mas ouvi, larguei a cesta, subi no pau, olhei, lá vinha o avô Apon atrás de mim, avisei Xumani, ele estava ainda tonto da pancada na cabeça, mas falou que era valente, foi embora, tonto e tudo, tong, tong, tong... tong, tong, tong... meu peito, tong, tong,

tong... Xumani enrolou a rede, pegou arco e flecha, yõriri yõriri yõriri yõriri yõriri yõriri yõriri... recebeu a comida que eu lhe preparei, comeu mingau, pamonha, comeu, comeu, olhou com tristeza para mim, me abraçou e foi embora mato dentro, sem olhar para trás, foi, foi, caminhando pelas bordas das trilhas para não deixar rastros, caminhando pela água, em busca dos recantos escondidos, sem poder acender fogo para não deixar rastro de fumaça, a conversar só mais os bichos, yõriri yõriri yõriri yõriri yõriri yõriri...

baka, sombra

Quando dava fé, escurecia, Xumani esturrava por todos os lados em volta da casa, noite dentro, que nem gato, ohé! ohé! que nem gavião ia pelos caminhos da água e do sol, no rumo do nascente ou do poente, tirava pelo sol o rumo, tirava pela lua, quando era de tarde ia pelo poente, de manhã ia pelo nascente, errando nas matas, no caminho das águas na mata, no caminho das seringas, no caminho dos igarapezinhos, se escondendo nas grutas que despejavam dentro do rio, nas estradas de seringas, nos morros, nas sapopemas, campinaranas, todos os caminhos, esperando, a noite ia embora, os nossos varões se ajuntavam no terreiro e escutavam o esturro de uma onça, a onça e os varões gritavam, um respondendo ao outro, ohé! ohé! ohé! a onça ia encostando, ohé! ohé! acochando, ohé! acossando, ohé! de dia eu não saía, meu avô me espreitava detrás dos paus, vigiava se eu ia encontrar Xumani, meu marido esturrava em roda de casa, lançava flechas perdidas na mata, para me chamar, eu ouvia o zunido da flecha de Xumani, mas não podia ir ao seu encontro, o gato-Xumani rondava, ohé! esturrava, as crianças pequenas choravam, as mulheres não conseguiam dormir, Agora eu vou ser morta! vinha o gato-Xumani encostando cada vez mais, um varão pronto para a peleja fica pior que uma alma brava, pior que um espírito yuxibu, diabos das águas da lagoa, pelejador quando vê a sombra do varão inimigo, ele está morto, o inimigo vê nossa sombra, estamos mortos, pelejador avista o que outra gente não consegue avistar, ele vê bicho grande, de longíssimo, bicho pequeno, até escuro dentro ele vê, Xumani via, Xumani sabia de qual povo era o inimigo só pela sombra, só pelo ruído, só pelo zunir da flecha, sabia se era do nosso povo, sabia se era Ti ikanawa, sabia se era Takanaua, sabia se era Contanawa, sabia se era a gente de couro, sabia se era gente peruana, sabia, de longe, a ouvir, a olhar, a pressentir, rondava, ohé! ohé! chamava, fazia zoada de gato, fazia zoada de arara, fazia zoada de tucano, fazia zoada de gavião, eu sabia que era Xumani, meu pai sabia, meu avô sabia, eu ouvia, queria ir, mas não podia.

binu, cacete

O ódio, o ódio, tong, tong, tong... sois covardes, isso que sois, tong, tong, tong... sei muito bem de vossos pescoços esticados para olhar os homens enfileirados tong, tong, tong... Vosso filho derramou o sangue de meu filho! tong, tong, tong... Agora esperai nossos golpes! tong, tong, tong... Ele que vá morar na outra margem do rio! Ele que vá morar rio acima! Ele que vá morar na aldeia dos brasileiros! Ele que vá morar no alto da pedra! Nas grutas! Nos grotiões! Nos barrancos! tong, tong, tong... Não volte! tong, tong, tong... Pois fique onde está! Fique onde está, que nós o pegaremos! tuxaua disse que fizessem aliança, o avô Apon, fervendo de impaciência, preferia fazer aliança com nossos inimigos peruanos, preferia se ajuntar aos caucheiros! E não me acusai por essa aliança! Teremos de nos vingar! tong, tong, tong... tong, tong, tong... arrumei meus trastes tong, tong, tong... tong, tong, tong... arrumei os meus trastes para ir embora, fui morar na casa dos pais de Xumani, longe, outra aldeia, e meu pai, o tuxaua, Minha filha, tu, tu não vais embora! Fica! Fica! Continua amarrando tua rede aqui! Fica na casa de teu pai! Não te aborreças contra os de nossa gente! mulheres falavam baixinho, por que falavam baixo? o que diziam? nunca iriam parar de dizer maldanças? fiquei quieta, cansei de escutar os cochichos, não se lembravam do motivo por que meu esposo estava zangado? não sabiam que só os corajosos fazem o que meu marido fez? fazem porque não temem insultos, não temem castigos, não temem vingança, não temem cacete, não temem flechas, não temem azagaias, não temem lanças, não temem espíritos, não temem as almas, não temem a morte, ele tinha se escondido na mata, mas ia voltar, ia se expor, porque não temia, Calai vossas bocas maldosas! fui embora, para não ter mais de escutar, Ficai quietas! ódio, ódio, hutu, hutu, hutu, hutu... ódio... ódio... as vozes aumentavam... ódio... ódio, cresceram as raivas, ódio, ódio, zangadíssimas, hutu, hutu, hutu, hutu... deixei minha casa, minha aldeia, minha gente, e avó Mananan, Fica, minha neta! Fica! sozinha em sua esteira, seus olhos de guaxinim, Fica! os morcegos, irosisi irosisi irosisi... Fica, minha neta! Fica! quando era depois de anoitecer, hutu, hutu, hutu, hutu... eu não queria ir por aquele lado, ali morava uma alma que vinha sem ninguém perceber, ela chegava, silenciosa, dava uma joelhada nos rins da pessoa e a quebrava ao meio.

manuenamei, ter saudades

Nem sei quantos dias morei ali, luas, ia saber como? estava que nem uma destas araras que nuas se arrastam no terreiro, tremelicando, friorentas, num quebrante de tristeza, chorava que nem arara-azul, as canindés, sempre aos pares, encarnadas, escondidas, a azul vive nas florestas, a amarela, nas palmeiras, e eu? o corte, as abelhas, o sangue na cabeça, o sangue nos cabelos, o sangue nos ombros, passava uma faca de vento no meu peito, de noite eu rangia os dentes... *corujas piam, uã uã txu... araçaris de galho em galho em galho, brẽ brẽ brẽ brẽ... de dia tucanos dizem com suas vozes roucas kreõ kreõ kreõ kreõ...* eu sozinha num tapiri... suplicava, no barreiro, na esteira, na rede, no moquém, no tapiri, no rio, no mingau, chorava nas cinzas do roçado, chorava nas casas, chorava no fogo, chorava nas fruteiras, chorava no lugar para passear, chorava no lugar salgado que os bichos procuravam, num encante de tristeza, amargosa e reimosa eu olhava o chão, subia no pau, de lá olhava o longe, e a sogra, Onde está o meu filho? eu não podia falar, ouvia a gaita de Xumani, mas era só o vento, raposa do mato, perdida no choro da lua, gritando feito gente, eeiiii... raposa-cachorro-do-mato, solitária, na vadiação, grita parece gente, eeiiii... eu não dormia, cantava à noite, baixinho, *Amanhã sempre será o derradeiro dia...* mulher sozinha, sem homem, vira pássaro e vai embora voando, eu tinha espinhos na cabeça, sonhava com Xumani, cada sonho ruim... não havia em minha rede homem nenhum, a rede vazia, eu vivia que nem mulher solteira sozinha em casa, feito agora, olhava o cesto, o milho e o mudubim acabando, as flechas de Xumani dormiam em pé... dormem em pé as flechas de Xumani... dormem em pé as flechas de... eu não tinha quem me matasse caça, quem me fizesse um novo roçado, minha sogra enchia a cesta de legumes, eu tirava milho da cesta, não tinha mais batata, nem inhame, nem cará, nem jerimum, só um pouco de banana-roxa, a macaxeira estava para acabar, quem ia botar roçado para mim? quem ia plantar meu roçado? não havia mais em minha rede nenhum homem, eu vivia que nem criança, sozinha em minha rede, mulher sozinha não dorme bem, canta a noite toda, *corujas piam, uã uã txu...* mulher sem homem vira pássaro e vai embora de sua aldeia, ninguém sabe para onde, espinhos na cabeça, hutu, hutu, hutu, hutu... hutu, hutu, hutu, hutu...

txi, fogo

Aqueles barulhos, não eram pássaros, não eram antas, não eram cutias, não era caça nenhuma, aquelas pancadas secas como o ruído da corda do arco quando bate na armação, assobios, como os que os varões dão para chamar uns aos outros, meu coração esfriou, faltava muito para a amanhecença, sacudi sogro Nixi, ele ouviu os barulhos, os assobios, chamou os varões, Acordai, eles estão nos emboscando! Vão nos atirar flechas! Vão nos matar! avexados, os varões na escuridão tatearam em busca de suas armas, retesaram os arcos, miraram as flechas para o escuro da mata, esperando, mas as zoadas acabaram, os varões mergulharam na mata, em duas filas, uma de cada lado do caminho, demoraram, demoraram, as mulheres esperando dentro de casa, eu só via as sombras, vez em quando uma sombra ia até a entrada, olhava lá fora, voltava a sentar... macacos-da-noite esturravam que nem gatos andejos, uh, uh, uh... em noite de lua clara eles não esturram, choram, epã! epã! hi! hi! noite escura, uh, uh, uh... uh, uh, uh... uh, uh, uh, os varões esperam noite escura para tocaiar, a tocaia é irmã da noite escura, a noite escura é irmã dos macacos da noite uh, uh, uh... uh, uh, uh... uh, uh, uh... os caminhos estavam cobertos de teias de aranhas, ninguém passou, olharam o chão e não encontraram pegadas, ninguém tinha passado por ali,

Ninguém passou por aqui! quem? almas? e se foram almas? e se as almas fizeram aquelas zoadas? será se? avivamos os fogos, sogra Maxi foi às comidas, como em todas as manhãs, o tuxaua Aguenta-seco a ouvir os sonhos maus dos varões, os fogos acesos, um claro encarnado no céu, os roçados ardiam em fogo, o roçado do tuxaua Aguenta-seco, todos os roçados, os roçados ardiam todos em fogo, os roçados de meu sogro, o roçado grande da sogra Maxi e o pequeno roçado de meu cunhado, os dois roçados de cunhados, os outros roçados dos cunhados, as plantações, os bananais, tudo ardendo em fogo, o fogo anda avexado, o vento o leva, o fogo arde deitado sobre todos os paus, todos os milharais, todos os macaxeirais, fomos olhar o fogo, o fogo acabou com as plantações, acabou tudo, tudo virou cinza e carvão.

tete huxu, gavião de cabeça branca

Uma criança tinha visto Apon, ninguém acreditou, Apon não atacou, não matou a criança, avô Apon queria matar, por vingança, um irmão de Xumani, o pai de Xumani, a mãe de Xumani, a esposa de Xumani, se meu avô Apon me encontrasse, me matava, Xumani morava dentro de mim escondido, se me matassem, matavam Xumani, se matassem Xumani, me matavam, Xumani rondava de noite, bem perto de nossa casa, assobiava imitando gavião, qué, qué, qué, qué, qué, qué, qué, qué, assobiava, piiiii, piiiii... wiiw! wiiw! cortador tuyiyi! tuyiyi! tuyiyi! tuyiyi! em volta do fogo, sabíamos que não era gavião, qué, qué, qué, qué, qué, qué, qué, qué, piiiii, piiiii... wiiw! wiiw! tuyiyi! tuyiyi! tuyiyi! tuyiyi! Xumani rondava, estava me chamando, qué, qué, qué, qué, qué, qué, qué, qué, piiiii, piiiii... Xumani vinha em forma de gavião, eu tinha medo, Xumani também sentia medo? sogro Nixi não tinha medo, ele tinha matado uma ruma de varões, qué, qué, qué, qué, qué, qué, qué, qué, piiiii, piiiii... wiiw! wiiw! tuyiyi! tuyiyi! tuyiyi! tuyiyi! qué, qué, qué, qué, qué, qué, qué, qué, piiiii, piiiii, a noite toda assim, escuro dentro, wiiw! wiiw! tuyiyi! tuyiyi! tuyiyi! tuyiyi! qué, qué, qué, qué, qué, qué, qué, qué, piiiii, piiiii... wiiw! wiiw! tuyiyi! tuyiyi! tuyiyi! tuyiyi! qué, qué, qué, qué, qué, qué, qué, qué, piiiii, piiiii... wiiw! wiiw! tuyiyi! tuyiyi! tuyiyi! tuyiyi!

qué, qué, qué, qué, qué, qué, qué, qué, piiiii, piiiii... wiiw! wiiw! tuyiyi! tuyiyi! tuyiyi! tuyiyi! qué, qué, qué, qué, qué, qué, qué, qué, piiiii, piiiii... wiiw! wiiw! tuyiyi! tuyiyi! tuyiyi! tuyiyi! eu não podia dormir, só escutando, escutando... qué, qué, qué, qué, qué, qué, qué, qué, piiiii, piiiii... wiiw! wiiw! tuyiyi! tuyiyi! tuyiyi! tuyiyi! qué, qué, qué, qué, qué, qué, qué, qué, piiiii, piiiii... wiiw! wiiw! tuyiyi! tuyiyi! tuyiyi! tuyiyi! eu comia os restos de milho, os restos de cará, os restos de batata, acabava de comer, veio um aviso de Xumani, era para eu deixar de noite a rede livre porque meu esposo viria oh! felicidade oh! oh! restos de felicidade, oh! oh! oh! mas a minha alegria logo passou e veio a apreensão, de noite, ele vinha escondido... chamas do fogo... abaixaram... brasas encarnadas... Xumani qué, qué, qué, qué, qué, qué, qué, qué, piiiii, piiiii... wiiw! wiiw! tuyiyi! tuyiyi! tuyiyi! tuyiyi!

mexu, escuro

Veio que nem uma alma no escuro, sem clarear o caminho, agarrado mais seu arco e flecha, trazia uma rede desconhecida, quem fez aquela rede para Xumani? quem foi? amarrou a rede na parte baixa da casa, todos sentamos para ouvir, Xumani estava morando na casa de sua tia, longíssimo, não saía nem para caçar, comia mal, dormia mal, fez um buraco e morava dentro da terra, quando procuravam por ele, Xumani tinha uma ruma de primos que o ajudavam, pelejavam mais os irmãos de Bitsitsi, ele fez uma longa caminhada, dormindo nos paus altos, de manhã estava a beber água, ouviu as almas chamarem por ele, mas não saiu logo, terminou de beber a água, pulou, agarrou suas flechas, matou um irmão de Bitsitsi, desapareceu no mato, os varões foram gritando pelo caminho, a tia encontrou Xumani, ele não podia sair na carreira, nem andar, a tia chamou os filhos, levaram Xumani nos braços, na rede ela deitou Xumani, ele não podia comer, Minha tia, chora não! Eu estou aguentando muita dor! o buraco da flecha estava doendo, abracei Xumani, sogro Nixi chamou o curandeiro, foi Sanin badi quem curou meu esposo... Xumani deitou nos meus joelhos, queria dormir em minha rede, queria comer, eu disse que só comia um resto de milho, fizera um novo caminho para ir tirar milho no roçado de avó Mananan, queimaram a macaxeira, queimaram as batatas, queimaram os inhames, queimaram os carás, queimaram os legumes todos, Famintos todos estamos, só terra vamos comer! Xumani perguntou, Tu comes caça? Tatu não como! Anta não como! Veado não como! Macaco-prego não como! Coatá não como! Mutum não como! Jacu não como! Nambu não como! Cutia não como! Paca não como! Cujubim não como! Piaba não como! Surubim não como! Arraia não como! Curimatã, nunca mais! Jabuti não como! Caranguejo também não como! eu preparava milho e comia só milho.

nui tapai, sofrer

Oh! nunca mais serei esposa de Xumani! estou brava! estou cheia de raiva! Xumani não caçava mais para mim! queimaram a plantação, queimaram o bananal! não havia o que comer! eu só comia palmito! só comia cocão! nunca fui arara, para ficar comendo só rama verde, semente! eu ia acabar comendo terra! ia acabar comendo bichos sebosos! ia acabar comendo bichos reimosos! ia acabar comendo animais indignos! ia acabar virando gambá! desprezada, suja, esquisitinha mais a cauda pelada, os cabelos descoloridos e manchados, minha raiva não prestava, zangada pela privação, pelo abandono, cozinhava o quê? uma espiga de milho ali, uma batata-roxa acolá, um macaquinho-prego, o que aparecia era para mim, pois eu sofria, sou levinha, eu queria comer caça, chorava, mandava meu sogro ir buscar macaco-prego, o sogro ia, mandava fazer fogueira, minha sogra fazia fogueira, minha sogra fazia para mim arrecadas com penas douradas de surucuá, com penas verdes de martim-pescador, com penas encarnadas de sanhaço, fazia adorno de fios de algodão, fazia bordados para eu não chorar, mas de nada adiantava, eu só vivia triste, eu ia entrar na mata para encontrar Xumani, ia virar homem para matar os cunhados, para Xumani poder morar comigo novamente, mas entonce Xumani não ia me querer mais se eu virasse homem… por que

Xumani não arrancou a flecha? por que Xumani não arrancou a flecha? dormem em pé as flechas de Xumani... eu ia para o alto do pau, sozinha, sozinha eu trepava ali, ficava sozinha a olhar o longe, o longíssimo...

uxe, lua

Quando a cabeça da lua está deitando, ela diz, Vou eu me deitar, as mulheres todas que fornicaram com rabo de arara vão sangrar! oé oé oé oé... oé oé oé oé... oé oé oé oé... oé oé oé oé... oé oé oé oé... oé oé oé oé... oé oé oé oé... oé oé oé oé... oé oé oé oé... a lua deitava, dizia, Fazei não! Fazei! oé oé oé oé... oé oé oé oé... oé oé oé oé... oé oé oé oé... oé oé oé oé... oé oé oé oé... oé oé oé oé... oé oé oé oé... a cabeça nos ensinava, punha fios dentro da boca, ia para cima, pendurava seu ser lua, oé oé oé oé... oé oé oé oé... oé oé oé oé... oé oé oé oé... oé oé oé oé... oé oé oé oé... céu dentro, arrancava os próprios olhos, com eles fazia as estrelas e sua cabeça virava lua, oé oé oé oé... oé oé oé oé... oé oé oé oé... oé oé oé oé... oé oé oé oé... oé oé oé oé... oé oé oé oé... oé oé oé oé... oé oé oé oé... oé oé oé oé... do sangue do estrangeiro a cabeça fazia o arco-íris, oé oé oé oé... oé oé oé oé... oé oé oé oé... oé oé oé oé... oé oé oé oé... oé oé oé oé... nós todos dormíamos, estávamos deitados, oé oé oé oé... oé oé oé oé... oé oé oé oé... oé oé oé oé... oé oé oé oé... oé oé oé oé... oé oé oé oé... oé oé oé oé... oé oé oé oé... oé oé oé oé... oé oé oé oé... a cabeça da lua estava deitada, minha gente se alegrava, oé oé oé oé... oé oé oé oé... oé oé oé oé... oé oé oé oé... oé oé oé oé... oé oé oé oé... oé oé oé oé... oé oé oé oé... oé oé oé oé... ficava sadia, as mulheres todas sangravam oé oé oé oé... oé oé oé oé... oé oé oé oé... oé oé oé oé... oé oé oé oé... oé oé oé oé... agora compreendiam, acabavam, oé oé oé oé... oé oé oé oé... oé oé oé oé... oé oé oé oé... oé oé oé oé... oé oé oé oé... oé oé oé oé... oé oé oé oé... os varões copulavam mais as mulheres com sangue, no tempo da lua, assim faziam filhos, aprenderam, quando nasceram os corpos pretos, muitos nasceram.

bake huni, filho

O meu ventre arredondado, o bico dos seios, uma cor mais escura, a barriga cresceu, ah Matxiani... por minha filha jejuei, tudo fiz para ela viver muito, eu andava morta de fome, queria comer caça, os varões iam caçar para mim, mas eu não podia comer tatu, anta, veado, macaco-prego, mutum, jacu, só podia comer nhambu, ou cutia, paca não podia comer, só cujubim, não podia comer jacu, eles quase nunca achavam uma nhambuzinha, uma cutia, quando achavam, traziam para mim, mariscavam para mim, se eu comesse peixe, era só piaba, não podia comer piraíba, surubim, curimatã grande, tartaruga, arraia, jacaré, podia comer cascudinho, cangati, jundiá, a mulher jejua e o varão também, Xumani nem sabia de nada, ah Matxiani, não sabia da filha, da fome, eu não comia tatu porque ele é cascudo, não comia anta porque ela é grande, a filha podia ficar grande demais e não nascer, morria dentro do ventre e a mãe também morria, eu não comia veado porque o pescoço dele é fino e os olhos, grandes, macaco-prego eu não comia porque ele mora no alto do arvoredo e pega o pênis, coatá não comia porque ele tem o corpo preto e a cabeça grande, não comia jacu porque ele é barbeludo, comia nambu porque a nambu põe seus ovos, cria bem os bacorins, cutia é boa, cria seus bacorins, eu comia cutia, paca não, porque a paca não dorme escuro dentro, piaba é boa, eu podia comer, piraíba não, porque é grande, surubim, a criança não nasce, curimatã não porque ela é grande e cascuda, arraia é espinhenta e tem o corpo mole, jacaré é sobrancelhudo, o corpo mole, poraquê grande não podia comer, é comprido e mole, jabuti é cascudo, vagaroso, inteligente não, tartaruga não podia comer, porque mora rio dentro, caranguejo eu também não podia comer, porque ele é mordedor, mora dentro do buraco, camarão, porque ele tem o corpo encarnado, eu prestava atenção em tudo, se os gravetos ficavam presos em meus pés quando andava na mata, era varão, se as bananas que eu torrava na brasa logo se abriam, era menina, se aparecia um gafanhoto, era varão, se vinha uma cambaxirra pousar no galho, era varão, eu cantava, *Será macho, macho, macho, será macho, macho, macho, será macho, macho, macho, será macho, macho, macho*, ah Matxiani, a fogueira estalava, era voz de menino, as nuvens corriam, era voz de menina, o vento assoprava, era voz de menino, minha avó Mananan tão longe, eu tão longe de meu pai, longe de minha mãe... na aldeia do sogro Nixi não havia macaxeira, cará, caça, embiara, por isso voltei. Vem, minha neta! Esqueceram da morte de Kue! Vem, minha filha! minha mãe queria a filha perto, sabia do neto, ah Matxiani, será se foi minha mãe quem matou Matxiani?

txintun, volta do caminho

Amanhecença a juruva cantava sem parar, seu canto não terminava, hutu, hutu, hutu, hutu... chamaram, chamaram, eu fui olhar, Xumani tinha chegado, não era sonho, encontrei Xumani no terreiro, cheio de terra, sangue, arrodeei meu esposo de tudo o que era qualidade de amor, as almas o quiseram encantar, as almas estavam espalhadas, chegaram com ele, umas almas nos galhos, umas nas relvas, só eu podia ver as almas, hutu, hutu, hutu, hutu... enxotei as almas, mas, Oh meu esposo onde está tua carapuça? hutu, hutu, hutu, hutu... sumida a sua carapuça hutu, hutu, hutu, hutu... manhã... todos acordavam, um ali um acolá, levei Xumani para dentro de casa, hutu, hutu, hutu, hutu... as crianças se esconderam com medo, hutu, hutu, hutu, hutu... meu esposo parecia que estava bêbado, hutu, hutu, hutu, hutu... exalava uma catinga de sua pele, doía seu corpo todo, hutu, hutu, hutu, hutu... Xumani disse que uma alma entrou em sua alma, as almas lhe mostraram os trastes todos do mundo, meu esposo fora à casa das almas, casas direitas, limpas, as almas têm criações em suas casas, criam araras encarnadas, papagaios, cachorros bravos, criam filhote de suçuarana, sucuris deitadas, lacraias, esses são os xerimbabos das almas, no país das almas há matas com uma ruma de paus, frutos, mel e caça, bandos e bandos de porcos-

-do-mato, Xumani disse, meu esposo sentou na rede das almas, elas lhe deram caiçuma, oh! deram uma panela grande de macaxeiras cozidas, deram, diluíram bananas maduras, deram, mudubim torrado, inhames cozidos, taiobas, Xumani encheu a barriga, as almas lhe deram trastes, roupas redondas em fios, saias para as mulheres, redes pintadas, machado, terçado, enxó, navalha, pulseiras, narigueiras, colares de dentes, cinturas de contas, assim ele não podia ir embora, não podia abandonar as almas, mas onde estava tanto traste? Xumani tinha de segurar peso, não podia ir embora, hutu, hutu, hutu, hutu... ia ficar sempre na casa das almas, o peso dos trastes era para ele ficar preso, ele fugiu da casa das almas, mas teve de deixar tudo, hutu, hutu, hutu, hutu... chegou sem nada nas mãos, nem suas flechas, debaixo de um pano sujo, quase não o reconheci, Xumani não falou uma palavra.

kenei, pintar

Bai, capim para pintar o corpo, a mulher se pinta com jenipapo, sei fazer diferentes pinturas, de veado por todo o corpo eu faço pingos, a pintura de estrangeiro eu faço torta, para fazer a pintura de porco eu borro o corpo todo para se anegrar, coatá, também, quando faço tamanduá borro a metade de uma banda, a outra metade não borro, também faço pintura de veado com urucum, borro o corpo todo para o varão andar encarnado, também faço onça com urucum, todo o corpo redondo, a pintura de quati é o corpo atravessado, do jabuti, redondo, grande e torto para arremedar a pintura do jabuti, Xumani me pediu para eu o pintar, perguntei, E como queres? Xumani disse, Me faze para a peleja! E como te faço para a peleja, porventura? Xumani queria pintura de onça, procurei jenipapo, tirei bai, aqueci o jenipapo, estava esquentando, tirei o jenipapo do fogo, assentei a vasilha, cobri a vasilha, o jenipapo esfriou, Agora me faze valente, minha esposa! Xumani disse, sentei no banco e pintei o corpo de Xumani, fiz a pintura redonda de gato pintado em seu corpo inteiro, porém de maracanã seus olhos, dois caminhos retos no rosto, pingos, no meio os olhos do maracanã, a pele coberta de linhas e pingos, os olhos de maracanã, os motivos delimitavam os olhos e se espalhavam pela testa, queixo, faces, na sua carne eu via a magreza, seus olhos turvos, a pele amassada, Xumani tão maltratado, mas quando terminei a pintura e ele abriu o peito, os braços, gritou, vi que sua antiga alma retornava, as almas lhe devolveram sua alma, Xumani era o mesmo que andava orgulhoso com suas flechas, Xumani pelejador, assim parecia, porque aquele nunca morria, nunca morre quem somos, nunca, quem fomos nunca morrerá.

kiduan, peruano

Foram os peruanos que abriram varadouros entrando pelo Madre de Dios, pelo Ucayali, pelos menores rios que descem eles entravam, os peruanos também queriam o fabrico da borracha de seringa, nossos varões não são bons com os peruanos, os varões e os peruanos se avistam, pelejam, nós comemos macaxeira, e os peruanos, palmito, nós queremos o palmito, eles nos dão urtiga, sua água é grossa, a nossa é limpinha, os peruanos foram em uma aldeia boa, mataram toda a gente, não ficou nem um menino, nem uma menina, não ficou mulher, não ficou velho, velha, xerimbabo, arara, mataram o curandeiro, mataram o tuxaua, tocaram fogo na aldeia, os peruanos, os Takanawa, no tempo da mãe da mãe da mãe da mãe os Takanawa comiam nossa gente e comiam outra gente de outras casas, matavam, levavam o peito, a cabeça, o fígado, deixavam o resto no mato, nossos varões aprisionaram o tuxaua dos peruanos, esfaquearam e jogaram o tuxaua deles no rio, nossos varões que habitavam o capim da beira do rio pelejaram contra os peruanos, os peruanos do rio, com o sol do dia, roubam caucho dos brasileiros, roubam as mulheres nossas, emprenham as mulheres, sujeitam... no alto do Envira, nunca vou lá, nossos varões foram lá, mataram os patrões e os caucheiros peruanos, saquearam o barracão, trouxeram machados, terçados, facas de aço, panelas brilhantes, aquela panela ali, aquela outra... uma winchester, bala, pólvora, espoleta... fugiram para o Curanja... andam aqui perto, dizem que é terra deles, foram para o Nixima Hene, kiduan, falam os seringueiros, nossos varões roubavam pratos dos peruanos, peruanos pelejavam contra nossos varões, os kadiwa subiram o rio com rifles, kadiwa que nem cariú, brasileiro kadiwa, patrão, eles têm rifles, rifle é que nem flecha, os brasileiros estão zangados com os peruanos, os peruanos queriam matar nossa gente, havia duas casas de peruanos no meio do rio de Cana-brava, eles estavam fazendo o caucho que roubaram, nossos varões foram matá-los, o seringueiro disse que os peruanos tinham rifles, os peruanos são ruins, por isso fomos matá-los, porém os brasileiros não são zangados conosco, não roubam nosso caucho, os brasileiros nos fazem bem, nós também lhes fazemos bem, os brasileiros, se mal nos fizerem, nós os matamos.

dunkei, desviar-se

Tempo das visitas, longas idas fora de casa, nada de visitar parentes, desde que começou a peleja contra os peruanos ninguém saía para longe, ninguém saía sozinho, os caucheiros queriam matar nossa gente para vingar seus irmãos, estavam com raiva, não matamos os peruanos, foi nossa gente de outra aldeia, desde que começou a peleja nossa gente tinha de fazer um desvio para não dar de cara com os peruanos, os peruanos espreitavam cada buraco da floresta caçando nossa gente, lançavam tiros de rifle no escuro das matas, esperando ouvir os gritos de nossa gente, se nossa gente ia buscar comida, as mulheres ficavam sempre juntas, as mulheres todas e mais uns varões com suas flechas, nossos varões espreitavam as matas, caçando peruanos, mãe Awa tomava de conta da casa, tomava de conta de avó Mananan, uma tristeza medonha, nossa gente não aceitava comidas, quiçá envenenadas, enfeitiçadas, nossa gente tinha fome, sentia vertigem, eu ia catar comida, botava meu filho na cesta, carregava Huxu com cuidado, fora das trilhas, para não topar com os caucheiros, ficava na mata, em tapirizinhos escondidos, ou na antiga pascana de Papo de Anta, nossa gente não passava pelos caminhos frequentados, mais largos e limpos, longe das velharias, dos acampamentos abandonados, das roças abandonadas, longe das casas abandonadas, dos cipoais secos, andava pelos cantos ermos, lugares ruins, campos de buritizais pantanosos, de arraias venenosas, tão perigosos que nossa gente nem podia pegar as frutas caídas na água, eu comia só umas frutinhas, ou uma embiara caçada por Bakun com suas flechas de menino, ah meu irmãozinho Bakun, nem banana tínhamos, Huxu sofria, e Huxu, Quero voltar! Quero comer! Meus dentes estão sendo roídos por vermes de palmeira! Quero dormir na rede! Quero voltar para meu pai! Bakun, grandão, mamava nos peitos magros de mãe Awa, mãe Awa emagrecia, emagrecia, Bakun mamava, mamava, Huxu mamava mamava nos meus peitos, mamava mamava, eu emagrecia.

hatun pakea hawen ena, vencer

Clareou aquele dia, os varões se formaram avexados no terreiro, Quantos sois, porventura? Alguém se perdeu porventura? Nenhum dos nossos se perdeu! os varões foram se acercar da casa do inimigo, saíram todos, formados, calados, cara feia, alma pronta, as pontas de taboca que eles levavam faziam sei, sei, sei, sei... wẽh, wẽh... os varões foram mato dentro mais suas armas, foram mato dentro mais seus cacetes, foram mato dentro mais suas lanças, foram mato dentro mais seus arcos e flechas, foram mato dentro mais suas azagaias e não se dispersavam, quem se perdia não podia voltar, se os varões se amedrontassem e parassem longe da casa seriam vistos e os peruanos fugiriam, quando os varões iam, conversavam, longe da casa dos peruanos conversavam, mas perto da casa dos peruanos guardavam silêncio, se não fossem na carreira seriam avistados, os varões de nossa gente demoraram a voltar, esperamos longo tempo, as mulheres, as crianças, os velhos, esperamos, olhando o fogo, umas mulheres choravam, baixinho, longos dias, passaram, passaram... lagarto gritava ei ei ei ei... quando deu fé, numa longa noite eles retornaram tong, tong, tong... carregando umas mulheres peruanas e suas crianças, sujas de sangue, assustadas, tong, tong, tong... elas falavam muito esquisitinho, os varões beberam pimenta diluída, Xumani bebeu pimenta, Xumani não ia morrer, jejuou, fiz mingau para ele, quando voltam da peleja os varões não podem comer caça, só mingau, banana cozida, se não jejuam o corpo fica amarelo, eles emagrecem e morrem, na peleja morreram varões de nossa gente, morreu Hakia, morreu Tiwa, morreu Macari, morreu Benu Adapapa, quem mais morreu? morreu Himiuma também, nossa gente deitou os mortos na frente das casas, as mulheres choravam, os pequeninos choravam, nossos varões voltaram sem nenhuma carabina, nem espingarda, nem rifle, nem flecha mais eles tinham... mataram...

·YUXIN·

ALMA

uxaya bikai, sonâmbulo

Deitei, dormi, entonce eu sonhei, com as almas eu sonhei, oh! sonhei! nós passeamos longe, minha alma e as almas, eu dormi deitada e sonhei com as almas, sonhei mais elas, minha alma passeou longe, a alma largou meu corpo, minha alma saiu, minha alma andou, minha alma passeou sozinha, as almas apareceram, as almas chamaram minha alma, as almas levaram minha alma para suas casas, minha alma passeou nas casas das almas, oh! minha alma entrou nas casas das almas de minha gente, as almas agradaram minha alma, as almas deram comida a minha alma, as almas deram bebida a minha alma, minha alma cantou mais as almas da minha gente, minha alma entrou nas casas das almas, as almas deram comida a minha alma, as almas deram alma a minha alma, as almas deram lágrimas a minha alma, minha alma comeu mais as almas, minha alma brincou mais as almas, minha alma cantou mais as almas, minha alma dançou mais as almas, minha alma chorou mais as almas, minha alma matou mais as almas, minha alma foi mariscar almas mais as almas, as almas, as almas botaram roçado para minha alma, as almas, as almas plantaram legumes para minha alma, as almas, minha alma fez rede nova, mais as almas, minha alma colheu algodão, mais as almas, minha alma trançou jarina, mais as almas, minha alma morou dentro das casas de nossa gente alma, oh! minha alma brincou mais as almas, oh! minha alma festejou mais as almas, oh! minha alma festejou mais as almas dos vivos e minha alma festejou mais as almas dos mortos, oh! veneno minha alma fez, mais as almas, oh! mais as almas, minha alma viu as almas de nossa gente, alma menina, alma esposa Ba! *aregrate mariasonte, mariasonte bonitito... bonitito bonitito yare... aregrate mariasonte, mariasonte bonitito... bonitito bonitito yare...* as almas, nossas almas, as almas, as almas chamavam a minha alma, as almas, as almas diziam, as almas, Vem! Ba! Ba!

sina, zangada

As almas plantaram as fruteiras, todas, as almas plantaram pé de jabuti, as almas plantaram pau de javari-mirim, as almas plantaram aricurizeiro, as almas plantaram tucumanzeiro, as almas plantaram pé de murumuru, as almas plantaram os buritizais, os açaizais, os sapotizeiros, os pés de mapati, as almas plantaram os paus de pupunha, as almas plantaram os paus de camucamu, as almas plantaram os paus de turimã, as almas todas vivem no céu, almas de gente viva e de gente morta, dizia avó Mananan, o céu é cheio de almas, a terra é cheia de almas, as bananeiras são cheias de almas, as fruteiras são cheias de caça mas também são cheias de almas, as almas gostam das fruteiras, as caças gostam das fruteiras, as almas gostam de morar com as fruteiras, as almas gostam de nós, as almas gostam das pessoas, as almas de nossa gente morta gostam das almas de nossa gente viva, as almas sentem e choram, as almas pranteiam, as almas têm lágrimas, que são rios de lágrimas... se choramos e viramos gente dos rios, tantas são as nossas lágrimas que as almas descem do céu para olhar nosso choro, as almas que vivem no céu, as almas celestes, almas de gente viva e almas de gente morta, todas vivem no céu, as almas do céu plantaram as matas na terra, infinitas matas estão em pé, as almas as plantaram, as almas vêm, as almas voltam para o céu, as almas tiram água do céu e a derramam na terra, os rios todos se juntam, outra vez as almas vão para o céu, as almas pegaram uma ruma de peixes e botaram no meio dos rios, quando os peixes dançam a sua festa, eles dançam para as almas, as almas pegaram jacarés e botaram no meio dos rios, também as caças, as almas soltaram as caças na terra, as caças se criaram, mas as almas do céu são zangadas, no tempo da mãe da mãe da mãe da mãe da mãe da mãe o relâmpago matou a mulher grávida, aí seus filhos foram céu dentro, aí os filhos do relâmpago encarnados, zangados, fizeram o céu revirar suas nuvens, aí acabaram com as nossas gentes velhas, aí nossos velhos morreram com as águas do céu, com os relâmpagos, nossos velhos eram pessoas mansas, mas o céu revirou e matou os velhos, nossos velhos fizeram roçados compridos, o céu revirou as nuvens, acabaram os roçados, acabaram as casas, acabaram as aldeias, acabaram os paus e os bichos, umas almas vivem não no céu, mas nas fruteiras, umas almas vivem na beira dos rios, cantando.

niwe, vento

Há um enxame de almas em minha gente, quando morremos, uns são enterrados, outros são queimados, mas os que morreram, suas almas moram na terra, os varões vão caçar escuro dentro, as almas correm atrás para matar os varões, mas se os varões avistam as almas e gritam, as almas se amedrontam e ficam onde estão, escuro dentro a alma chega para amedrontar, os varões gritam, gritam e as almas se amedrontam, correm, vi uma alma em minha casa, eu estava em pé na entrada, a alma veio assentando por todo o caminho, eu a olhei, eu a avistei, eu gritei, a alma correu, os varões foram atrás da alma, eu olhei, a alma avistei, eu gritei... a alma quando vemos de perto é muito peluda, mas de longe é peluda não, sob a lua clara nós a vemos branca, mas escuro dentro se a vemos, ela é preta... muitas são as almas, as almas pescam, pegam peixes, elas comem peixes crus, levam para suas casas e comem, suas casas são nas bananeiras, ouvimos o vento nas bananeiras, quando está ventando é que as almas choram, seus filhos também choram, mas se nossa gente grita, as almas se calam, escuro dentro elas vêm, as mulheres se amedrontam, gritam, os varões acordam, as almas correm, os varões vão atrás, quando escurece, as almas assobiam, nossa gente apaga a borracha e deita, as almas entram em casa... avó fazia as almas conversarem, então avó levantava a borracha, a luz aparecia, as almas se assustavam, ficavam em pé, fugiam, os varões iam atrás, oé oé oé oé... oé oé oé oé... atiravam flechas nas almas, oé oé oé oé... oé oé oé oé... oé oé oé oé... se um varão vai caçar uma alma, elas o avistam e ele se amedronta, as almas o agarram, amolecem seu corpo, apagam suas veias e o açoitam, as almas de instante em instante o espancam muito... quem anda sozinha, anda com as almas, quem anda sozinha, anda somente com as almas, quem anda sozinha, anda apenas com as almas, sozinha, com as almas... as almas falam e a sua língua é igual à nossa... é a língua da gente verdadeira, a nossa língua, a língua das conversas, as almas são conversadeiras.

bantxai, conversar

Yarina, tu, tu, Yarina, sonhas comigo... tu tu tu tu... tu, tu sonhas, vamos passear, Yarina, tu tu tu tu tu tu... tu tu tu tu... alma, o segredo? vou não dizer, a ti ti, ti, Yarina, o segredo, segredo, segredo, tu, tu, tu tu tu... né? né? tu, não sozinha! não? ando! ando! por que sozinha? quero o meu nome! não, tu, tu, tu não sozinha! ah, sim! não! ah sozinha não! mais quem? andas mais as almas! tu, tu não andas sozinha, tu, tu andas mais as almas... alma, o nome! o meu nome qual é? Ya tu, tu... eu te direi o nome... tu, tu, tutututututu, tu tu tu tu... tu, tu alma, o teu nome? tu és alma menina? és alma esposa? o que comes? Yarina, como algodão... plantas algodão? plantas? né? tu, tu? planto! reque, reque, reque... hutu hutu hutu hutu... tu tu tu tu... tu sonhas comigo... eu sonho contigo... né? tu, tu, alma, quem és? tu tu tu tu tu tu te agarrar pelo pescoço, tu não poderás mais tu tu falar tu tu comigo, tu, tu, não! ru, ru, ru... sonhos bons, falamos não, ru, ru, ru... tu tu tu tu... tu tu encantas legumes? tu tu tu tu... encanto! encantas meizinhas, tu? ru, ru, ru... tu tu tu tu... encanto! tu, alma, és mulher? tu tu tu tu... mulher àqueles faz? alma, tu, tu, tu, tu, tu, tu, tu, tu, tu, tu te zangas? não te zangues! não sangue! tu tens nome? cuií-cuiú, tu, tu tens nome, alma? alma, diz teu nome! tu, tu, tens nome não! alma, teu nome? tu tu tu tu... teu nome...

cuií-cuiú, tu tu tu tu… diz! digo não! né? né? né? né? tu tu tu tu… tu tu tu tu… dize, alma, o meu nome, dize, dize! qual é o meu nome? Yarina segredo! teu nome-alma! Teu nome, Yarina, é Yuxin! Yuxin? Yuxin! Yuxin? Yuxin! Yuxin, meu nome!

yuiama, segredo

A alma disse, Minha alma vai morrer! Meus olhos, meu sangue! Jogai cinzas nas águas! Estas almas todas também! senti medo, a alma chegou, a alma é nossa alma, a alma brilhava deitada, nossa alma, ela veio nos fazer sangrar, para o sangue falar a nossa língua... nossa alma, a alma tirou seu sangue, nossa alma, despejou no prato, nossa alma, botou o sangue para o lado de cima, nossa alma, no céu, nossa alma, seu sangue derramado, nossa alma, escorreu, nossa alma, o varadouro dos estrangeiros ficou alinhado, nossa alma, a alma arrancou seus próprios olhos, nossa alma, botou os olhos para o lado de cima, nossa alma, os olhos se encantaram em um enxame de almas, nossa alma, a alma entonce pediu a sua gente dois fios de almas, nossa alma, sua gente botou os fios de almas, a alma tirou duas almas do fio, nossa alma, indo... bordar bordar... nossa alma, uma alma voou, nossa alma, pôs os fios de almas na alma, nossa alma, na banda do céu dentro a alma segurou os fios para a alma, nossa alma, ela disse, Minha gente agora vou céu dentro! Vou ser alma! bordar bordar... bordar bordar... a alma deitou no céu, seus olhos cintilavam que nem pirilampos, nossa alma, alma nova, nossa alma, as almas sangraram, nossa alma, seus maridos copularam mais elas, nossa alma, o sangue fez o silêncio, nossa alma, as almas ficaram prenhes, nossa alma, bordar bordar... bordar bordar... bordar bordar... bordar bordar... bordar bordar... elas viram a alma como alma cheia, nossa alma, deitada, nossa alma, disseram, A alma encantada em alma!

benai, procurar

Que fome, que fome... Minha mãe, estou com uma fome! eu disse, Vontade de comer caça, embiara, peixe! mãe Awa disse, Come barro, minha filha! eu disse a minha mãe, Vou mariscar no igarapé! e ela respondeu, Minha filha, volta logo! Não demores de comprido! Tu não vês que as almas andam a esturrar por aí? E antes de deitar o sol! desde que avô Apon entrou em guerra contra os peruanos, tínhamos de evitar os caminhos frequentados e andar nos entrançados de mata, cortando, abaixando, agachando, rastejando para passar... que fome, que fome... fui para o lado da lagoa grande, marisquei, marisquei, mas não apurei nem um peixe bom... eu me amedrontei com as almas, elas poderiam me pegar, poderiam me comer, às almas eu via não... que fome, que fome... mulheres não viam almas, quando víamos as almas elas podiam nos pegar... que fome, que fome... eu dava a volta longe para evitar as almas, se eu não ia longe da casa das almas elas me pegavam e matavam e comiam, elas moravam na lagoa grande, que é larga, elas moravam ali, todos sabíamos, eu sabia... que fome, que fome... os legumes abundavam na lagoa grande... nasciam sozinhos os legumes das almas, ninguém os plantava, os legumes das almas abundavam na lagoa grande... que fome, que fome... as bananeiras das almas abundavam na lagoa grande... que fome, que fome... minha boca se encheu de lágrimas... as macaxeiras das almas abundavam na lagoa grande, minha boca se encheu de lágrimas, os mamoeiros das almas abundavam na lagoa grande, minha boca se encheu de lágrimas, os carás das almas abundavam na lagoa grande, minha boca se encheu de lágrimas, os mudubins das almas abundavam na lagoa grande, minha boca se encheu de lágrimas, os urucuzeiros das almas abundavam na lagoa grande, minha boca se encheu de lágrimas, os algodoeiros das almas abundavam, só esses abundavam, que fome, que fome... as almas moravam ali, quando avistávamos os legumes das almas, não os tirávamos, se os tirássemos as almas nos matariam, não andávamos lá pela casa das almas, nem mesmo íamos para os lados da casa das almas, elas podiam nos matar, assim pensávamos, que fome, que fome...

nai, céu

Entonce fui sozinha olhar o filhote da lagoa onde moram as almas, eu estava com fome, queria ver os legumes das almas, ouvir o canto das criações das almas, ver as almas, saber como eram suas caras, seus cabelos, suas unhas, e quando as almas se fossem eu encontraria seus legumes, tiraria os legumes, seus legumes abundavam, suas criações também abundavam, os legumes encantados nascem sozinhos, mas são escondidos, se eu os encontrasse, iria tirar os legumes, ah delícia boa! mesmo que as almas me comessem depois, as almas punham as criações para guardar seus legumes, as almas trepavam marimbondos em suas bananeiras, as almas deitavam os jacarés nas macaxeiras, as almas enrolavam as cobras nos mamoeiros, espalhavam as aranhas nas batatas, escondiam as lacraias debaixo dos inhames, as formigas pretas elas deitavam nos mudubins, as arraias nos feijões, marimbondos em cabeças de macaxeira, nos algodoeiros as almas punham meruins, e nos urucuns, corais nos urucunzeiros, que fome, que fome, fui pela beira da lagoa, devagar, da banda de dentro da lagoa saem grandes jacarés, saem criações de araras encarnadas, de macacos encarnados, de sucuris, são as criações das almas, mas não me amedrontei, abri bem os olhos, os ouvidos, que fome, que fome, a fome é zangada, as suçuaranas esturravam, as araras grasnavam, os macacos assobiavam, o macaco-de-cheiro fez kwéék! as criações cantaram avisando às almas que alguém estava perto, as almas iam aparecer, senti tonteira, as almas estavam me encantando, kwéék! kwéék! parei à beira da lagoa, os morcegos gritavam, irosisi irosisi irosisi... mesmo de dia, os morcegos gritavam, morcegos das almas, da banda de dentro da água saíram as almas cabeçudas, irosisi irosisi irosisi... com os cabelos compridos, irosisi irosisi irosisi... saíram da água, elas iriam comer os meus cabelos? Iriam comer meus olhos, orelhas, mãos, pés, as almas iriam comer meu coração, deixar só os meus ossos, e nossa gente encontraria apenas a minha ossada, todos iriam chorar, quando as araras grasnassem, os macacos assobiassem e as criações estivessem cantando viria um pássaro cantar junto, e esse pássaro seria eu... as almas mergulharam, me chamavam, kwéék! eram demais as almas saindo da água, um enxame de almas, com cacetes, azagaias, facas de cabeça, dentes vermelhos, olhos vermelhos, unhas compridas e retorcidas, vermelhas, gritavam pelo caminho, corri, corri, as almas puxavam meus cabelos, mordiam meus ombros e calcanhares.

bapa, coruja

Oh sozinha, noite dentro, noite escura, sem facho de lua clara, corujas piam, uã uã txu... urubu foi quem roubou o nosso sol? noite do escuro, toda noite, uã uã txu... noite dentro, uã uã txu... morcegos gritam, irosisi irosisi irosisi... anoiteceu naquela mata, irosisi irosisi irosisi... a noite toda um lado escuro, quem foi que nos deu a lua? irosisi irosisi irosisi... quem o escuro nos deu? todas as noites escuras, todas as noites rasteiras, mãos fechadas da lua, corujas, uã uã txu... onde estaria Pupila? Buni! Olhos Inclinados! e Pupila? Sonhava? Onde estás em teu sonho, minha irmã? será se a alma de Pupila andava atrás de mim? fui gritando no caminho, a noite zangada, escura, do lado de dentro é noite, corujas piam, uã uã txu... araçaris saltam de galho em galho em galho e cantam, brẽ brẽ brẽ brẽ... escuro dentro da lua, eu nunca mais chegava em casa, ia para a lonjura, no caminho das almas, corujas piam, uã uã txu... Oh caminho, quem és tu? os pés andavam para a frente, a alma andava para trás, fui gritando no caminho, Onde estás, minha alma? irosisi irosisi irosisi... subi o morro, corujas piam, uã uã txu... passei de novo pelo roçado, uã uã txu... as bananeiras a cantar, corujas, uã uã txu... canta o macaxeiral e cantam as folhas secas, capim-navalha não canta, canta uma coruja, corujas piam, uã uã txu... corujas piam, uã uã txu... araçaris saltam de galho em galho em galho e cantam, brẽ brẽ brẽ brẽ... corujas piam, uã uã txu... uã uã txu... eu canto, *O vento a ramalhar! Não choro e vou! Mas sei, não estou perdida!* oh senhor do frio e da noite, irosisi irosisi irosisi... era escuro, noite dentro, uã uã txu... boca da noite, uã uã txu... um facho clareou o fio da mata, o fio do morro, o fio da suçuarana, a iaça apareceu, veio me ver chorar, a lua é irmã de minha mãe, a lua avista o mato todo, com o brilho da sua cara, a cabeça da lua rola pelo céu, a lua me clareava, uã uã txu... uã uã txu... eu ia virar uma coruja? uã uã txu... irosisi irosisi irosisi... iiiiii... irosisi irosisi irosisi... irosisi irosisi irosisi... iiiiii... irosisi irosisi irosisi... irosisi irosisi irosisi... irosisi irosisi irosisi... irosisi irosisi irosisi... iiiiii... irosisi irosisi irosisi... irosisi irosisi... irosisi irosisi irosisi...

kenama, convocar

Tu, tu, Yarina! O que queres entonce? Eu? Eu, alma, quero... Ah quem és? Tu, tu és Yuxin? Sim, eu! E tu? Sou alma! E tu, tu quem és? Quem és? Sou alma lua! E tu, tu quem és? Sou alma preguiça! E tu, quem és tu? Sou alma peixe! E tu, tu quem és? Sou alma mulher tucano! E quem tu és? Sou alma macaco-aranha! E quem tu és? Sou alma turbilhão! E quem és tu, dize logo! Sou alma mulher banana-da-terra! E quem és tu? Sou alma porca-do-mato! E tu, tu? Sou alma gato! Eis o gato preto! Eis que a suçuarana preta se aproxima! Teu dorso está cercado de manchas! As folhas de palmeira dançam! Tu, alma, danças? sim, danço! Tu, tu imitas a alma folha de palmeira! Eu imito não! E tu, tu, alma? Falas? O pássaro fala pela minha boca! E tu, alma, que pássaro és? Não sei! Saberás! Dize, alma, que pássaro tu és? Sou aquele! aquele? Pinu! Ah pinu! Pinu! pinu? Sim, e tu, alma, usas arrecadas? A pena de um pássaro frio enfeita meus braços de água! Tu estás só, alma? Vives só? Vivo mais outras almas! Elas chegam! O caminho está aberto! O que fazem as almas? Elas dançam! O que trazem nos braços? Trazem folhas delicadas! E os pássaros? Os pássaros se ajuntam! E tens voz, alma? Tenho a voz do passarim! A alma está balançando! As línguas de penugem branca... alma canta? Canta! *o caminho está coberto de penas brancas, o caminho está coberto de penas brancas...* O que queres, Yuxin! Eu? Sim, tu, tu o que queres? Eu? Tu, sim! Eu quero... quero arco e flecha! Tu tu vais me matar? Não! Tu vais matar! E tu, tu, alma, morrerás? Vou morrer! Estás deitada na rede? Sim, estou! Teus olhos estão fechados? Sim, fechados! Tu vais morrer morrer morrer morrer morrer morrer morrer morrer morrer morrer! Vou morrer! Tu, alma, dize, é bom morrer? hutu, hutu, hutu, hutu... alma, responde! hutu hutu hutu hutu... senhora do medo e da morte, hutu, hutu, hutu, hutu... almas todas juntas, peles dos tucanos negros... hutu hutu hutu... tu estás viva? tu estás morta? morri? resmungava? respirava, titiri titiri titiri titiri wẽ, morri? tuas orelhas têm cílios de suçuarana? por que tiritas? tens frio? aa eee, riscar, titiri titiri titiri titiri wẽ, sacudir, água de fogo, boca de fogo, titiri titiri titiri titiri wẽ, uã uã txu... hutu, hutu, hutu...

huinti, coração

Coruja pupu, coruja, coruja o pio acordava, pupu me seguia, no cume, desmoronei, corri, uã uã txu... uã uã txu... a coruja a falar, coruja, coruja o pio acordava, yasa, pupu me seguia, uã uã txu... uã uã txu... uã uã txu... queria falar comigo para eu virar coruja, uã uã txu... mas não eu queria virar coruja, *bacurau canta à noite, bacurau de pena escura, pena marrom-bacurau, canta mais a lua cega,* o bacurau, corujas piam, uã uã txu... mocho, mocho, suindara... uã uã txu... vi um pequeno facho aceso, apurei a vista, uã uã txu... ouvi restolhar de folhas, uã uã txu... galhos quebrando, uã uã txu... asas batendo, pés na terra, leves, fiquei escutando, corujas piam, uã uã txu... vinha alguém, gente silenciosa, mais perto, logo me escondi, uã uã txu... uã uã txu... oh mais, podiam ser os comedores de fígado, podia ser a gente puladora, podia ser o povo dos couros, podia ser a alma da jia, podia ser a alma de avó, podia ser a alma de Xumani, se Xumani estivesse morto, tanto eu chamei por ele, podiam ser todas as almas, os passos vinham mais perto, mais, os comedores de fígado iam me matar e comer meu fígado, pertíssimo, vi, era o avô Apon e seus varões, Apon me viu antes de eu ver Apon, estava mais seus flechadores, pensaram que era uma caça no mato, podia ser um macaco, podia ser um porco, podia ser um veado, podia ser uma cutia, Apon me chamou, Tu, mocinha, tu por que andas no mato escondida, noite dentro? Por que estás tão longe? senti um frio no peito, um frio nas costas, frio na cabeça, Corujinha de olhos grandes! Apon perguntou o que eu andava fazendo ali, escuro dentro, quem brinca à noite, sozinha, vira coruja, uã uã txu... Tu vais virar caboré e vais ficar piando de noite! ele caçoou, os varões riram de mim, Apon disse, És alma braba! Estás te fingindo de gente! antes que ele me matasse, fui me afastando, queria sair na carreira, mas não podia, ia parecer que eu estava com medo, fui devagar, escutando, ouvi o arco a ser armado, arrepiei nos braços, no pescoço, ouvi o estalar da corda, ouvi o zunir da flecha e me joguei no chão, rolei, arcos se armaram, cordas estalaram, outras flechas zuniram, corri, sentia o vento das flechas ao lado de meu ombro, ao lado de minhas ancas, ao lado de minha orelha, uma flecha arranhou meu braço, corri, desapareci no mato, ainda ouvia as risadas dos varões... oã oã oã oã... oã oã oã oã... caminhei caminhei caminhei... oã oã oã oã... oã oã oã oã... uã uã txu... uã uã txu... uã uã txu... oã oã oã oã... oã oã oã oã... uã uã txu... uã uã txu... uã uã txu... oã oã oã oã... irosisi irosisi irosisi... irosisi irosisi irosisi... irosisi irosisi irosisi... uã uã txu... uã uã txu... uã uã txu... uã uã txu... uã uã txu... uã uã txu... oã oã oã... de galho em galho em galho em galho em galho em galho em galho em galho em galho uã uã txu... oã... uã uã txu... uã uã txu... irosisi irosisi irosisi... irosisi irosisi irosisi... uã uã txu... irosisi irosisi irosisi... uã uã txu... em galho em galho, ninguém plantou por isso não nasceu, ninguém plantou por isso não nasceu, em galho em galho uã uã txu... uã uã txu...

hatun xau bin tsamis, seringueiro

Tomei o rumo de casa, mas senti o cheiro de peixe no fogo, a minha boca se encheu de lágrimas, que nem rio, o peixe de avó Idiki, o peixe de mãe Awa, a caça de pai no moquém, tive fome de carne mais uma vez, mais uma vez tive fome de caça, de peixe, escutei um barulho de vozes diferentes, risadas, cheguei perto, vi homens na clareira, uma colocação de seringueiros, seringueiros! eles! eu nunca tinha visto, conhecia o regatão, via os moradores da casa acanoada, ali eles estavam, pertinho, Felizardo mais eles, Felizardo eu conhecia, ele andava na aldeia, negociava com o tuxaua, queria varões para fazer volante, polícia, iam tomar de conta das colocações, mode os caucheiros peruanos não os atacarem, para os nossos varões brabos não atacarem, os cachorros dos seringueiros me viram e vieram esbravejar para mim, mas eu joguei neles um pedaço de pau, eles se foram, ganindo, e se deitaram perto dos seus donos, farejando o cheiro bom do peixe no fogo, vez em quando me olhavam... minha boca cheia de lágrimas... os varões de Felizardo eram dos nossos varões, conheci Sain, conheci Mane Bin, conheci Uma, tão amansados, conheci Tawa, outro eu não conhecia, vestiam roupa de brasileiros e usavam chapéus de brasileiros, uns deles com rifles, outros com arco e flecha, eram a volante de Felizardo, uns com carapuça de pele de maracajá, eles têm armas e atiram sem erro, são acostumados a atirar flechas, a mirar, entonce ali estavam, na pascana dos seringueiros, clareira aberta perto do rio, parecia uma aldeia, porém as casas eram outras, uma casa atrás da outra, casas compridas e pequenas, jarina e caniços, redes estendidas na casa, fora da casa, redes feitas de casca, redes feitas de cipó... da mesma rede... a mesma... a rede que Xumani levou... Xumani apareceu aquele dia com uma rede daquelas, feita de cipó... aquela rede... aquela rede... uma mulher só, entre os homens, uma só mulher, eu não conhecia aquela mulher, não era Pupila, não, a casa ficava entre dois roçados pequenos de milho e feijão, uma rocinha de tabaco e, na barranca, rocinha, perto da casa, panelas grandes com fogo aceso embaixo, dentro das panelas grandes a borracha fervia fazendo barulho, eu me agachei a olhar as panelas, joguei um pedaço de pau numa das panelas, bateu, a panela fez tim-tim, de dentro das panelas saía um tisne perigoso, dizia meu pai, a morte de nossas crianças era causada por aquelas panelas, os cariús acendiam fogo, mas do lado de fora das casas, ficavam sentados em volta do fogo, comiam, estavam na festa da conversa dos homens, eles não iriam me matar, mas iriam me querer, fiquei escondida, eles eram mansos, os brasileiros mansos nos tratam bem, tive vontade de pedir comida, mas senti medo das panelas, medo deles, mesmo sabendo que eram mansos.

kadiwa, brasileiro

Eu era menina quando nossos varões amansaram os brasileiros, uns varões subiram o rio mais brasileiros, não sabemos de onde vieram os brasileiros, no tempo da mãe da mãe da mãe da mãe eles subiram o rio em grandes canoas que empurravam com varas, pararam numa corredeira, amedrontados com as pedras, quem tem medo de pedras? fizeram uma clareira, uma casa, nossa gente se amedrontou, só olhava de longe, nossa gente não tinha machado, nem facas, e nunca tinha visto cachorros, nem as panelas grandes dos brasileiros, que fazem barulho e nunca saem do fogo, que jamais se apaga, eles não têm fogo velho e fogo novo... os nossos varões atiraram nas panelas pedaços de pau, ou flechas, que batiam fazendo um ruído assustador, os varões mais corajosos chegaram perto, queriam as ferramentas dos brasileiros, travaram amizade mais os brasileiros, à beira do rio os varões roçaram para os brasileiros, plantaram macaxeira para os brasileiros, plantaram jerimum para os brasileiros, plantaram feijão para os brasileiros, construíram casas de paus para os brasileiros morarem, num canto alto que não é atingido pelas enchentes, aí os brasileiros, depois que nos avistaram, vieram fazer o bem a nós, disse meu pai o tuxaua, vieram nos estimar, disse meu pai o tuxaua, os brasileiros quando são bons, são porankan, quando são zangados, são timan, disse meu pai o tuxaua, passou, passou... os varões se acostumaram com os brasileiros, nossos varões são amigos dos brasileiros, antigamente nossos varões tiravam a goma de um cauchal, faziam caucho e davam aos brasileiros, agora os varões dão novamente o caucho, mas os brasileiros dizem que o caucho não é uma goma boa, querem a borracha de seringa, tiram a goma com suas tigelinhas, nossos varões ensinaram os brasileiros a encontrar os pés de seringa, ensinaram a caçar, ensinaram sobre os animais, ensinaram sobre os paus, ensinaram onde plantar, o que plantar, como roçar ali, nossos varões sabem seringar, mas os brasileiros ensinaram nossos varões a preparar as estradas, ensinaram um modo de empausar o pau, embandeirar o pau e raspar o pau, ensinaram a cortar a madeira, ensinaram nossos varões a chorar com o enrasco, os brasileiros dão faca, roupa, machado, terçado aos nossos varões, para eles trabalharem, nossos varões tiram goma, caçam para eles, plantam, tiram lenha, tiram legumes, os brasileiros dão presentes para os varões, os brasileiros fazem os nossos varões se alegrarem, quando os brasileiros mandam, nossos varões trabalham, nossos varões se acostumaram com eles, fazem o fabrico da borracha, acendem o fogo, levam o curandeiro nosso para sarar seus males, suas febres, nossos varões gostam da macaxeira cozida, os seringueiros gostam da farinha, eles são o povo da farinha, disse meu pai o tuxaua, Felizardo é do povo da farinha.

atsa dudu, farinha de mandioca

O povo da farinha é seringueiro, sua estrada tem terras firmes, morros, subidas ao longo da estrada de seringa, seus roçados ficam em pé da terra, sua criação na quebrada da terra, sua casa no lombo do morro, o povo da farinha tem uma ruma de terras firmes derradeiras e terras firmes baixas nos terraços de ondas de terra, subidas maneirinhas... tem o tempo do fabrico e o tempo das águas... são tantos os homens brasileiros a seringar, manadas de antas, eles fazem estradas de seringa em seringa e passam o tempo a tirar borracha, colher borracha, juntar borracha, fazer pelas de borracha, seus patrões os açoitam, matam quando eles querem ir embora, empurram nossas aldeias mata dentro, queimam nossas casas, tomam as terras da beira-rio, quando é depois vão embora, disse meu pai o tuxaua, mas as terras passam para outros brasileiros, ou eles deixam suas casas, as matas tomam suas casas, tudo isso o tuxaua sabe, os brasileiros são atacados por peruanos, são atacados por nossa gente braba, por nossos varões brabos, pelos pelejadores de nossa aldeia e de outras aldeias, eles têm os caçadores de nossa gente, têm os matadores de nossa gente, fazem correrias de matar nossa gente, nossos varões pelejam contra seringueiros, seringueiros contra caucheiros peruanos, peruanos contra brasileiros, brasileiros contra caçadores, patrões contra patrões, patrões contra regatões, regatões contra seringueiros e seringueiros contra regatões, matam aldeias inteiras, os varões, eles matam, levam as mulheres novas e as crianças, são correrias de homens para matar nossos varões e levar nossas mulheres novas e nossas crianças, matam os velhos e as velhas, uma grande peleja na mata, aparecem homens mortos na mata, seringueiros, brasileiros, incendeiam os barracões e matam os patrões... os peruanos não moram nas nossas matas, eles chegam, tiram o caucho e vão embora, disse meu pai o tuxaua, os brasileiros moram mais as matas, têm suas aldeias, uma ruma de nomes, aldeia Torre da Lua, aldeia São João, aldeia Iracema, Oriente, Taumaturgo, Triunfo, Flores, Buenos Aires, Fortaleza, Lucânia, Humaitá, Natal, Santa Cruz, Russas, Valparaíso... a grande aldeia dos brasileiros é a aldeia Cruzeiro do Sul, disse meu pai o tuxaua, lá moram os grandes tuxauas brasileiros.

mudu, frágil

Ali na minha frente o avô Apon e os seringueiros estavam em pé, que nem amigos, eles iam pelejar contra os peruanos, para ficar com seus rifles, estavam fazendo tratos, um língua ouvia, era um dos nossos varões que morava mais eles na aldeia dos brasileiros, longíssimo, rio abaixo, entrando por outros rios e rios, assim o língua aprendeu a fala dos brasileiros, ele trocava as palavras deles por nossas palavras, e o avô Apon entendia, avô Apon visitou a aldeia dos cariús, mas não sabe a fala deles, sabe alguma porque ficou pouco tempo, foi só uma visita, ele contava sempre desse passeio, contava como era a aldeia dos brasileiros, a vida deles, o que tinham, óculos, candeeiro, porcelana, urinol, e eu ria, ria... os seringueiros aquela noite deram presentes aos varões do avô Apon, deram facas, deram terçados, deram machados, deram pano, para eles expulsarem os peruanos, os peruanos tinham rifles, avô Apon disse que iam armar suas flechas, disparar contra os peruanos, iam gritar, disparar as flechas, *Meu coração não é igual aos outros, ele é muito bravo, cada coração é diferente e o meu é valente, eu matei duas antas, eu sou perigoso, então, o mesmo eu vou fazer com o homem da espingarda, a espingarda vai baixar, com o arco vou matar, assim falei! Meu coração, diferente!* pegaram os presentes e se foram, fui atrás deles, andei, andei, cansada, fui ficando para trás, eles sumiram na mata, fiquei agachada ali até a amanhecença do dia, noite de sono, noite de frio e dos insetos... quem... quem... foi... ele... dor... miu...

yuna, febre

Titiri titiri titiri titiri wẽ, hutu, hutu, hutu, hutu... eh, eh, eh, eh, eu estava ferida no braço, ainda tenho a marca, esta marca... acordei na mata, deitada na relva, com frio, frio, frio, hutu hutu hutu, eu estava febril, hutu hutu hutu... pamonha, passarim preto, cabeça torta, esfregar a cabeça, gema de ovo, urucum, tracajá, triste, querer bem, contente, sofrer, sequioso, eh eu he ehe ra perdoar, família, doente, meus braços pesados, pernas pesadas, irosisi irosisi irosisi... tentei me levantar, mas fiquei tonta e deitei novamente, hutu hutu hutu... estava quente hutu hutu hutu... tremia de frio hutu hutu hutu... com febre, se alguém não fizesse um remédio para mim, eu morreria, acabaria, as almas me levariam, eu via as almas, uma ou outra, elas pulavam nos galhos, uma ou outra sentava num galho, branca, ria de mim oé oé oé oé... oé oé oé oé... a febre passava quando mãe Awa usava o óleo da copaíba, mas aquela febre não ia passar, eu estava com febre porque tinha deitado os olhos na panela dos brasileiros, não tinha mãe para me defumar com o breu e me desentupir, não tinha mãe para me dar caiçuma, não tinha mãe para me dar sopa de peixe, eu sentia fome, mas queria dormir, hutu hutu hutu... cansada, o dia todo assim, deitada, vendo as almas a saltar de galho em galho em galho oé oé oé oé... oé oé oé oé... oé oé oé oé...

irosisi irosisi irosisi... uã uã txu... não tinha mãe para acender o fogo... que ele... o canto de... um homem, *Você grande anta branca, grande anta prateada que o crepúsculo esconde...* irosisi irosisi irosisi... irosisi irosisi irosisi... oé oé oé oé... oé oé oé oé... veio a noite, eu suava, tremia de frio, não consegui dormir, irosisi irosisi irosisi... escuro dentro, ouvi a suçuarana a esturrar... alma a cantar, *Suas folhas macias inclinam-se para a água, sua boca está coberta de penugem branca, sua boca aberta com a penugem branca que assopra o vento...* irosisi irosisi irosisi... escuro dentro é a barriga da noite, titiri titiri titiri titiri wẽ, corujas piam, uã uã txu... irosisi irosisi irosisi... a sombra de Xumani passou, irosisi irosisi irosisi... oé oé oé oé... oé oé oé oé... sua alma deitou na minha rede, as corujas na jarina, corujas piam, uã uã txu... uã uã txu... uã uã txu... lagarto ei ei ei ei... as abelhas negras na jarina, as aranhas na jarina... voei, virei uma coruja... corujão... awê! awê! awê!

betxima, avistar

Voei na mata, awê! awê! awê! awê! awê! awê! awê! awê! awê! awê! awê! awê! vi Xumani lá embaixo, na casa de avó Idiki, Xumani atirou uma flecha, acertou o meu pé, eu caí, caí, caí, estava na pascana dos seringueiros, eles falavam e eu não entendia, eles riam de mim, eu era uma grande coruja-branca, awê! awê! awê! avoando baixo, baixo avoando pelas clareiras, awê! awê! awê! em volta da pascana dos brasileiros, avoando, eu os via pequeninos, lá embaixo, em volta da fogueira, eles riam, riam, de manhã, hutu hutu hutu, acordei suada e não tinha mãe para me dar mingau, não tinha mãe para apurar milho para mim, eu estava com o sarampo dos brancos da floresta, estava, estava, esperei aparecerem as pintas vermelhas na minha pele, Sarampo mata menina! mas as pintas nunca chegaram, eu só continuava febril, quebrada, eu ia morrer sozinha na mata, com as almas, as almas estavam esperando minha alma sair de mim, as almas esperavam sentadas nos galhos oé oé oé oé... oé oé oé oé... Eu, alma, vou morrer? E a minha alma, alma, também? minha alma ia morar no alto daquele céu, ia sentar nos galhos, a alma não ia ficar vagando, ia para o céu na asa do urubu, não tinha mãe para chamar Sardinha Sol, Sardinha Sol fede tanto, tem os cabelos espinhosos de cuandu, Sardinha Sol todos os dias vasculha a mata caçando cascas de pau, caçando ervas, caçando sementes, caçando cipós, para preparar seus leites, seus pós, suas pastas, a cada dia ele vai mais longe mais longe, atrás de seus trastes, mistura, faz pós, mistura, enfeita o corpo para os rituais, pós, salivas, bastões, braçadeiras, pele de mutum, cantam, titiri titiri titiri titiri wẽ, titiri titiri titiri titiri wẽ, titiri titiri titiri titiri wẽ, cantam as braçadeiras nos braços de Sardinha Sol, Sardinha Sol fica nos lugares consagrados aos grandes acontecimentos, não mora nas partes das famílias, sua casa é o céu, Sardinha Sol fica na parte de facho celeste, viaja, vai procurar almas roubadas, comer as almas, eu não tinha mãe para trazer Sardinha Sol, Sardinha Sol chama espírito lua, Sardinha Sol chama espírito remoinho das águas, Sardinha Sol chama espírito valor da folha de palmeira, Sardinha Sol chama espírito valor da cauda de passarim, Sardinha Sol chama espírito escuridão.

bimi txunyu, corrupião

Yuxin, coberta de suor, eu, sozinha, na mata, Espírito de uma pedra desça em mim! corrupião, Sardinha Sol invoca espírito preguiça, Sardinha Sol invoca espírito peixe-elétrico, Sardinha Sol invoca espírito mulher-tucano, Sardinha Sol invoca espírito macaco-aranha, Sardinha Sol invoca espírito turbilhão, Sardinha Sol invoca espírito mulher banana-da-terra, Sardinha Sol invoca espírito porco-do-mato, Sardinha Sol invoca espírito suçuarana, Eis a onça-preta! Eis que a onça-preta se aproxima! Seu dorso está cercado de manchas claras! As folhas de palmeira dançam! Sardinha Sol dança, imita o espírito folha de palmeira, O pássaro fala pela minha boca! A pena deste pássaro enfeita meus beiços! Eles chegaram! O caminho está aberto! Eles dançam! Trazem folhas delicadas! Os pássaros se ajuntam! Sou a voz do passarim! A casa está balançando! As línguas de penugem branca, Responda! Repita os cantos! Sardinha Sol treme, cai para trás, os braços abertos, suas costas se enchem de insetos, Sardinha Sol canta, O caminho está coberto de penas brancas, eu ia morrer, por isso estava vendo Sardinha Sol, fiquei deitada na mata, fechei os olhos, ia morrer, ia morrer, ia morrer, será se ia morrer? ia não morrer? hutu, hutu, hutu, hutu... estava morta, senhor do frio e da noite, hutu, hutu, hutu, hutu... costuramos todas juntas as peles dos tucanos negros? eu não sabia se estava viva, se estava morta, tudo ali era escuro, escuro dentro eu não dormia, acordava, dormia, morta? delirava, suava, resmungava, respirava, titiri titiri titiri titiri wẽ, morta? minhas orelhas têm cílios de suçuarana, eu tiritava de frio, me encolhia, aa eee, riscar, titiri titiri titiri titiri wẽ... sacudir, água de fogo, boca de fogo, titiri titiri titiri titiri wẽ, corujas piam, uã uã txu... não tinha mais jeito, eu estava quase morta, ia virar coruja, melhor era eu morrer logo, hutu, hutu, hutu... melhor morrerem todos logo, hutu, hutu, hutu... morrer logo, hutu, hutu, hutu... melhor morrer logo, eu queria morrer, fui atrás da andorinha, Espera, sou eu! Estou perdida...

nuya bexma, esvoaçar

Os pirilampos, eu saía na carreira atrás de pirilampos perdidos, escuro dentro, eles entravam, saíam, eu atrás, pegava um pirilampo, outro, soltava os pirilampos, assim brincávamos, uns escapavam de minha mão, a alma dizia, Vão entrar nos teus olhos! Vem dormir! A alma tua já dormiu! eu amarrava um pirilampo perdido para ele acender escuro dentro, de noite piscar e morrer, mas tudo era sonho, eu gostava de esmagar pirilampos nos braços, no escuro, noite dentro, os braços brilhavam... as almas nos galhos, pirilampo, vaga-lume, avoa-avoa, piri piri, sumiu... piscou... vaga-lume... as almas voam no remanso de rio, na noite de lua clara as almas vão buscar o brilho da água, atraídas pelo claro na água mansa, as almas pensam que a luz é sua aldeia, a água mansa é esticada, é clara e brilha, as almas do fundo da água veem a luz no alto, no seu céu, vão ao céu bicar a luz, o céu delas fica no alto da água, elas vão bicar a luz, pensam que a luz é comida, vão atrás dos pica-paus, vão atrás dos mosquitos, atrás dos torom-torom que vão atrás das formigas, atrás dos dançarinos-pererecas, atrás do músico-da-mata, vão atrás das borboletas e comem as borboletas, fica só a mais nova para refazer a aldeia delas, eu nunca soube onde fica a aldeia das almas, se é mesmo no fundo da lagoa, se é no tronco do pau, se é no formigueiro, se elas têm céu, se as almas morrem e suas almas vão morar no céu, piri piri vaga-lume, os bichos da noite voam, oh! tantos, os vaga-lumes, as borboletas riscadas, voam, ai! dormir, sonhar, rios e mais rios cortam a mata, uma ruma de antas caminha rio abaixo, uma cascata alta, do olhar vem a vertigem, muitíssimas aves se banham na espuma das águas, urucuzeiros carregados de frutos se vergam debaixo de muitíssimos macaquinhos, o caminho vai se abrindo, eu caminho quase voando, muito longe fui, minha alma a passear, eu caminhava no meio de almas das pessoas que morreram, almas vinham me agradar e me ofereciam boa comida, ofereciam as deliciosas macaxeiras das almas, ofereciam carne de anta cozida das almas, ofereciam banana diluída das almas, ofereciam banana madura das almas, ofereciam sapotas das almas, que fome, que fome... minha alma andou longe, encontrou outra alma que tinha saído de mim, a alma passou o dedo nas minhas costas, acordei sentindo o dedo da alma correndo nas minhas costas...

baitana, seguir o caminho

Yuxin, agora que me encontraste, o que queres? O que mais queres, Yuxin? Quero o longe! Tu, tu queres o longe? Sim, conheço o perto, quero o longe! O longe? Sim, o longe, o que vejo do alto dos paus! longe, longe, longe, Tu, tu, alma, tu me dás o longe? Tu, Yuxin queres conhecer o longe? o longe, o longe, o longe, o longe, o longe, o longe, o longe... mais longe... ainda mais... Tu, alma, onde moras? Moras em tua casa? tu tu tu tu... alma... Moras nas fruteiras? Tu, tu moras nas águas? Longe? Moras longe? tu tu tu tu... tu tu tu tu... Yuxin, tu, tu, vem morar nas águas! vem, vem... tu tu tu tu... águas frias, não quero morar nas águas frias, lágrimas frias das almas, tu tu tu tu tu tu... Yuxin, eu vou te amolecer! Não! Vem morar comigo nas águas, Yuxin, vem, Ba! Ba! Não! tututututu Yuxin Yuxin Yuxin, tu tu tu tu... reque, reque, reque... vaga-lume vem atrás, mora nas bananeiras, se está ventando, as almas choram, os filhos nossos choram, Nós almas choramos! Tu podes encantar as almas com gomos de jarina! as almas arrancam gomos espinhentos de brejaúba, as almas açoitam com espinhos de brejaúba, em noites de vento, em noites frias, Não apagues a borracha, Yuxin! Não apagues! Vou te amarrar, Yuxin! nas águas, né? né? cabelos nas águas, né? joelhos na testa, hutu hutu hutu hutu... tu tu tu tu... cuií-cuiú, reque,

reque, reque… na testa, né? né? né? né? né? né? né? cuií-cuiú, cuií-cuiú, ru, ru, ru… dançaremos, Tu, tu, tu dormes comigo, Durmo não! ru, ru, ru… hutu hutu hutu hutu… Falas mentiras, encantas minha fala, né? tu tu tu tu… Falando estou adoidada, né? Alma, tu, tu fazes legumes? Faço, né? Tu, tu plantas os paus? Planto, né? Mal àqueles fazes? Faço, né? Fazes roçado, alma? Faço, né? Mariscas? Marisco, né? Tu, tu Yarina, sabes? Tu sabes? Mal àqueles fazes, Tu matas nossos varões? Matas? os varões gritam, as almas se amedrontam, ficamos longe… longe… As almas têm medo? longe… longe… longe… Eu, alma, tenho medo! Eu te darei o longe, eu te mostrarei o longe, Yuxin, Yuxin Yuxin, mas terás de atravessar águas, muitas águas, águas distantes, águas revoltas, águas sujas, águas turvas, águas toldadas, águas barrentas, águas trevosas, águas impuras, águas inquinadas, águas reimosas, águas perigosas, águas encarnadas, longe, o longe, Tens medo, foges? Fujo! o longe, o longe, o longe, o longe, o longe, Alma, de longe és muito peluda, de perto não és peluda, longe, longe, longe, longe.

bake uma, sem filho

Mutuns machos cantam para atrair fêmeas, titiri titiri titiri titiri wẽ, cantam de noite titiri titiri titiri titiri wẽ, e de manhã titiri titiri titiri titiri wẽ, suas lamúrias, juruvas cantam de manhã, hutu hutu hutu, as folhas das palmeiras farfalham... fui mata dentro, sozinha, como ariramba da mata pura, chorava, esquecida de tudo, esquecida de cozinhar, esquecida de tecer, esquecida de varrer, esquecida de cantar, só cantava baixinho, escuro dentro, sem falar, cantava com a boca fechada, fazia hum... hum... mata dentro passava tardes sozinha, eu não estava feliz, não era mais feliz, não falava, só conversava com as almas, Para onde irei, porventura? se virasse tamanduá poderia comer formigas tracuás, poderia comer cupim, poderia comer formiga trocandira, poderia comer taxi, poderia comer formiga amarela, poderia comer, lagarto grita ei ei ei ei, eu não cozinhava, não queria mais plantar milho, não havia mais roçado, fiquei assim uma ruma de dias, sentia fome, comia só frutas, não tinha mingau, não tinha milho, não tinha caça, não tinha peixe, só peixinhos que eu tirava do remanso, tirava ovos pequenos, muquinhava um jabuti pequeno, tsino, tsine... caçava mel, caça pequena, uma cutiazinha, um quatipuru, eu comia caça, ouvia no vento a gaita de Xumani, ele sabia tocar bonitito, longo, eu escutava e chorava, ia caminho dentro chorando, lembrança do milho, lembrança do mingau, lembrança da macaxeira cozida, lembrança da banana, lembrança da banana-roxa, lembrança da bebida de banana, lembrança do cará, lembrança do inhame, lembrança da caça, lembrança da mãe, a comida boa, lembrança da avó, lembrança do filho, meu filho meu filho meu filho...

uitian, tempo de chuva

O céu em sombras, a tempestade de fim de dia se levantava, nuvens pesadas e negras subiram para o céu, aqui o ar ficou parado, pesado, úmido, um ruído ali, ruído acolá, água caindo, perfume de terra, gotas pequenas, leves, as mulheres entram em casa quando chove, ficam até parar a chuva, trançam, tecem, os homens saem para caçar, chuva é tempo bom de caça, as folhas não fazem zoada quando pisamos nelas... primeiras chuvas, tempo de voltar para casa, tempo de deixar tapiri, tempo de alimpar roçado... a zoada foi crescendo, uma brisa agitou as folhas dos paus e sussurrava nas bananeiras, aumentou, cantou nos paus que nem muitíssimas almas cantando, despencaram gotas grossas ainda poucas que escorriam nas palhas, nas folhas, no chão, botei um alguidar de cuia para colher a chuva, Japuçá! Japuçá! a ventania forte começou, os paus balançavam, troncos se vergavam como se fossem finos, galhos eram atirados longe, por toda parte eu escutava estalos, desabamentos, trovões, caiu um raio, um velho pau morto arriou com um estrondo, o chão tremeu, chegaram as grandes águas, os rios eram rios das chuvas, engrossavam, carregavam galhos e troncos, o vento assoprou ainda mais forte, dobrava os galhos no alto dos paus, as gotas caíam, cada vez mais perto umas das outras, a água caiu em torrentes, os raios rasgaram a sombra das nuvens, os pássaros trombetas agamis das criações, em cima de suas patas altas, andavam metendo as patas nas poças d'água, e se agachavam, batiam as asas nas poças, gritavam, tão alto e fino, pareciam rasgar o céu... choveu de dia, escuro dentro choveu, a noite toda choveu, escutei a água que escorria, a água que nem um rio, Japuçá! Japuçá! Japuçá! Japuçá! Japuçá! Japuçá! a noite demorou a terminar, a chuva ainda caiu pela manhã, uma chuva medonha, a chuva ia alagando, inverno, passarim katsinarite ria, alegre, tara-tará-tará! tara-tará-tará! o chão alagado, eu não podia ir a nenhum lugar, ficava agachada, encolhida, tara-tará-tará! tara-tará-tará! Japuçá! Japuçá! Japuçá! Japuçá! Japuçá! o céu se quebrou, veio abaixo, o relâmpago se quebrou, pestanejou, o céu trovejou sua voz, tara-tará-tará! tara-tará-tará! tara-tará-tará! tara-tará-tará! a palmeira despencou, a alagação ia apodrecer a floresta, o cupim subiu na guaiabeira, ali ficou, tara-tará-tará! tara-tará-tará! tara-tará-tará! tara-tará-tará! o rio queria pegar o macacão parauacu-grande, mas só molhou seus pés.

unpax, água

Chovia, e mais chovia, subi no morro mais alto, levei envira, debaixo de chuva fui para o alto do morro, sem rede, sem faca, a mata infestada de meruins, andei para um lugar alto onde o rio não chegava, construí abrigo, cortei arbustos com as mãos, com os pés, cortei cipó com os dentes, rachei lenha golpeando a madeira na terra, batendo os paus em troncos pesados, mas tudo estava molhado e não pegava fogo, demorava a pegar fogo, um fogo fumacento que logo se apagava, Buni, eu tinha de assoprar até ficar tonta, dobrava folhas ao meio para avivar o fogo, pouco adiantava, apagava, eu tentava reavivar o fogo, morava num tapiri frio e molhado, Buni, de três paus, eu via lá embaixo a água do rio a subir, não tinha nada de bom para comer, errava debaixo da chuva caçando frutos, tinha de me contentar com animais indignos, crus, passei aquelas noites sem rede, sem ninguém para me esquentar, um perto do outro, tão pequenino era o tapiri, e eu coberta de lama, esgotada, morta de fome, minha pele manchada de mordidas, as pernas e os pés sangravam, Buni, rasgados por espinhos, dias passaram naquela ilha, eu morria de fome, estava magra, magra, magra, a chuva não parava naquela ilha, chuva comprida naquela ilha, o rio se enchia de mais água, a terra mais alagada, só fazia chover, dia chover e noite chover, a chuva comia as calhas, a chuva comia os barrancos, os barrancos desabavam, desabou o barranco onde eu estava, gritei, pedi ajuda, chamei as canoas do rio, Eê! Eê! Eê! Eê! Eê! Eê! mas a canoa não chegava nunca, eu precisava me segurar num galho, mas não tinha muito tempo, a água chegava ao alto do morro, uns bichos saíram nadando que nem os gatos, uns não sabiam nadar, afundaram, uns foram arrastados pela água, a água levou bichos pequenos, levou bichos grandes, o gato nadava, mas a água levou o gato para longe, a chuva cobriu os dois rios, cobriu a terra, as matas todas, as caças, os rios se encheram de lama, cobriram até algumas matas alterosas, eu só via as copas dos paus mais altos, alagação, alagação...

ui ketxu, aguaceiro

Agarrada num tronco, nos paus, nos galhos... os trepadores de pau trepavam nos paus mais altos, mas os trepadores não a banda baixa do rio cobria, rio dentro, uns vivos, uns a morrer, uns agarrados nos paus, mas o rio os cobriu, a água arrastava e sorvia, uns viraram cupins, morreram, uns viraram macacos, saltaram, uns viraram peixes, afundaram, eu nem esperava mais, parecia um sonho, a casa acanoada apareceu, um sonho, veio batendo pelos paus, longe, gritei, eles apitaram, gritei de novo, eles me viram e mandaram uma canoa pequena me buscar, abanavam as mãos, gritavam, a canoa chegou perto, demorou, demorou, eu queria nadar até a canoa, mas a água estava forte demais, quase eu não via nada, meus braços tremiam, os galhos me arranhavam, eu engolia água, meu nariz ardia quando a lama entrava, eu mal podia respirar, brasileiro me chamava, cariú me chamava, Eê! Eê! chamava, Eê! fui arrastada, mas fiz força, agarrei um cipó, a canoinha veio, desceu, chegou perto, um cariú esticou o braço e me deu a mão, ele me puxou canoa dentro e me levou até a casa acanoada, eu olhava lá longe e via o branco da água, brasileiros procuraram outras gentes, entraram pelos galheiros, vasculharam, desapareceram na neblina da chuva, bacurau-branco, tuviu, tuviu... esperamos, eles demoraram, os brasileiros voltaram, não acharam ninguém, nunca mais, nada de ninguém, nadinha, nada de gente... alagação... as almas... nos... mandaram... as almas nos mandaram... calor... as almas nos mandaram relâmpagos, as almas nos mandaram águas, as almas nos mandaram... as águas flutuavam... no céu, buiavam no rio celeste... as águas... buiavam no céu, no céu... as estrelas do inverno, as estrelas... das... enchentes... nenhuma... estrela da vaza...

haxpawaii, alagar

Morte arranca, carrega, leva a alma também, nós não moramos com a água, queremos terra firme, sempre assim, nunca nossa gente queria morar com a água, nossas casas nunca foram na água, os barcos moram nos rios, o rio nos leva, a terra não nos leva, a terra é firme, não afundamos na terra, nossa casa não anda, a casa acanoada anda na flor da água, vapor briga com o rio... Tuxinin, primo de Bude, estava na casa acanoada, o tuxaua da casa acanoada é capitão, seu outro nome era Andere, a casa acanoada seguia na flor da água, eu não estava feliz, arranhada, coberta de lama, feridas e pancadas pelo corpo, doída, mas estava gostando de andar na casa acanoada, o capitão Andere era quem mandava nos brasileiros, mandava, obedeciam, era tuxaua, ele olhava a tronqueira, paus batiam na barriga da casa acanoada, o barulho que fazia a pancada era grande, os brasileiros saíam na carreira de um lado a outro, com varas eles empurravam os troncos para não baterem no casco, afastavam os paus grandes que vinham na corrente, numas corredeiras a água cobria o chão da casa acanoada, a minha roupa pesada, toda rasgada, o rio pegou a anta, o rio pegou o veado, o rio pegou o porco, o rio pegou as cutias, o rio pegou os bichos todos, os bichos que o rio pegou, morreram, rio dentro, o rio pegou a anta, levou, vi a anta solta, o rio arrastando, anta é inteligente não, só come capim, o rio pegou o veado, rio dentro ele foi, o veado grande foi pela água, veado não sabe nadar, o rio o levou, o rio pegou o porco grande da terra, vi o rio levar o porco água abaixo, o rio fez do porco um estúpido e chorei por ele, o bravo porco, o rio pegou, o rio avexado puxava, acochava, fazia subir, fazia arriar, fazia afundar, o rio pegou o gato, arrastou, se ele me pegasse, eu morria, eu gostava de terra firme, gosto de terra firme, o rio pode me matar, pode matar toda a gente, rio cheio não pega a casa acanoada, ela vai à flor da água, bate ali, bate acolá, vai, os brasileiros são moles, caem no chão, nossa gente não cai... o rio cheio eu olhava, sem parar de olhar, meu peito escorregava por um frio, o rio feito de voltas e estirões, nas voltas o chão da casa acanoada tremia, eu sentia que nem fosse cair, meus pés se agarravam no chão, mas era liso, segurei na beira, enjoada, vomitei, vomitei, ah delícia boa, nos estirões uns paus quebrados, a água avexada, peixes mortos, macacos nos galhos, kwéék! kwéék! kwéék! kwéék! paus grandes caíam, passavam animais pequeninos, aranhas, formigas, quatipurus que buiavam, os peixinhos tontos, uns fugiam, outros desciam, no chão do rio as águas são mansas e nem sabem o que se passa no céu do rio, o bodó tontinho, samoatá tontinho, carauaçu tontinho, tontinho o caititu, tontinho um jabuti, os macacos caiarara tontos num pau, eles nem comiam o ingá-de-macaco como gostam, com medo, o medo é maior que a fome, as preguiças paradinhas, tontinhas, sem isso, aquilo, sem nada, para longe de tudo, sozinha, ia para a lonjura, nem amanhã, nem manhã, nem antemanhã, nem nada...

xabakidanaya, antemanhã

A casa acanoada rumou até Redenção, passou, passou Revisão, passou Transwaar, passou Sorocaba, passou Fortaleza, passou Bom Jardim, passou o Bonfim, passou Boa Vista, passou Duas Nações, passou a Moema, passou Massapé e Restauração, passou as Lagoas, passou Tabocal, passou o Goyaz, e Pelotas passou, cada aldeia cariú tinha muitas casas, gente, igreja, casa de farinha, no caminho, às beiradas do rio, as pessoas olhavam nossa passagem, não era mais eu quem olhava, a casa acanoada parou, desceu gente, subiu gente, entrou gente, saiu gente, o capitão não me deixava descer, subia gente, descia gente e eu ficava na casa acanoada, enjoada, queria pisar na terra firme, o capitão não deixava eu descer, ia me entregar ao padre, o padre era quem ia tomar de conta de mim, e ninguém mais, ou eu ia virar sujeitada, ou mulher da noite... morava entre as folhas de chuva a aldeia dos brasileiros, Redenção, casas na beira do rio, no comprido da margem, numa parte alta, em cima do barranco, a água do rio não chegava lá, a casa de farinha, a casa de escola, a casa de igreja, casa alta no meio, de paus, um chapéu pequeno, um terreiro, uns paus cruzados, a casa do tuxaua deles, em volta as plantações deles, a casa acanoada encostou na lama da beira de um barranco, o rio quase se igualava com a aldeia deles, água e lama pelo terreiro, as casas tinham pernas, levantavam da água por sobre paus, o tuxaua deles veio ver a casa acanoada, o tuxaua dos brasileiros era o padre Chardin, oui, non, monsieur, mon Dieu, coberto de noite, ficava embaixo de um chapéu grande e escuro-noite, molhado debaixo daquele chapéu... saia que nem a noite escura, encarnado não... brasileiros levantaram um pau esticado, fizeram uma travessia da casa acanoada para o barranco, terra firme, mas aquela terra parecia que ia desabar, afundava os pés, quase não havia terra, ali eu não morava, tremia, só barrancos, o padre deles sabia um pouco da minha fala, perguntou meu nome, perguntou minha aldeia, perguntou meu tuxaua, eu disse, Hantxa huni kuin...

yume buxka, novelo

A gente dos brasileiros morava numa casa, em outra casa, outra, outra, outra, as mulheres também, as saias das brasileiras são altas, vão ao pescoço, de cores que nem frutas maduras, ou vestidas da noite também, não têm encarnado que nem este kene, nem azul-anil que nem este kene, nem riscas azuis ou encarnadas, que nem este kene, nem bordado, bordar bordar bordar... acabou o novelo azul... Buni! Tens um novelo azul? outro aqui... um para ali, um para acolá, cada um de um lado, assim, puxa, acocha o ponto, puxa, acocha, bordar bordar bordar... sepi medesua, espinho de planta, tem xapu buxe algodoeiro, flor de algodoeiro xapu buxe o algodoeiro, um para ali um para acolá, cada um de um lado, assim, puxa, acocha o ponto, puxa, acocha, O que disseste, Buni? Vamos bordar? Ah, todo tipo de bordado, tem awa bena, as borboletas deitadas de asas abertas, assim, assim, aqui asa de borboleta, Aquele bordado ali é de borboleta deitada, titiri titiri titiri titiri wẽ... hutu, hutu, hutu, hutu... Ah não, Buni, não estou vendo Tijuaçu... Xumani há de voltar... Xumani sempre voltou, sempre foi e sempre voltou, há de voltar, Xumani está demorando tanto, e se as almas mataram Xumani? inu tae txede bedu, a pata da onça e aqui olho de periquito pequenininho, olho de periquito, inu tae txede bedu, oui, as saias das cariús são sozinhas, sem luz, dormem pretas, as cariús não têm colares, as cariús não têm braceletes, as cariús não têm narigueiras, as cariús não têm caneleiras, as cariús não têm asas, as cariús não têm bico, as cariús não se enfeitam, as cariús só comem farinha, as cariús são pobres, senti dó das brasileiras, aquelas, diferentes das brasileiras da casa acanoada, de luvas, leque, no tempo da mãe da mãe... naquela Redenção elas eram tão pobres, as cariús me olhavam por umas aberturas pequenas e altas, mas eu não ria delas, das suas casas ou das suas roupas, as cariús não vinham me oferecer comida, nem rede, as cariús não queriam conversar, nem dar presentes, ficavam olhando para mim, eu ficava olhando para elas, umas eram gente das matas, muitas, quase todas, só as irmãs não eram gente das matas... não entrei em suas casas, elas deviam passar fome, de tanta pobreza, nada para oferecer... a casa grande do padre era casa da igreja, o padre tinha os cabelos em roda, oui, brancos de nuvem, diziam Chardin, padre, oui, o padre entrou na sua casa e ajoelhou num joelho só, oui, uma casa enganchada na igreja, oui... fui atrás, padre falou com o tuxaua do barco, falaram sem se abraçar, fizeram uma conversa, oui, oui, oui, conversa não é só um pedacinho, trazem a fala, falam, dão as notícias, trazem de longe a fala, vem dali, de acolá, eu escutava a fala dos tuxauas cariús, falavam de minha gente...

mestebu, velho

O padre, quando falava, todos ouviam, ele falava também uma língua que eu não entendia, oui, da nossa língua o que ele falava umas partes eu entendia, outras, não, oui oui, ele falava a nossa língua, mas quando nossa gente não entendia outro brasileiro falava a nossa língua, oui, falava a deles, eu entendia, ou não entendia, oui, o padre quando falava uma palavra era para o bem de nosso povo, para o bem de nossas almas, não bastava crer no coração, e onde ficava o coração, aqui, aqui, virado assim, ali estava o padre para acolher, abrigar, amar, e a nossas almas salvar, o pai dele era pai de todos, que nem o Pai Velho, o pai dos brasileiros não teve princípio nem fim, sempre da mesma maneira, haveria de ser o mesmo, depois de depois de depois de depois, não estava apenas em um canto, não havia canto neste mundo em que ele não estivesse com os seus olhos postos sobre todos, mesmo sobre o povo verdadeiro, ele não tinha corpo e a gente só o via quando morria, não era feito as almas, não era feito o trovão, mas ele via tudo, foi ele quem criou o mundo, disse o padre, ele alumiou o mundo mais suas luzes, disse o padre, e criou o mundo para todos nós, disse o padre, e para que os nossos povos lhe fizessem a vontade, nosso Pai Velho também é gente do céu… o pai do padre foi quem nos criou, porém se ele mandava e não obedecíamos, ele nos matava, ele é bom para também sermos bons com ele, se nos zangamos com ele, ele se zanga também, ele matou os velhos bons e tem saudades deles, quando o céu revirou o céu, o rio virou uma lagoa grande, Pai Velho fez a lagoa grande, fez a garça e soltou a garça na lagoa grande, quando o Pai Velho manda a garça, chove, se a garça tira o pé da água, chove, se fazemos guerra, morremos, se morremos, choramos, se choramos, as gentes do céu vêm ver, se não veem, voltam para o céu dentro... uma alma veio do céu e estava me olhando, do alto do pau, tinha virado cambaxirra, dali ela me olhava e me fazia chorar.

unanemas yui, maluco

Mulher de padre veste roupa como a do padre, cor da noite, as duas mulheres do padre lavaram as minhas feridas, nada de comida... eu queria mariscar no igarapezinho, ainda chovia... o padre ia me batizar, para eu subir ao céu deles, se eu morresse sem me batizar, minha alma não iria para o céu deles, na casa dos brasileiros era assim, na minha casa todos vão para o céu, as almas dos que não morreram e as almas dos que morreram, todas as almas moram no céu, elas vêm nos visitar, mas moram no céu... as mulheres do padre me deram farinha ruim, mas quando foi depois me acostumei... eu dormia numa esteira... a casa dos cariús era de paus, eles usavam pau de itaúba, pau de jacareúba, usavam o pau de cauixe, usavam pau de louro-chumbo, usavam pau de marupá, usavam pau de acapu, e usavam pau de tento, pau de louro-inamuí, e pau de capinuri, o chão das casas eles faziam de tronco de açaizeiro ou de paxiúba-barriguda, cobriam as casas com caraná, mas também com bacaba, com murumuru, com ubim, com patoá, a casa deles, uma casa repartida que nem de abelha, um lugar para dormir, um lugar para cozinhar, um trapiche, janelas dando para o igarapé, mosquitos, em volta da casa nada de terra arenosa, terra boa de plantar, quase só barro liguento, um pequeno bananal ali perto, e um mamoeiro tão triste que nem botava frutos, e uns pés de milho a casa do padre era boa de morar, chão liso, bacia no trapiche, casa alta com escada, eu deitava no chão da casa e ficava sentindo nas costas o tremer do soalho, quando o padre andava de um lado para outro, os pés dele tong tong tong... um pouco de lenha, um lugar para fogo e cozinhar, umas panelas brilhantes, umas de barro, um pote de barro com água, um cacho de bananas verdes, camburão de água, o padre era limpo, os trastes arrumados bonito, pratos limpos, limpinho dentro da casa, nas traves da casa uns panos limpos... a irmã me mandou lavar roupas, lavei, mandou varrer, varri, varri a casa e o terreirinho em volta, mandou coivarar, fiz queimada de folhas secas, coivarei, mandou limpar, limpei, mandou lavar, lavei, mandou encher, enchi o camburão com água fresca, mandou lavar as panelas, lavei as panelas, mandou lavar a minha roupa, a minha roupa eu lavei, tirei a lama, lavei meus cabelos, lavei as panelas, mandou fazer esteira nova para mim, para sentar, para ficar no trapiche a olhar, mandou plantar milho, arrumei uma espiga de milho, fiz sementes e plantei, mandou limpar o terreiro, arranquei o mato do terreirinho, varri, varri, mandou fazer varal, fiz varal de madeira para secar carne de caça, mandou pegar coités, peguei coités, mandou pegar frutas, peguei frutas, mandou plantar, plantei, plantei jerimum, feijão, mandioca, mandou fazer trilha, fiz trilha até o igarapé, o padre resmungava a fala dele... fiz um tapirizinho para me esconder, para quando quisesse ficar sozinha, e quando era o dia do descanso, eu ficava sozinha, andava sozinha, dormia sozinha, comia sozinha, tudo sozinha, que nem uma arara viúva, mas não retornava ao bando, gostava de estar sozinha, falava sozinha, comia sozinha, dormia sozinha.

mantudu, tonsura

Naquela casa eu morava, tapiri de paus, pequena e escura, aquele lugar para cozinhar, eu acendia com galhos, saía tisne dos galhos, o padre dava carvão, dava fósforos, rede, esteira no chão, só, não tinha manta, não tinha adornos, não tinha ramas, uma pequena canoa de um tronco só, para fazer a canoa eles cavavam o tronco e com fogo a madeira ia se abrindo, depois breavam com resina de anani misturada ao leite de sorveira, ou de tururi-vermelho, fiz um remo de carapanaúba e o pintei com cumatê, ainda eu tinha medo da água, de entrar no rio, mas aprendi a remar, o padre me ensinou, o padre ia me ver, levava presente, farinha, farinha, farinha, perguntava do que eu queria, comida, panelinha de mangará de banana, Padre, que delícia boa! panelinha de verduras torradas no óleo, Padre, que comida boa! chibé, Oh que delícia! potinho de vinho patoá, gemada arabu, que o padre tirava na casa das irmãs, ou, em vez de comer, guardava para mim, quando o padre não ia me ver e eu não pescava nada eu tomava leite de cocão, comia tapuru de cocão tostado, bananas, eu lavava roupa, lavava panela, lavava, lavava, lavava, depois ficava doente na rede, não falava nada, só falava de noite mais a alma de minha avó em meu dedo, de manhã levantava, olhava pela janela, o padre me mandava comprar feijão, óleo, eu saía remando na canoa, voltava com farinha puba, açúcar, misturava a farinha com açúcar e água e cozinhava, tinha uma panela dessas que brilham, uma tigela, uma colher, caneca, prato, a panela brilhante era a causa de meus sonhos ruins, eu não sabia, o padre levava para mim um peixe aqui, outro ali, um macaco, um ovo, uma curica, uma maitaca, um papagaio-moleiro, uma jia, eu mal comia, emagrecia, ficava amarelinha, não saía de casa para olhar a mata, nem subia mais nos paus, eu estava na lonjura, e a lonjura era aquilo, a lonjura entonce era ainda mais longe, ainda não era ali, eu não conhecia as locas, os remansos, levei uma esporada doida do curimatã, quase morri, fui desferrar um peixinho do anzol e me cortei, quase morri, ali mudava o rumo das virações das águas, tudo era esquisito para mim, aquele dia eu saí, demorei, passei o dia todo fora de casa sem dar conta de onde estava, o padre ficou doido, temendo que eu tivesse fugido, ou tinha sido roubada, ou ido embora para sempre...

unanismapa, tolo

Aquele dia que sumi o padre brigou, ficou zangado, tão tolo, fui olhar os bichos e os paus da mata na aldeia dos brasileiros, ver o que o cariú tem nas suas matas, tem inajá, tem javari, tem açafroa, tem mapatirana que gosta de terra firme, tem balseira, tem urucurana, tem caneleira, tem uma palmeira que é pará, tem arumã, tem o pau azul cicantã, tem carapanaúba, tem acapurana, tem tururi-vermelho, tem caripé, tem limorana, tem cipó-titica, tem cipó-vambé, tem cipó-chato, tem cipó-de-taracuá, tem nanarana, tem manixi, tem uixi, tem frutos, também, que nem os frutos da nossa mata, tem macambo, tem cajurana, tem pamá-graúdo, tem pitiá, tem manixi, tem tacuari, tem cacauzinho, tem cabeça-de-arara, tem umarirana, tem focinho-de-quati, tem mão-de-onça, tem mapati-do-mato, moram almas nas fruteiras dos cariús, as almas ali têm caças e passarins, têm sabiá-preto, têm gavião-panema, têm japiim-guaxe, têm arapaçu, têm uiraçu, têm urumutum, têm mãe-da-lua-vermelha, têm tapirucu, têm japuaçu, têm saí-amarelo, têm pitiguari, têm tié-da-mata, têm anambé-una, têm cotinga-azul, têm maria-irré, têm amassa-barro, têm chororó negro, têm juruva ruiva, têm capitão-verde, têm tabaco-bom, juriti-pupu, têm biguatinga, têm o tanatau, têm urubu-rei, têm caracoleiro, têm jacamim-branco, têm maçariquinho, têm arara-canga, têm coruja-preta... numa piranheira eu subi, encontrei ninho de caba, casa de formiga tapiú, ninho de japó, formiga de fogo, jaquirana, o pau do mapati estava com cabas e abelhas, era tudo manso, era tudo brabo e manso, encontrei uma ruma de pau podre com água da chuva, cuandus, curicas bebiam água ali, uma ruma de troncos de palmeiras caídas com a chuva, onde se criava muxiuá, pica-pau ia comer, quati ia comer, pombos comiam pamá, mergulhão buscava peixe nas águas, corujas nos ocos dos paus esperavam a noite, camaleões nas folhas da embaúba, eu vi macaco-boca-branca, eu vi macaco-barrigudo, eu vi macaco-de-cheiro, tudo isso eu vi, uma ruma de paus, de bichos, colhi folhas, chamei os tucanos, olhava um periquito-testinha, tirava penas, tirava sementes, tirava taboca, colhi fios para fazer mariquinho para mim, eu devia guardar os novos adornos, o longe não tem fim, o longe leva ao longe que leva ao longe que leva ao longe, a lonjura mora em todos os lados... fiquei olhando a chuva pela janela... de noite o padre apareceu, eu estava fria como quem fosse morrer, toda molhada, o padre deu comida, levou uma coberta, no outro dia ele não apareceu, esperei olhando pela janela que nem as crianças brasileiras, esperei a noite negrejar, os sonhos têm duas entradas, uma por aqui, uma por acolá, de noite na mata dos cariús canta a aricana, é assim... assim...

buna, mel

Padre me deu outro nome, Madia, quando me chamava Madia, era para conquistar meu coração, bom, Madia, docinha, ele me dava rapadura, rapadura tão doce, docinha, mais que sapota... docinha... sapota eu não queria mais, queria rapadura tão docinha, mais doce que açúcar gramixó, mais doce que açúcar, mais doce que garapa, mel de rapadura, que delícia boa! doía nos dentes, docinha, docinha, Madia, Madia, Madia, docinha, padre chamava para a merenda, bom... bom... docinha... docinha... as crianças iam, as mocinhas, eu ia, Madia, Madia, Madia, ganhava rapadura, docinha, ele falava, Madia! Come! bom... bom... eu comia a rapadura, doce, docinha que nem polpa de pariri, doce como nenhuma fruta, quase doía na boca, trincava os dentes, feria a língua, mas tão doce, tão boa, tão gostosa, eu perdia as forças nos joelhos e caía no chão... Madia, Madia, Madia, bom, bom... todos os dias pela manhã eu ia esperar o padre acordar, na entrada de sua casa, para ele me dar rapadura, eu ficava em pé, esperando, bom... bom... ele me dava e enquanto eu comia ele contava a história de seu pai que também morava no céu, o nome verdadeiro dele, o outro nome dele, o outro nome dele, bom, bom, a mãe dele era Madia... bom, bom, Madia, Madia, bom, bom, Madia, Madia, bom, bom, Madia, Madia, o padre me ensinava a fala dos brasileiros, abraço, orelha, pai, rosto, ele apontava e dizia, Cabelo branco! dizia, Sombra! tartaruga, terra, menina, irmã, Pupila, onde está minha irmã? onde está Pupila? ouço a voz de Pupila cantando, mas é o vento, apenas... este bordado kene vou dar a minha irmã, quando ela voltar amanhã, amanhã de amanhã... lábio da boca, língua, jogar fora, eu, Madiadan, Eu sou Madia! Eu Madia índia sou! Eu Madia meu pai e minha mãe amo! Eu Madia pecar não! Non, non, non, non... Pai Nosso que estais no céu! mon Dieu, aonde ia o padre, as crianças iam atrás pedindo rapadura, queriam moedas, queriam dinheiro.

netsui, secar

Os sapos-canoeiros cantaram forte, avisando que viria céu azul, vinha o tempo de terreiro seco, tempo de comida abundante, tempo de viagens, onde estava meu pai? tempo de coleta de ovos, tempo de caiçuma, de preparar roçado, onde estava meu pai? tempo de tapiri, tempo de águas limpas, tempo de peixes, tempo de viagens e visitas, acabavam as madrugadas frias, as friagens, onde estava meu pai? os rios ficando rasos, tempo de praias, mutamba florescendo, mutamba desaparecendo com o brotar da flor do taxi, nasciam os bacorins de tucano, fim do tempo de chuvas, flor do taxi, flor do taxi, o céu clareou, a chuva parava aos poucos, os trovões se afastaram, acima dos paus pousava o arco-íris, estrangeiros, em torno das casas da aldeia dos brasileiros as bananeiras estavam estiradas no chão, muitos dos paus tinham se transformado em restos de galhos, palmeiras aos pedaços, paus fendiam a terra, eu nem podia caminhar na mata, só pulava, tantos os galhos atravessados ali e acolá, tantos os cipós emaranhados pelos ventos ali e acolá, paus ainda estalavam e caíam, o rio secava pouco a pouco, a aldeia dos brasileiros se enxugava devagar, descia a água, o sol deitava a sua quentura e secava a água, água chorava, descia e virava lama, lama chorava e virava pó, a mata encarnada de lama, folhas enlameadas, paus enlameados, uma ruma de galhos quebrados para todo lado, a brisa a assoprar, assoprar, a mata não tinha mais pacas, não tinha mais antas, não tinha mais veados, não tinha mais porcos, não tinha mais gatos, flor do taxi, flor do taxi, pai, pai, no céu ainda a estrela mostrava cabelo de algodão, estrela mulher que anunciava o frio, estrela fria gelada, pai, nascida de manhã antes da manhã, vinha o frio, vinha a sombra da suçuarana.

hau hau iki, uivar

Ah aves de agouro, a alma de avó Mananan saiu da caligem, na amanhecença veio da terra nemorosa de flores e neblinas, veio do enxame de almas, Mananan, Mananan, a alma de avó Mananan pediu para eu abrir a porta, Mananan, Mananan, a alma de avó Mananan queria entrar em minha casa, mas não abri, a alma rodeou a casa, chorando, a alma de avó Mananan parou de chorar, limpou as lágrimas com seus cabelos, a alma de avó Mananan disse, Minha neta, abre a casa! Só para eu tirar os teus trens! Quero teus trastes! queria os açafates, não abri e a alma voltou a chamar, tive medo, Deixe de arenga, minha avó! será se me encanta a alma porventura? eu queria gritar, Minha avó! Tu, em que me encantar vais? mas a voz não saía, tentei novamente, não saía, mas a alma de avó Mananan respondeu, Este meu sangue encantar! Estes meus olhos encantar! Esta minha cabeça encantar! Minha neta, eu quando encantei o sangue fiz o varadouro dos estrangeiros! Porém teus olhos também vou encantar! Tu, avó, o que serás, porventura? ela queria ser legumes para que eu os comesse e não sentisse mais fome, Eu macaxeira ser queria! Tu me comer poderias, neta! Eu banana ser queria! Tu me comer poderias, neta! Queria ser cará! Tu me comer poderias, neta! Queria ser inhame! Tu me comer poderias, neta! Batata! Tu me comer poderias, neta! Feijão queria ser! Tu me comer poderias, neta! Eu roçado ser queria! Tu me comer poderias, neta! Eu terra ser queria! Tu poderias andar sobre mim! Água ser queria, tu me beberias! Peixe, e tu me pegarias! Timbó, e tu me diluirias! Caça, e tu me matarias! Me comer poderias! Eu pau ser queria! Tu me queimarias! Tu me derrubarias! Fruteira, e tu comerias minhas frutas! Lenha, e tu me racharias! Eu morcego seria escuro dentro, te morderia, tu me matar poderias! Queria ser o sol, se estivesses com frio, eu te aqueceria! Ser chuva, eu choveria, encheria os rios, molharia o capim, o capim nasceria, as caças poderiam me comer! Queria ser o frio, se o sol estivesse te queimando eu te refrescaria! Queria ser a noite, em mim tu dormirias! Queria ser a manhã! Eu estaria amanhecendo e tu acordarias! Eu o que serei porventura? Pensei em outra coisa! Eu encanto o meu sangue no varadouro dos inimigos! Abre a porta! Quero tirar teus trens! Me dá teus trastes! acordei assustada, quem queria entrar em casa?

hantu, mudo

Os meus olhos abertos que não podiam olhar, a minha boca não podia falar, oh, o céu me aflige, olhar e não ver, eu pensando em descobrir, ver, eu sabia nada, vida não, morte não, feiticeiros, venenos, lonjuras, augúrios, eu Madia pecar não! suas brandas flechas, será Xumani presa das tempestades? lá vem a caligem, a manhã rui do céu, ah noite, volta, derrama nos meus olhos o sono, quando Xumani voltar não vou contar nada... bordar... eu piscava os olhos, batia com o dedo nos olhos, manhã esposa da luz, a luz toma as almas em seus braços, a luz toma a alma dos mortos em seus braços, a luz toma em seus braços as almas das almas, a luz dá banho nas almas, a luz chora lágrimas de chuva, lágrimas de banho, lágrimas de almas, a jia sentada na lagoa com a testa encostada nos joelhos, a alma da jia cantando, a cambaxirra cantando, cantilenas, a alma de avó Mananan, a alma esposo, alma de Xumani, rapadura, ah delícia boa, bom, bom, docim, docim, o longe não tem fim, o longe leva ao longe que leva ao longe que leva ao longe, a andorinha foge... na amanhecença eu vi, meu povo estava lá... quando vi, era meu pai, o tuxaua... os varões... Dae... Tijuaçu... Xane... Aiambo... Aguenta seco... tong... tong... tong... tong... os varões todos... tong... tong... os varões vieram... lá estavam, mostrei ao padre, os varões chegavam numa canoa grande, vieram de longe, outra lonjura, rio acima, meu pai o tuxaua me viu, conversou com o padre, ia levar a filha, minha gente morava entonce do lado de lá, onde não tinha mais seringas, para lá de lá de lá de lá do Curanja, limparam a mata, fizeram casas novas, casas sem almas, botaram novos roçados, meu pai botou novamente um roçado comprido, minha mãe estava saudosa, meu avô estava saudoso, meu pai fez casas direitas, as casas foram se juntando, ali morava minha gente, não era mais feliz.

bawa, papagaio

Morreu o velho Dekin, morreu Payui, morreu Katxa, morreu Bari, morreu Banana Comprida, morreu o Diodato, morreu Natu, Manyu morreu, morreu Himiuma, morreu Esfriou, morreu Benima, morreu Hanu, morreu Dudui, morreu Nuxuti, morreu Tabi, morreu Pese, yaiyo, yaiyo, yaiyo, yaiyo... mulher não faz conversa, só ouve de longe, yaiyo, yaiyo, yaiyo, yaiyo... a conversa é toda para jamais machucar o visitante, o modo como se fala é para não machucar, para não deixar um com raiva do outro, para a todos alegrar, notícia ruim tem precisão de falar, avisar, primeiro dizer, A notícia que eu tenho é ruim! mas o outro tem de ouvir, né? depois temos de falar todas as notícias boas para o visitante não ficar mais triste, né? temos de deixar para trás a notícia ruim, né? a notícia que não presta não pode se misturar, né? para nunca machucar ninguém, nem nós, Onde está Isan Patoá? E Valdomiro? Onde está Rato-do-mato? o tuxaua Engatinha-engatinha, Muka, Taco, yaiyo, yaiyo, yaiyo, yaiyo... morreu morreu morreu... yaiyo, yaiyo, yaiyo, yaiyo... guerras e guerras, rio acima, rio abaixo... cantei, atraído pelo canto um papagaio apareceu, yaiyo, yaiyo, yaiyo, yaiyo... veio avoando, gritando, parecia uma arara doida, rio acima, rio abaixo, pousou no braço do galho, ficou ali, até que eu chamei, eê! eê! dei um dedo, e ele agarrou o dedo, dali não saiu mais, Mananan, Mananan, Mananan... yaiyo, yaiyo, yaiyo, yaiyo... yaiyo, yaiyo, yaiyo, yaiyo... yaiyo, yaiyo, yaiyo, yaiyo... Mananan, Mananan, Mananan... yaiyo, yaiyo, yaiyo, yaiyo... Mananan, Mananan, Mananan... yaiyo, yaiyo, yaiyo, yaiyo...

debukidia, último

Quando morremos, é que a alma de nosso avô antigo leva a nossa alma, sai, assim morremos... Mananan, Mananan, Mananan... porém se morremos não, logo acordamos... mas se morremos, não acordamos... Mananan, Mananan, Mananan... corpos estranhos nos levam às costas, saem... levam por outros caminhos... se não morremos, entonce acordamos... se acordamos é porque não morremos... Mananan, Mananan, Mananan... mas se morrermos, depois de acordados aguentaremos dores... morremos, nosso avô nos leva às costas para o céu... morremos, vamos... as almas do céu são boas, boníssimas, muitíssimo boas... Mananan, Mananan, Mananan... a alma de nosso corpo não vai céu dentro, ela não nos acompanha... morremos sozinhos... quando morremos, a alma na terra, sozinha, solta, ela mora na terra, não entra no céu... a última alma entra... Mananan, Mananan, Mananan... Mananan, Mananan, Mananan... a nossa alma, se estamos deitados e dormimos, escuro dentro a alma nos vê, a alma mora na terra e nos vê, a sombra é alma, quando falamos a alma nos vê, quando cantamos a alma nos vê, quando escutamos a alma nos vê, quando deitamos a alma nos vê, quando sonhamos a alma nos vê, quando acordamos a alma nos vê, quando comemos a alma nos vê, quando desaguamos a alma nos vê, quando andamos a alma nos vê, quando matamos a alma nos vê, quando caçamos a alma nos vê, quando morremos a alma nos vê, quando nos perdemos a alma nos vê, quando voltamos a alma nos vê... Mananan, Mananan, Mananan... Mananan, Mananan, Mananan... Mananan, Mananan, Mananan... nossa alma sombra fica em pé e nos vê, mas nós não a vemos... nossa sombra, não vemos a sombra de nosso corpo na terra... é que morremos...

unai, saber, conhecer

No céu, avó Mananan agora sabe todas as adivinhações, onde se mora, quem tem duas cabeças, quem tem cabeça vermelha, o que se bebe, o que se corta com machado, onde é que se anda, como se vê e ouve, como se come e cheira, o que se come, como se espanca, por que se cobrem as casas, quem tira a chuva, quem é a cabeça de Yube Nawa, quem são as estrelas, o arco-íris o que é, quem é o estrangeiro, onde fica a lonjura, onde fica a lonjura da lonjura da lonjura, quem tira a rede, quem tira a flecha, quem tira a pintura, quem é Yauxiku Nawa, quem é a alma esposa, quem mora dentro do buraco, quem é o mestre das gentes, quem rasgou a mão para formar nossos dedos, quem tinha mãos grandes, quem tinha papo, quem tinha chifres, quem revirou o céu e matou as gentes, quem caiu e virou terra, quem subiu e virou céu, quem tudo enche e cobre, quem deixado pelo rio só come capim, o que comem as caças selvagens, quem nos ensinou a fazer panela, quem corta o escuro, quem escurece, quem, depois de ido o sol, brilha, quem de noite anda, quem anda de noite dentro de casa, quem canta de noite dentro de casa, quem dorme de noite dentro de casa, quem sonha de noite dentro de casa, quem voa de noite dentro de casa, quem grita de noite dentro de casa, quem cai de noite dentro de casa, quem levanta de noite dentro de casa, quem anda com sol alto, quem nos queima quando está alto, quem canta na amanhecença, quem grita de noite, quem são as almas, quem faz filhos em pau oco, quem anda mais o filho às costas, quem come caça crua, quem morde sem que a irritem, quem tira água do céu, quem ajunta os rios, a quem matam quando há alagação de rio, quem manda as águas, quem faz cessar as águas, quem faz guerras, quem entorna das cuias o sol... quem são as almas... a alma de minha avó disse para eu ir embora... a alma de minha avó disse para eu voltar... rio acima, rio abaixo... o longe não tem fim... o longe leva ao longe que leva ao longe que leva ao longe... rio acima, rio abaixo... rio acima, rio abaixo... Mananan, Mananan, Mananan... uí... uí... uí... uí... uí... Madia! lá vinha o padre...

hene betxu, nata do rio quando há nevoeiro

A casa acanoada queria ir embora, rio acima... tong... tong... nevoeiro, o rio branco... subi pelo pau até a casa acanoada, pai entrou... Dae entrou... Tijuaçu entrou... Xane... eles todos... olhei para trás... a canoinha... a mata embrenhada... o caminho para a casa do padre... quem ia lavar a sua roupa? tong... tong... uma dor nasceu no meu peito, uma dor como se um pau caísse em cima de mim e arrebentasse a minha cabeça, sentia acochar o meu peito, a comida de farinha era boa, eu gostava de comida com óleo, nem tinha precisão de ir ao roçado, tirar legumes e carregar às costas, a comida das irmãs era boa, o padre me dava rapadura, açúcar, ele me dava a fala dos brasileiros, ia me dar batismo, salvar a minha alma, dava moedas, dava dinheiro... longe das almas... contar nada para Xumani... falar nada... tong... tong... a irmã ia me dar farinha... feijão... a irmã ia me dar batata-roxa... eu limpava a cozinha da irmã, lavava suas roupas alvas que nem inhame, o padre me dava rapadura... tudo estava coberto de lama, remanso não havia mais, casa não havia mais, roçado não havia mais... moravam todos no Curanja, além do Curanja... Curanja dentro... longe, longe... Curanja... longe dentro... Curanja... longe rio acima... Curanja... os brasileiros são bons, nossos varões os amansaram, eles agora são todos mansos... o padre, as irmãs, as mulheres sujeitadas... o padre fazia assim, para eu ir... assim, assim... Vai! Vai! Allez! Allez! entrei... tiraram a tábua, a casa acanoada se afastou da terra, saiu, assim, assim, devagar... silenciosa... meu coração... meu coração um pilão, tong... tong... tong... a casa acanoada foi pela flor do rio... no céu da água... devagar... na flor da água... flor-d'água... água em flor...

kene, bordar

Eu deitava, eu dormia, eu sonhava, eu sonhava mais elas... eu passeava longe... sonhava com elas, sonhava sobre elas, dormia deitada nelas... elas me sonhavam, eu sonhava por elas, sonhava... Madia... Madiadan... minha alma as almas levavam... minha alma passeou muito longe, minha alma... dormi deitada mais elas, minha alma largou meu corpo, saiu, minha alma passeou, andou, minha alma passeou sozinha, a alma de minha gente apareceu, passeei em suas casas... minha alma passeou, entrei nas casas das almas de nossa gente, as almas me agradaram, minha alma... bordar... inu tae txede bedu, a pata da onça e aqui olho de periquito pequenininho, olho de periquito, inu tae txede bedu... eu passeava mais aquelas almas... entrava nas casas das almas das pessoas mortas... minha gente morta me dava comida, as almas de minha gente, nossas almas, eu passeava mais elas... Xumani está demorando tanto... será se ele vai encontrar o Curanja? quando Xumani voltar amanhã de amanhã de amanhã vou contar nada... as almas me deram macaxeira cozida, mudubim torrado, banana madura, cozinharam comida, me deram, comi longamente mais elas, brinquei mais elas, fui pegar passarim mais elas, matei mais elas... bordar, bordar, esperar Xumani... fui pescar mais elas... elas botaram roçado, plantei algodão mais elas... se eu contar, Xumani ciumento vai querer flechar as almas... vai querer matar as almas... quem pode as almas matar? elas plantaram banana... plantaram milho... bordar bordar... hutu, hutu, hutu, hutu... elas plantaram macaxeira... plantaram batata... eu não sabia essas canções, minha avó sabia essas canções, minha mãe também sabia essas canções... *aregrate mariasonte, mariasonte bonitito... bonitito bonitito yare...* as almas plantaram inhame... titiri titiri titiri titiri wẽ... hutu, hutu, hutu, hutu... titiri titiri titiri titiri wẽ... hutu, hutu, hutu, hutu... plantaram mamoí... será se Xumani vai me matar? por ciúme... ciúme dos pretendentes espíritos... para que fui ao pântano? eu estava com tanta fome... não queria, não queria, bordar bordar... as almas plantaram jerimum... tem sepi medesua, espinho de planta, tem mae muxa... xamantxin... xamantxin é xamantxin... plantaram cará... plantaram cana... um para ali um para acolá, cada um de um lado, assim, puxa, acocha o ponto... puxa... acocha... todo tipo de bordado, kreõ kreõ kreõ kreõ... kreõ kreõ kreõ kreõ...

yuxin, alma

Tem awa bena, as borboletas deitadas de asas abertas, assim, assim, aqui é asa de borboleta... aquele bordado ali é borboleta deitada... as almas fizeram casa nova... tem awa bena, as borboletas deitadas de asas abertas, assim, assim, aqui asa de borboleta... aquele bordado ali é borboleta deitada... cortaram paus, cortaram jarinas, eu morei dentro das casas de nossa gente morta, o meu pretendente espírito me levou pela mão... Xumani sempre voltou... há de voltar... amanhã de amanhã de amanhã de amanhã... kreõ kreõ kreõ kreõ... vi as almas de nossa gente morta, nossas almas... dançamos... assim foi... bordar... awa bena, borboletas deitadas de asas abertas, assim, assim, aqui asa de borboleta... aquele bordado ali é borboleta deitada... nós sonhamos, outra vez sonhamos, outra vez dormimos, agora muito longe andamos, nossas almas... ali dormimos, deitados, as almas nos largaram, saíram... andaram longe... as almas se preparam para levar nossa alma... almas pelejam entre si... almas se flecham entre si... almas se espancam entre si... almas se furam entre si... eu vi... as almas se amarram os pescoços, as almas se afogam rio dentro, eu vi... as almas sobem e caem, vi... as almas copulam, vi... as almas morrem, vi... as almas choram, vi... as almas voltam para nossos corpos, acordamos, falamos dormindo... são as vozes das almas... vi... as almas nos agarram a alma enquanto dormimos, assim não podemos falar, não podemos gritar, mas gritamos, falamos dormindo, tudo são as almas, elas nos levam para a lonjura, elas mandam nos buscar, elas levam os nossos, elas mandam em tudo, fazem tudo o que acontece, as almas mandam em nós... tudo, mandam em tudo as almas... titiri titiri titiri titiri wẽ... hutu, hutu, hutu, hutu... titiri titiri titiri titiri wẽ... idiki, idiki, idiki... eh, eh, eh, eh... idiki, idiki, idiki... idiki, idiki, idiki... brẽ brẽ brẽ brẽ... hutu, hutu, hutu, hutu... hutu, hutu, hutu, hutu... idiki, idiki, idiki... eh, eh, eh, eh... titiri titiri titiri titiri wẽ... hutu, hutu, hutu, hutu... eh, eh, eh, eh, idiki, idiki, idiki... eh, eh, eh, eh, kwéék! hutu, hutu, hutu, hutu... brẽ brẽ brẽ brẽ... kreõ kreõ kreõ kreõ... titiri titiri titiri titiri wẽ... hutu hutu hutu hutu...

·HATISKI·

FIM

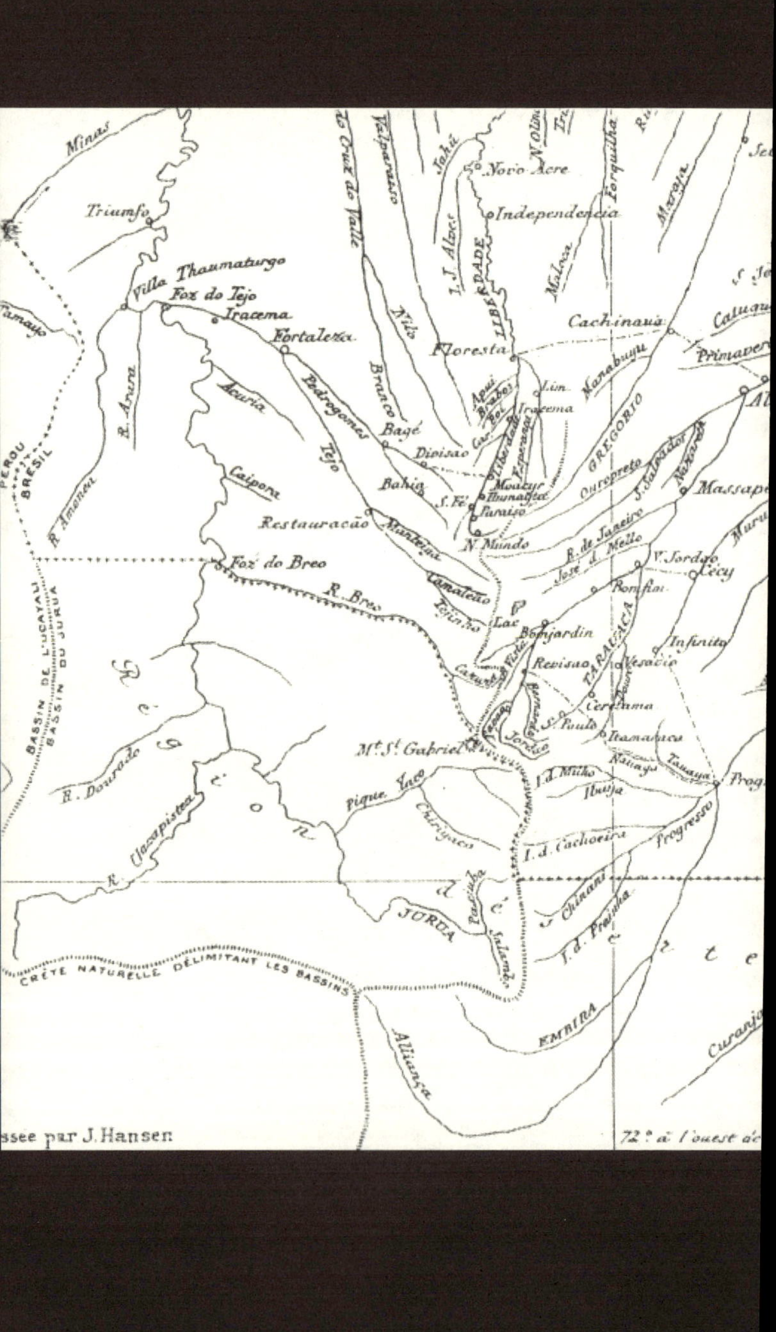

Minas
Triumfo
Villa Thaumaturgo
Foz do Tejo
Iracema
Fortaleza
Valparaiso
Novo Acre
Independencia
Forquilha
Maloca
LIBERDADE
Nilo
Floresta
Cachinauá
Primavera
Branco
Bagé
Divisão
Bahia
S. Fé
Paraiso
N. Mundo
Acuria
Caipora
Restauração
Tejo
Foz do Breo
R. Breo
Camaleão
Lac
Bomjardin
Revisão
TARAUACA
GREGORIO
Ouropreto
S. Salvador
Nazareth
Massape
R. de Janeiro
José d. Mello
V. Jordão
Cecy
Bomfim
Infinito
Cerejama
S. Paulo
Itamaraca
Jordão
Mt. St. Gabriel
I. d. Milho
Ibuja
Tauaya
Progresso
Pique Yaco
Chiriyaco
I. d. Cachoeira
Chinani
I. d. Praina
JURUA
Pacuba
Salambo
R. Dourado
R. Ucsapistea
R. Amonea
R. Arara
PEROU
BRÉSIL
BASSIN DE L'UCAYALI
BASSIN DU JURUA
CRÊTE NATURELLE DÉLIMITANT LES BASSINS
Alliança
EMBIRA
Curanja
ssee par J. Hansen
72° à l'ouest de

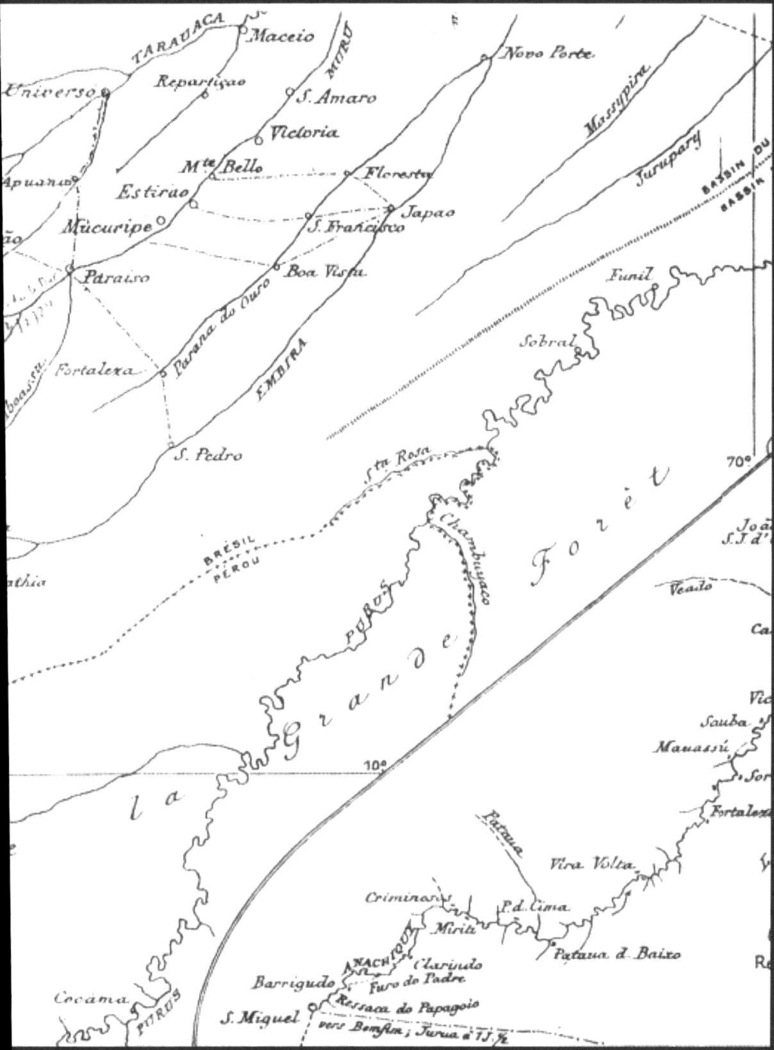

TARAUACA
Maceio
MURU
Novo Porte
Universo
Repartiçao
S. Amaro
Massypira
Victoria
Jurupary
Apuanu
Mte Bello
Floresta
Estirao
Japao
BASSIN DU
BASSIN
Mucuripe
S. Francisco
Paraiso
Boa Vista
Funil
Parana do Ouro
Sobral
Fortaleza
EMBIRA
S. Pedro
Sta Rosa
70°
F o r ê t
Chambuyaco
BRÉSIL
PÉROU
PURUS
Veado
G r a n d e
Sauba
Mauassú
10°
l a
Fortaleza
Pataua
Vira Volta
Criminosos
P. d. Cima
Miriti
Pataua d. Baixo
ANACHIQUY
Clarindo
Barrigudo
Furo do Padre
Cocama
Ressaca do Papagoio
PURUS
S. Miguel
vers Bomfim; Jurua à 13 ½

Notas

Akapeab significa mulher que já menstruou, em suruí. Está nos *Diários da floresta*, da antropóloga Betty Mindlin. *Aregrate maria-sonte* é uma canção Kaxinawa, encontrada no disco de Marlui Miranda e Ravi, *Neuneneu Humanity, Fragments of Indigenous Brazil*, recolhida por Terri de Aquino. *Bawe* é um remédio que a avó põe nos olhos da neta, na aprendizagem do bordado kene; diz Erondina Sales Pãteani, moradora de uma aldeia Kaxinawa no rio Jordão: "Serve para a mulher enxergar mais claro o que a jiboia está ensinando. Assim ela aprende mais rápido. Ela vai tecendo e cantando... Chamando a força do *bawê*..." (*Enciclopédia da floresta*). *Betsa* significa irmão do mesmo sexo; no caso da dedicatória, irmã. *Curanja* é um afluente à margem esquerda do alto rio Purus, numa região escassamente povoada, dada a inexistência de seringas e árvores de caucho. A diáspora dos Kaxinawa está relatada na *Enciclopédia da floresta*. *Goanei* são pretendentes espíritos, na "Saga do lolongap"; ou frutinho vermelho e luxuriante, em *Diários da floresta*, de Betty Mindlin. *Yauxicu Nawa* é o homem sovina, mito contado por Tuxinin no livro de Capistrano de Abreu, e por Carlito Cataiano, na *Enciclopédia da floresta*. *Yube* é jiboia, em que se encontram desenhos que deram ensejo à arte do kene. Os *yuxibu* são espíritos das caças, formas diferentes, monstruosas, que podem ser vistas. Os Kaxinawa não caçam de tocaia à noite, pois temem que os yuxibus ataquem e o caçador possa ficar "adoidado, dizendo besteira". E *yuxin*, segundo Eliane Camargo, é palavra de sentidos muito complexos. Os Kaxinawa traduzem como *alma*, ouvindo a população regional, normalmente cristã, e fazendo a transferência de conceito sem exprimir sua essência. Quando alguém vê um yuxin e vai com ele para o seu mundo, desaparece e pode viver um tempo com os yuxin, ou tornar-se um yuxin.

Todas as onomatopeias neste livro são colhidas de depoimentos de índios, ou não índios em alguns casos, excetuando-se idiki, e estão grafadas aqui da mesma forma como nas fontes. As letras de canções estão em itálico. As expressões em Kaxinawa estão grafadas na forma atual, normalizadas por Eliane Camargo, linguista que estuda esse idioma. Nos títulos dos capítulos foram adotadas as traduções registradas por Capistrano de Abreu.

Este romance é resultado da audição ou da leitura de depoimentos de índios, de músicos ou de estudiosos nas obras: *Ihu: Todos os sons — Livro de partituras*, Marlui Miranda (org.), São Paulo, Terra, 1995. *Neuneneu: Humanity, Fragments of Indigenous Brazil*, Marlui Miranda e Ravi, São Paulo, Ihu Produtora e Edições Artísticas, 2006. Esse CD contém duas canções Kaxinawa, *No ira ni ni* e *Mirason: visions*. *Enciclopédia da floresta: O alto Juruá: Práticas e conhecimentos das populações*, Manuela Carneiro da Cunha e Mauro Barbosa de Almeida (orgs.), São Paulo, Companhia das Letras, 2002. *Diários da floresta*, Betty Mindlin, São Paulo,

Terceiro Nome, 2006. *O círculo dos fogos: Feitos e ditos dos índios yanomami*, Jacques Lizot, São Paulo, Martins Fontes, 1988. *O livro das árvores*, Jussara Gomes Gruber (org.), Benjamim Constant, Organização Geral dos Professores Ticuna Bilíngues, 1997. Diversos autores índios. *Batismo de fogo: Os palikur e o cristianismo*, Artionka Capiberibe, São Paulo, Annablume, Fapesp, Nuti, 2007; citações a Manuel Labonté, Nimuendajú, Mateus Batista, Santa dos Santos, Carlos Floriano Ioio, Paulo Orlando. *Frutas comestíveis da Amazônia*, Paulo B. Cavalcanti, Belém, Ed. do INPA — Instituto Nacional de Pesquisas da Amazônia e CNPq, 1976. *Moqueca de maridos: Mitos eróticos*, Betty Mindlin e narradores indígenas, Rio de Janeiro, Rosa dos Tempos/Record, 1997. Narradores dos povos ajuru, arikapu, aruá, jabuti, macurap, tupari. *Tupã Tenondé: A criação do universo, da terra e do homem segundo a tradição oral guarani*, narrada por Kaka Werá Jecupé, org. de Carlos Alberto dos Santos, São Paulo, Fundação Peirópolis, 2001. *A terra dos mil povos: História indígena do Brasil contada por um índio*, Kaka Werá Jecupé, São Paulo, Fundação Peirópolis, 1998. *Tuparis e tarupás: Narrativas dos índios tuparis de Rondônia*, Betty Mindlin, fotografias de Franz Caspar e Lucia Mindlin Loeb, São Paulo, Brasiliense/EDUSP/Iamá, 1993. Narradores: Konkuat, Maindjuari, Okiotan, Maetsin, Tarimã, Kapsogô, Raimundo, Alfredo Dias Macurap, Alfredo Atikeb Campé.

E, principalmente: *Rã-txa hu-ni-ku-ĩ: Gramática, textos e vocabulário caxinauás — A língua dos caxinauás do rio Ibuaçu, afluente do Muru, pela prefeitura de Tarauacá*, edição da Sociedade Capistrano de Abreu e Livraria Briguiet, de 1941, sendo a segunda edição a que serviu a este romance, com emendas do autor e um estudo crítico do professor Theodor Koch-Grünberg. O livro traz textos recolhidos em 1909 pelo historiador cearense J. Capistrano de Abreu. Ali estão depoimentos de dois Kaxinawa. O primeiro deles foi levado ao Ceará pelo também cearense capitão Luis Sombra, chegado do Acre. O Kaxinawa tinha por volta de vinte anos. Sua aldeia ficava às margens do Ibuaçu, tributário do Muru, afluente do Tarauacá, bacia do Juruá, no Acre. O Kaxinawa estava fora de sua terra havia cerca de três anos, trabalhando como seringueiro. Omitiu seu nome indígena, como de praxe, mas Sombra supôs ser Môrô, que significa "quebradiço". Outro de seus nomes seria Bôrô, "toco". Adotara o nome cristão de Vicente Penna Sombra, sendo os dois sobrenomes em homenagem ao presidente da República que, de passagem por Manaus, conduzira-o à pia batismal, e a seu protetor, respectivamente. O outro Kaxinawa a dar um depoimento linguístico foi um primo de Bôrô, Tuxinin, que significa "amarelo". Tuxinin tinha apenas treze anos de idade, tendo passado quatro em Manaus e em Maranguape, Ceará. Diz Capistrano de Abreu: "Falla sem o minimo sotaque um cearense perfeito. Saberia ainda alguma coisa do rã-txa hu-ni-kuĩ? Jurou que não e bem parecia: maböx, 'mingau' traduziu sem hesitar por 'café'; era de ver sua indiferença ao ouvir qualquer palavra da lingua materna. Veio para junto de Bôrô e em não poucos dias a poder de paciência o palimpsesto revelava-se: então communicou um pouco de azougue ao parente. Vão adiante sob a sigla T os textos por elle fornecidos, como sob a de B vão os do Vicente. Dois delles, Tuxinĩ dictou-os primeiro em nossa lingua, antes de faze-lo na sua; as duas redacções independentes mostram um caso de dualidade psychica, que não deve ser commum. Seus serviços seriam ainda mais efficazes a conseguir-se fixar-lhe o espirito voluvel. Na revisão do vocabulário pegava alegremente, pois ao contrario do parente é dessassombrado, communicativo e dá gargalhadas cordiaes; com pouco amiudavam-se os 'não sei'; si a sessão continuava, ferrava no somno. Seu grande empenho era andar pelo mato, rasgando-se, enlameando-se, apanhando fructas, caçando, a pé ou a cavallo, sempre de botinas. Com poucos dias já estava conhecendo todos os paus e todos os bichos, cantos, uivos e zumbidos das cercanias. Dos companheiros de excursões dizia um: Tuxinĩ tem olhos de aguia; outro: tem faro de cachorro".

Yuxin, o romance, bebeu em dados das culturas Tikuna, Suruí, Yanomami, Ashaninka, Katukina e, mais que todas, Kaxinawa, população indígena da família linguística pano, habitante do Acre. Segundo a *Enciclopédia da floresta,* Kaxinawa "significa 'gente do morcego', em sua língua, é uma denominação dada aos huni kuin ('gente verdadeira') por outros grupos pano anteriormente incorporados ao mundo dos seringais. Falam o hantxa kuin ('língua verdadeira'), uma das várias línguas da família linguística pano".

SESC São Paulo
Edições SESC SP
Av. Álvaro Ramos, 991
03331-000 São Paulo SP Brasil
Tel. 55 11 2607-8000
edicoes@sescsp.org.br
www.sescsp.org.br

Capa e projeto gráfico
Victor Burton

Ilustração da capa
Ana Miranda

Mapa p. 344-5
Tastevin, 1925

Preparação
Denise Pessoa

Revisão
Marise S. Leal
Valquíria Della Pozza

Dados Internacionais de Catalogação na Publicação (CIP)
(Câmara Brasileira do Livro, SP, Brasil)

Miranda, Ana
Yuxin: alma / Ana Miranda — São Paulo : Companhia das Letras; São Paulo : Edições SESC SP, 2009.

ISBN 978-85-98112-87-9 (Edições SESC SP)
ISBN 978-85-359-1405-4 (Companhia das Letras)
Romance brasileiro I. Título.

09-00467 CDD-869.93

Índice para catálogo sistemático:
1. Romance : Literatura brasileira 869.93

[2009]

EDITORA SCHWARCZ LTDA.
Rua Bandeira Paulista 702 cj. 32
04532-002 — São Paulo — SP
Telefone (11) 3707 3500
Fax (11) 3707 3501
www.companhiadasletras.com.br

ESTA OBRA FOI COMPOSTA PELA SPRESS EM CENTAUR E IMPRESSA EM
OFSETE PELA GEOGRÁFICA SOBRE O PAPEL PÓLEN SOFT DA SUZANO PAPEL E CELULOSE
PARA A EDITORA SCHWARCZ EM JULHO 2009